周四推理俱乐部

"魔鬼"的最后一眼

[英] 理查德·奥斯曼 著

姚向辉 译

The Thursday MURDER Club

接力出版社
Publishing House

桂图登字：20-2024-097

The Last Devil To Die
Copyright © 2023 by Richard Osman
Translation © 2024 by Jieli Publishing House Co., Ltd
Published by arrangement with Mushens Entertainment Ltd., through The Grayhawk Agency Ltd.

图书在版编目（CIP）数据

周四推理俱乐部．"魔鬼"的最后一眼／（英）理查德·奥斯曼著；姚向辉译． -- 南宁：接力出版社，2024.10． -- ISBN 978-7-5448-8777-9（2025.2重印）

Ⅰ．Ⅰ561.45

中国国家版本馆CIP数据核字第2024348CJ2号

周四推理俱乐部．"魔鬼"的最后一眼
ZHOUSI TUILI JULEBU. MOGUI DE ZUIHOU YI YAN

责任编辑：陈楠　　装帧设计：崔欣晔　　责任校对：李姝依
责任监印：刘宝琪　　版权联络：王彦超
出版人：白冰　雷鸣
出版发行：接力出版社　　社址：广西南宁市园湖南路9号　　邮编：530022
电话：010-65546561（发行部）　　传真：010-65545210（发行部）
网址：http://www.jielibj.com　　电子邮箱：jieli@jielibook.com
经销：新华书店　　印制：中煤（北京）印务有限公司
开本：880毫米×1250毫米　　印张：15　　字数：272千字
版次：2024年10月第1版　　印次：2025年2月第2次印刷
印数：15 001—20 000册　　定价：68.00元

版权所有　侵权必究

质量服务承诺：如发现缺页、错页、倒装等印装质量问题，可直接联系本社调换。

服务电话：010-65545440

主要人物表

伊丽莎白·贝斯特：76岁，英国军情五处(MI5)前精英特工，周四推理俱乐部的召集人。

乔伊丝·梅多克罗夫特：78岁，前急诊室护士，周四推理俱乐部成员。

罗恩·里奇：75岁，前英国工人运动带头人，周四推理俱乐部成员。

易卜拉欣·阿里夫：80岁，埃及移民，心理医生，周四推理俱乐部成员。

斯蒂芬·贝斯特：伊丽莎白的第三任丈夫，中东艺术专家，患有阿尔茨海默病。

库尔德什·夏尔马：古董商人，斯蒂芬的好朋友。

米奇·麦克斯韦：海洛因贩子，认为自己的海洛因被库尔德什偷走。

卢卡·布塔奇：米奇的同伙。

萨曼莎·巴恩斯：古董交易商。

加思：加拿大人，萨曼莎的第二任丈夫。

妮娜·米什拉：历史考古学教授。

克里斯·哈德森： 费尔黑文警察局总督察。

唐娜·德·弗雷塔斯： 费尔黑文警察局警员，克里斯的搭档。

波格丹·扬科夫斯基： 波兰移民，唐娜的男朋友，周四推理俱乐部成员的好朋友。

帕特里斯： 唐娜的母亲，克里斯的女朋友。

献给弗雷德·莱特与杰西·莱特，致以爱和感谢。
你们永远是我故事的起点。

十二月二十七日，周四，晚间十一点

库尔德什·夏尔马希望自己来对了地方。他在土路尽头停车，黑暗中树木从各个方向包围了他，显得阴森恐怖。

今天下午四点，他坐在店铺的后屋里，终于下定了决心。那个盒子摆在面前的桌子上，收音机里在放《槲寄生与葡萄酒》。

他打了两个电话，然后来到了这里。

他关掉车头灯，坐在伸手不见五指的黑暗之中。

风险大得可怕，这一点毋庸置疑。但他都快八十岁了，如果要冒险，还有比现在更合适的时候吗？最坏的情况会发生什么？他们找到他，杀了他？

两件事他们当然都能做到，但这样也不坏，不是吗？

库尔德什想到了他的朋友斯蒂芬[①]。想到斯蒂芬现在的模样：那么麻木，那么安静，那么丧失尊严。自己的未来也会这样吗？他们这一伙人，曾经过得多么开心啊。他们曾经笑傲天地间。

[①] 斯蒂芬（Stephen）：周四推理俱乐部成员伊丽莎白的第三任丈夫，罹患阿尔茨海默病。相关描写参见"周四推理俱乐部"系列其他作品。

对于库尔德什来说，世界正在变得轻如耳语。妻子走了，朋友一个接一个地消失。他怀念生命的咆哮与喧嚣。

就在这时，一个男人带着那个盒子走进了他的生活。

远处有一团模糊的亮光在树木之间游动。他在清冷的寂静中听见了引擎的声音。开始下雪了，他希望开车回布莱顿的时候路不会太难走。

一道强光扫过他的后车窗：另一辆车正驶向他。

咚、咚、咚。这声音来自他衰老的心脏，他都快忘记它的存在了。

盒子此刻不在库尔德什的身上，它很安全，因此能暂时保证他的安全。盒子是他的保险。他还需要争取一点儿时间。要是他能做到的话，那么，嗯……

来者的车头灯照在库尔德什的后视镜上，晃得他睁不开眼睛，随即熄灭。车轮停止转动，引擎熄火，黑暗和寂静再次笼罩了一切。

那么，咱们开始吧。他应该下车吗？他听见车门关上的声音，然后是向他走来的脚步声。

雪下得更大了。这要花多长时间？他当然必须要解释一下盒子的事情。宽慰对方几句，然后嘛，他希望自己能在积雪结冰前往回走。路上会很危险。他心想，不知道……

库尔德什·夏尔马看见了开枪的火光，但在听见枪声前他就死了。

contents
目录

第一部分

所以你还在等什么

001

第二部分

我们这儿应有尽有！

093

第三部分

家是你最好的归宿

357

第一部分

所以你还在等什么

1

十二月二十六日，周三，大约午餐时间

"我娶过一个斯旺西的女人，"默文·柯林斯说，"红头发的那种。"

"好的，"伊丽莎白说，"听起来这是一个很长的故事？"

"故事？"默文摇摇头，"没有很长，后来我们分开了。女人嘛，你懂的。"

"我们当然懂女人，默文，"乔伊丝说，切开一块约克郡布丁，"当然懂。"

沉默。伊丽莎白注意到，这顿饭吃到现在，他们陷入了第一次沉默。

今天是节礼日[①]，周四推理俱乐部的成员加上默文坐在库珀斯切斯的餐厅里。他们都戴着五颜六色的纸王冠，王冠是乔伊丝买曲奇时附送的。乔伊丝的王冠太大，随时都

---

① 节礼日（Boxing Day）：英国的节礼日是圣诞节后的第二天。——本书脚注如无特别说明，均为译者注

有可能变成眼罩。罗恩的太小，粉红色的皱纹纸在他的两鬓绷得紧紧的。

"默文，你确定我没法诱惑你喝一口葡萄酒吗？"伊丽莎白问。

"中午喝酒？算了吧。"默文答道。

这伙人的圣诞节是各自过的。伊丽莎白不得不承认，这个圣诞节对她来说非常难熬。她本来希望这个日子能激起些什么，唤醒以往的圣诞记忆，让丈夫斯蒂芬迸发出一点儿生命力，恢复几分清醒。然而事与愿违，对现在的斯蒂芬来说，圣诞节和其他日子毫无区别。他像一本旧书结尾的空白页。想到接下来的一年，伊丽莎白不寒而栗。

他们约好节礼日在餐厅一起吃午饭。乔伊丝在最后一分钟问，叫上默文会不会更合礼数。他来库珀斯切斯已经几个月了，目前还停留在努力交朋友的阶段。

"今年圣诞节他是一个人过的。"乔伊丝说，他们一致同意应该叫上他。"想得很周到嘛。"这是罗恩的评论。易卜拉欣进一步指出，要是说库珀斯切斯有什么精神，那就是必须确保圣诞节不会有人感到孤独。

至于伊丽莎白，她为乔伊丝的慷慨而鼓掌，同时也注意到，在特定的光线下，默文刚好拥有那种总让乔伊丝手足无措的英俊样貌，粗哑的威尔士嗓音，浓黑的眉毛和小胡子，还有满头的银发。伊丽莎白越来越了解乔伊丝的理想型了，简而言之就是"能算得上英俊的任何一个人"。罗恩对默文的看法则是"他活像肥皂剧里的反派"，在这件事上，伊丽莎白乐于采纳他的评语。

到目前为止，他们尝试过和默文聊政治（"不关心"）、聊电视（"不看"）、聊婚姻（"我娶过一个斯旺西的女人"），等等。

默文点的食物送来了。他拒绝了火鸡，厨房同意给他做蒜蓉虾和煮马铃薯。

"看来你是蒜蓉虾的爱好者。"罗恩说，指了指默文的盘子。伊丽莎白必须夸奖他一句，他一直在尽量帮忙，免得冷场。

"周三我总是吃蒜蓉虾。"默文说。

"今天是周三？"乔伊丝说，"圣诞节前后我总是搞不清楚。从来都记不住今天是周几。"

"今天是周三，"默文确认道，"十二月二十六日，周三。"

"你们知道吗？scampi[①]是复数，"易卜拉欣说，他的纸王冠歪戴在头顶上，特别有时尚先锋的范儿，"分开来是一只只的 scampo。"

"我还真的知道，你说得对。"默文说。

---

① scampi：意大利语，意为蒜蓉虾，是意大利常见的菜肴。它的单数形式 scampo 是"虾"的意思。

多年以来，伊丽莎白没少撬开比默文更紧的嘴巴。有一次她不得不亲自盘问一名苏联将军，后者被俘三个多月了，连一个字都没说过。她盘问还不到一个小时，那名苏联将军就在和她合唱诺埃尔·科沃德①的名曲了。自从贝萨妮·韦茨的案子结束到现在，乔伊丝已经在默文身上下了几周的工夫。目前她得到的情报有：当过校长、结过婚、养过三条狗、喜欢埃尔顿·约翰②。然而，这些信息量加起来，也只是聊胜于无罢了。

伊丽莎白决定出手整治一下这场谈话。有时候，你必须用电击才能救活患者。

"好了，不说咱们从斯旺西来的神秘朋友了。默文，你的感情生活怎么样？"

"我有个心上人。"默文说。

伊丽莎白看见乔伊丝将眉毛挑到一个最微妙的角度。

"好样的，"罗恩说，"她叫什么？"

"塔季扬娜。"默文说。

"多好听的名字，"乔伊丝说，"但我好像是第一次听说？"

"她在哪儿过圣诞节？"罗恩问道。

---

① 诺埃尔·科沃德（Noël Coward）：英国演员、剧作家、流行音乐作曲家、导演、制片人。凭借《与祖国同在》获得1943年奥斯卡荣誉奖（终身成就奖）。
② 埃尔顿·约翰（Elton John）：英国歌手、作曲家、钢琴演奏家、演员、慈善家。

"立陶宛。"默文说。

"波罗的海的明珠。"易卜拉欣说。

"从你住进来到现在,我们好像没在库珀斯切斯见过她,对吧?"伊丽莎白说。

"他们没收了她的护照。"默文说。

"我的天,"伊丽莎白说,"听起来太不幸了。'他们'是谁?"

"当局。"默文说。

"听起来就像是他们,"罗恩摇着头说,"该死的当局。"

"你肯定非常想念她,"易卜拉欣说,"你最后一次见她是什么时候?"

"我们还没有见过面。"默文说,刮掉一只蒜蓉虾上的塔塔酱。

"还没有见过?"乔伊丝说,"这似乎不太寻常吧?"

"只是运气不好,"默文说,"她的航班取消了,然后钱被偷了,现在护照又出了问题。通往真爱的道路从来都不平坦。"

"是啊,"伊丽莎白附和道,"从来都不。"

"但是,"罗恩说,"等护照回到她手上,她就可以来了,对吧?"

"我们是这么计划的,"默文说,"一切都在掌控之中。我给她弟弟寄了一笔钱。"

默文吃蒜蓉虾的时候，周四推理俱乐部的成员们互相交换了眼神，默默点头。

"说起来，好奇地问一句，默文，"伊丽莎白说，她稍微调整了一下纸王冠的角度，"她弟弟，你寄了多少钱给他？"

"五千英镑，"默文说，"也是没办法。塔季扬娜说她要疏通关系。"

伊丽莎白问："她被偷的钱，也是你给的吗？"

默文点点头。"我寄给她的，被海关人员截留了。"

伊丽莎白为朋友们斟酒。"好的，希望我们能见到她。"

"非常希望。"易卜拉欣附和道。

"不过你看，默文，"伊丽莎白说，"下次她联系你要钱的时候，你能不能告诉我一声？我有些关系，说不定能帮上忙。"

"真的？"默文问。

"当然，"伊丽莎白说，"交给我来办，免得你们再碰到倒霉的事。"

"太感谢了，"默文说，"她对我来说非常重要。很久以来，只有她真正关心过我。"

"尽管过去这几周，我烤了很多蛋糕送给你。"乔伊丝说。

"我知道，我知道，"默文说，"但我指的是男女之间的那种关心。"

"是我错了。"乔伊丝说。罗恩连忙喝了一口酒,才把笑声憋回去。

默文不是一位寻常的客人,但如今伊丽莎白已经学会了随波逐流的艺术。

火鸡和填料,气球和横幅,曲奇和帽子。一瓶上等的红酒,背景音乐——伊丽莎白估计正在播放的是圣诞流行歌曲。当然还少不了友情,乔伊丝苦恋一个威尔士人未果,后者似乎是一起相当严重的跨国电信诈骗案的受害者。伊丽莎白觉得圣诞节这么过不算是最糟糕的。

"好吧,祝大家节礼日快乐。"罗恩说着举起酒杯。

其他人跟着祝酒。

"祝默文十二月二十六日周三快乐。"易卜拉欣补充道。

2

卸货的时候，米奇·麦克斯韦通常会待在千里之外。为什么要冒险出现在有毒品的仓库里呢？然而出于显而易见的理由，这次要卸的可不是普通货物。考虑到目前的处境，米奇觉得参与的人越少越好。他不是在用手指敲鼓点，就是在啃指甲。他还从未如此紧张过。

另外，今天是节礼日，米奇想出门走走。事实上，他必须出去。孩子们闹得他头疼，而他和他岳父打了一架，争吵的原因是《呼叫助产士：圣诞特别篇》里的某个演员以前还演过什么角色。打架的结果是他岳父下巴骨折，住进了赫默尔亨普斯特德医院。老婆和岳母都责怪米奇，至于原因，他无论如何都参不透。有道是好汉不吃眼前亏，驱车一百英里①来东萨塞克斯亲自监督卸货正中他的下怀。

米奇之所以来到这里，是为了确保一个盒子能直接从渡轮上的一辆卡车里卸下来，这个普普通通的盒子装着价值十万英镑的海洛因。十万英镑不算多，这不是重点。这

---

① 1英里约合1.6公里。

批货物能否顺利通过海关，这才是重点。

仓库在一个工业园里，乱糟糟地建在一块昔日的农田上，五英里外就是南部海岸。换作几百年前，你还会见到谷仓和马厩，田里长着谷子、大麦和苜蓿，能听见嗒嗒的马蹄声，但现在，同一片土地上只有波纹钢板墙壁的仓库、老旧的汽车和破碎的窗户。这是大不列颠嘎吱作响的老骨头。

高高的金属围墙把整块地围了起来，将小贼拒之门外，然而在围墙内部，真正的大盗正忙着经营各自的生意。米奇的仓库挂着"苏塞克斯物流系统"的铝合金牌子。隔壁同样是一座大得能听见回音的铁皮棚屋，在里面开业的是"未来运输解决方案有限公司"，这个幌子掩盖的是高性能车辆盗窃生意。左手边是一座活动房屋，门上没挂牌子，经营者是一位女性，米奇还没见过她，但她的公司出产的似乎是摇头丸和假护照。工业园最远的角落里是"布兰贝尔——顶级英国起泡酒"的酿酒车间和贮藏仓库，米奇最近发现他们从事的竟然是正经生意。经营酒庄的兄妹俩不但很有魅力，而且还在圣诞节时给其他几家公司各送了一箱酒。他们的酒比法国香槟还好喝，这也是他和他岳父大打出手的重要原因之一。

至于布兰贝尔起泡酒的那对兄妹是否怀疑整个工业园只有他们一家正经公司，米奇就无从猜想了。他们见过他从未来运输解决方案有限公司买了一把十字弓，而这对兄妹连眼皮都没多抬一下，因此他们应该是靠得住的吧。米奇不确定靠英国起泡酒能不能挣到大钱，他考虑过要不要投资他们，但最终还是没有迈出这一步，因为靠海洛因同样能挣到大钱，有时候一个人应该坚守本分。但现在，随着他的麻烦没完没了地积累，他开始修正自己的看法了。

仓库大门紧闭，货车的后门开着。两个男人——好吧，其实是一个男人和一个少年——在卸花盆。出于目前的处境，米奇不得不用最少的工作人员，并向他们重申一定要小心。没错，藏在盆底的小盒子是最重要的货物，但这不代表他们不能靠花盆再挣点小钱。米奇把花盆卖给东南地区的园艺中心，这是一桩合法的好生意。不过要注意，没人会为摔碎的花盆买单。

海洛因装在一个陶制的小盒子里，盒子看上去很旧，就像某种不值钱的园艺摆设，为的是不让人产生不必要的好奇心。一件无聊的装饰品，这是他们的惯用伎俩。有人在阿富汗赫尔曼德省的一间农舍里把海洛因装进盒子，然后把盒子卡紧。米奇组织里的一个人（伦尼不幸中签）前往阿富汗监督此事，确保他们的货物不被偷梁换柱。然后，盒子在伦尼的看管下运往摩尔多瓦，来到一个没有人会多管闲事的小镇。一个叫加里的人小心翼翼地把盒子藏在成百上千个花盆之中，然后开车从摩尔多瓦出发横穿欧洲。

加里坐过牢,如今一无所有。

米奇在办公室里挠他胳膊上的"努力自有天助"文身,办公室建在仓库尽头私自搭的夹层上。埃弗顿被曼城踢了个零比二,虽说不可避免,但还是让人生气。曾经有人问米奇要不要加入一个财团,联合收购埃弗顿足球俱乐部。埃弗顿是他小时候参加训练的俱乐部,也是他毕生热爱的,拥有它的一部分当然很有诱惑力。不过和起泡酒一样,米奇越是研究足球里的门道,越觉得他应该坚持做他的海洛因生意。

米奇收到他老婆发来的一条短信:

我爸出院了。他说要宰了你。

对一些人来说,这可能是夸大其词,但是,米奇的岳父是曼彻斯特几大黑帮之一的首领,有一次买了一把警用泰瑟枪送给米奇当圣诞礼物。因此,与他相处,你必须加倍小心。不过话又说回来,任何人与老婆的亲戚相处,都必须加倍小心,对吧?米奇确定事情会好起来的——他和凯丽的婚姻本身就是征服了一切的大爱——他们是把利物浦和曼彻斯特的黑帮团结在一起的罗密欧与朱丽叶。

"告诉他,我给他买了一辆路虎揽胜。"米奇发短信回复道。

有人敲了一下办公室的薄门板,他的副手多姆[1]·霍尔特推门进来。

"都好了,"多姆说,"花盆卸完了,盒子在保险箱里。"

"谢了,多姆。"

"想看一眼吗?那破玩意儿够难看的。"

"谢谢,哥们儿,还是算了。"米奇说,"我可不想靠近那东西。"

"我拍张照片发给你吧,"多姆说,"总得让你过过眼嘛。"

"什么时候送出去?"米奇很清楚他们的事情还没做完。不过他最担心的一直是海关,好在现在已经通关了,还有什么地方能出错呢?

"明早九点,"多姆说,"那家店十点开门。我会派这小子送过去的。"

"好伙计,"米奇说,"东西要送到哪儿?布莱顿?"

多姆点了点头。"一家古董店。店主是个老头儿,叫库尔德什·夏尔马。不是我们常合作的店,但只找到这一家开门的。应该不会有问题。"

曼城进了第三个球,米奇气得直皱眉。他关掉了平板电脑——没必要再给自己找气受了。

---

[1] 多姆(DOM):多米尼克(Dominic)的简称。

"剩下的就交给你了。我得回家了,"米奇说,"帮个忙,起泡酒厂门外停了一辆路虎揽胜,能让你家那小子把它偷了,开到赫特福德交给我吗?"

"没问题,老大,"多姆说,"他十五岁,但这种车差不多能自动驾驶了。我可以自己去送盒子。"

米奇从防火出口离开仓库。除了多姆和那个小伙子,没人见到他来过这儿,而他和多姆从上学就一起混了,事实上俩人甚至是一起被中学开除的,因此这方面不需要担心。

十年前,多姆烧了一座他不该烧的仓库,于是搬到南方海边来,负责替米奇管理纽黑文生意中的所有后勤工作,干得很出色。这儿的学校也非常好,他儿子刚刚进了皇家芭蕾舞团,多姆因此很高兴。一切都顺风顺水,直到最近这几个月。只要这次的事情别出岔子就行,而且到目前为止都挺顺利的。

米奇活动肩膀,为开车回家做准备。他的岳父肯定会气呼呼的,但等他们喝上两杯,再看一部《速度与激情》,就会言归于好了。他惹的麻烦也许会给自己添一个黑眼圈——为了扯平,他必须不闪不躲地吃他岳父一拳——但那辆路虎揽胜应该能熄灭他岳父的怒火。

一个小盒子,价值十万英镑。节礼日加班也算是值了。

明天过后的事情就和米奇无关了。他的职责是把盒子从阿富汗送到布莱顿的一家小古董店。等接货人拿到盒子，米奇的任务就完成了。一个男人——也可能是女人，谁知道呢——会在明天上午走进古董店，买下盒子，转身离开。对方验完货，报酬会立刻打到米奇的账上。

而更重要的是，他将确认他的组织恢复了稳定。这几个月真是够难熬的。货在港口被查扣，司机和跑腿小弟被逮捕。这次他之所以做得这么遮遮掩掩，只告诉他能信任的极少数人，原因就在于此。他在试水。

他希望从明天开始，他再也不需要去想那个难看的陶制盒子了。希望到时候他可以把钱往银行里一存，然后转头去操作下一批货。

离开工业园的时候，假如米奇往路左边的紧急停车处看一眼，就会见到一个把摩托车停在那里的快递员。然后他肯定会想，一个人选择一个不寻常的日子，在一个不寻常的时间，把车停在一个不寻常的地方，这事恐怕不太对劲。然而米奇没看见这个人，因此也没产生这个念头，而是兴高采烈地开着车回家了。

摩托车手一直留在原地。

3

乔伊丝的日记

大家好，又见面了！

昨天因为是圣诞节，我没写日记，而所有事情都赶在这一天发生。能想象吧？百利酒、肉馅饼和电视。我女儿乔安娜说公寓里太热，但等我调完地暖温度，又变得太冷。乔安娜为全屋装了地暖，她一有机会就要提醒我。

房间里挂满了圣诞装饰，微笑爬上我的脸。红色、金色和银色的灯泡闪闪发亮，墙上贴着新老朋友送的贺卡。圣诞树（不是真树，但你别告诉别人，是从约翰-路易斯[①]买来的，你根本分辨不出来）的树顶上插着乔安娜小学时做的小天使。它是用卫生纸卷、铝箔和缎带做的，脸画在一把木勺上。四十多年来，它每年都会出现在圣诞树顶上。相当于一个人的半辈子啊！

刚开始的四五年，看到自己做的小天使被插在圣诞树顶上，乔安娜是如此自豪和激动。接下来的两三年，面对小天使时，她越来越尴尬，而后嘛，我不得不说，尴尬变

[①] 约翰-路易斯（John Lewis）：英国的高端百货商店。

成了三十年里不加掩饰的敌意。不过最近几年,我注意到双方的关系开始解冻,今年我端着一盘雅法蛋糕回到客厅时,看见乔安娜在轻轻抚摸着小天使,眼角泛着泪光。

这让我吃了一惊,但我猜对她来说,小天使站在那里,几乎陪伴了她的整个人生。

乔安娜带来了她的爱人、足球俱乐部主席斯科特。我本来以为会去他们家过圣诞——乔安娜的家在 Instagram[①] 上看起来非常漂亮,充满圣诞气氛。鲜花和蝴蝶结,还有一棵真树。要挑刺的话,我觉得蜡烛摆得离窗帘太近,但她毕竟已经是成年人了。

直到十二月二十日,乔安娜才宣布他们要来我这儿过圣诞节,告诉我不用准备吃的,他们会从伦敦的某家餐馆买一桌子做好的饭菜带过来。"老妈,你什么都不用做。"她这么说,可我觉得很遗憾,因为我还挺期待能为他们做一顿圣诞大餐呢。

他们为什么要来我这儿?嗯,他们计划圣诞节晚上飞往圣卢西亚,然而在做决定的最后一分钟,他们决定从他们家附近的希思罗机场起飞,改飞到我家附近的盖特威克机场。

所以我这里就是个临时起意的落脚点。有时候人的要

---

① Instagram: 一款社交应用程序,主要以分享照片的方式交友。有时缩写为 Ins 或 Insta。

求也不能太高，对吧？

还有一件让我耿耿于怀的事，必须要和你唠叨几句。圣诞节晚餐我们吃的是鹅。鹅！我说我有火鸡，烤一下就行，但乔安娜说其实鹅比火鸡更传统。我说鹅比火鸡更传统个脚后跟，她说老妈啊，圣诞节不是查尔斯·狄更斯发明的，你知道的，对吧？我说我当然知道（其实我不太明白她是什么意思，但我能感觉到胜利的天平在朝她倾斜，我需要拉一把），她说知道就好，那就吃鹅了。然后我说我去拿曲奇，她说别拿曲奇了，老妈，已经不是八十年代了。除了这些，我觉得圣诞节过得挺愉快的。尽管我知道乔安娜不喜欢，但我们还是看了电影《国王的演讲》。说真的，我也不是很想看，但我们都知道该让我赢一次了。我认为查尔斯当上国王后干得不错——我还记得，母亲过世后我过的第一个圣诞节。

乔安娜给我买了一件可爱的礼物：太空中用的那种保温杯，上面印着"圣诞快乐，妈妈！祝明年没有谋杀案"。不知道店家做何感想。她还买了花，足球俱乐部主席送我一个手镯，我只能说感谢他的心意。

不过，拆礼物还是很快乐的。我送给乔安娜的是凯特·阿特金森的新书，还有她发电子邮件告诉我名字的什么香水，我送给足球俱乐部主席的是一副袖口链扣，我猜他也会说感谢我的心意。我总是把收据装在礼物的盒子里，我母亲以前也是这么做的。不过我猜他应该不会去退货，因为链扣是在布莱顿的百货商场买的，而他看起来似乎不是在伦敦就是在迪拜。

今天中午和小团伙一起吃饭，我总算吃上了火鸡和圣诞曲奇——出于我的坚持。开始伊丽莎白对两者都不太感兴趣，但我看上去肯定像是铁了心了，她想了想也没有反对。但我好像犯了个错误，那就是邀请默文来吃饭。我总以为他迟早会被我感动，然而对他我恐怕是表错了情。我只希望有朝一日我能表对一次——趁着还有人可以供我传情，趁着我还有情可表。

吃完饭，我们移师易卜拉欣的住处，默文回他自己家了。他在饭桌上说他有个叫塔季扬娜的网恋女友，他没见过这个女人，但似乎一直在资助她。易卜拉欣说默文是"杀猪盘"的受害者，要去告诉唐娜和克里斯。警察的圣诞假放到哪天来着？格里[①]以前会在每年一月四日左右回去上班，不过西萨塞克斯郡下属的机构或许不太一样？

在此列出我们买给彼此的礼物。

伊丽莎白给乔伊丝——足浴盆。电视上做广告的那一款，我这会儿正泡在里面。好吧，我的脚正泡在里面。

乔伊丝给伊丽莎白——百货商场的购物券。

---
① 格里（Gerry）：乔伊丝的丈夫，已故。相关描写参见"周四推理俱乐部"系列其他作品。

伊丽莎白给罗恩——威士忌。

易卜拉欣给罗恩——一个我没听说过的足球运动员的自传。不是贝克汉姆或莱因克尔。

罗恩给伊丽莎白——威士忌。

乔伊丝给罗恩——百货商场的购物券。

易卜拉欣给伊丽莎白——一本书，名叫《精神变态测试》。

伊丽莎白给易卜拉欣——一幅开罗的画，易卜拉欣哭了，看来他俩在某个时候聊了一次，但我没参加。

乔伊丝给易卜拉欣——百货商场的购物券，是在伊丽莎白送画之后给他的，我不由得觉得我应该更用心一点儿才对。

易卜拉欣给乔伊丝——百货商场的购物券。哼！

罗恩给乔伊丝——《印度爱经》。非常好笑，罗恩。

易卜拉欣给阿兰——一部一咬就吱吱叫的橡皮电话。

阿兰给易卜拉欣——印有阿兰脚印的泥板。易卜拉欣又哭了。太棒了！

罗恩给易卜拉欣——一尊假奥斯卡奖杯，上面印着"最佳老友"。这让我们所有人都笑得前仰后合。

我们喝酒，然后唱了会儿歌——你敢相信吗？伊丽莎白居然不知道《去年圣诞》的歌词。不过，我好像也不记得《在寒冷的严冬》的歌词了。最后，我们听罗恩痛斥了二十五分钟的君主制，然后各回各家。

我回到家后，拆开了唐娜寄给我的礼物——她对我真的很好，我不知道普通警员能挣多少钱——她送的礼物是一只黄铜小狗，仔细一看，还真有点像阿兰呢。东西是她在布莱顿的肯普敦古董店买的，店老板叫库尔德什，是斯蒂芬的朋友，在上个案件里帮过我们的忙。这家古董店听起来像是我会喜欢的那种地方，也许我会去看看，因为现在我必须买个礼物回赠给唐娜。我喜欢给朋友挑选礼物。

总而言之，我的节礼日过得非常开心，这会儿打算放一部电影看着入睡。一切都好，只差格里——他会抱着一罐糖果吃个不停，然后把糖纸留在铁皮盒子里。格里喜欢草莓红的香草软糖和橙色的奶油夹心糖，而我喜欢太妃糖。假如你想知道婚姻幸福的奥秘，那么这就是了。

乔安娜告辞时给了我一个大大的拥抱，说她爱我。她在火鸡和圣诞曲奇这件事上也许做错了，但她还是有几个哄我的小妙招的。所以圣诞节是怎么回事？不好的会让你觉得更不好，而好的会觉得更好。

我可爱的朋友们，我可爱的女儿。我的丈夫走了，再也看不见他傻乎乎的笑容了。

我觉得我该为点什么喝一杯，那就为"祝明年没有谋杀案"喝一杯吧。

4

十二月二十七日，周四，上午十时

库尔德什·夏尔马很高兴圣诞节终于过完了。他满心欢喜地重新回到店里。圣诞节期间，这附近的很多小店都处于歇业状态，但十二月二十七日一大早，库尔德什的肯普敦古董店就开张了。

他一如既往地盛装迎客，一身紫色正装，奶白色丝绸衬衫，黄色布洛克皮鞋。经营古董店就像演戏。库尔德什对着一面古董镜子看了看自己，点点头表示赞许，又微微鞠了一躬。

会有客人来吗？多半不会。圣诞节刚过去两天，谁会需要装饰艺术风格的陶瓷小雕像或银质拆信刀呢？答案是没人。但库尔德什可以收拾一下店面，重新摆放他的小零碎，再在网上卖场淘淘宝。最重要的是，他可以给自己找点事做。一个人的圣诞节和节礼日总是过得特别慢。读书的耐心迟早会耗尽，心血来潮泡茶的次数终归有限，然后孤独就会扑上来包围你。你吸进去的是孤独,哭出来的还是孤独,而时间一分一秒过得慢极了,要到很久以后才能允许你躲进梦乡。圣诞节他甚至没有打扮一下,他又能穿给谁看呢?

街对面的五金店开了。店老板叫大戴夫,今年十月,癌症夺走了他的妻子。沿着山坡往下走一段就能到的那家咖啡馆也开了,店主是个年轻的寡妇。

库尔德什在后屋慢慢品尝一杯卡布奇诺。他几分钟前才刚开门,门上的铃铛就响了一声,这让他有点吃惊。

这么一个日子,这么一个时间,谁会来光临他的小店呢?

他从椅子里起身,手臂承担了以前膝盖的职责。从办公室走进店堂,他看见一个四十来岁的男人,来者衣冠楚楚,身材健壮。库尔德什朝他点点头,然后转开视线,想找点可供自己假装忙碌的事情去做。

碰到新客人上门,你只能偶尔瞥他一眼。有些人喜欢对视,但绝大多数人不喜欢。你必须像对待猫一样对待客人:等他们主动接近你。表现得过于急切,就会吓跑他们。要是你处理得当,客人到最后会觉得允许他们在店里买东西是给他们面子。

不过,库尔德什并不需要担心现在这位客人。他不是来买东西,而是来卖东西的。平头,花了大价钱晒成的黝黑皮肤，牙齿白得与他那张脸不相称，不过这似乎就是如今的时尚。他拎着一个真皮手提包，看上去比店里的任何一件古董都要贵。

"你就是这儿的老板？"利物浦口音，毫不怯场。是威胁的口吻吗？似乎有一点儿，但没什么能吓住库尔德什的。库尔德什知道，真正有意思的是昂贵皮包里的东西。不合法，但有意思。你看看，要是待在家里，他会错过什么样的乐趣呀？

"我叫库尔德什，"库尔德什说，"相信您的圣诞节过得一定很惬意吧？"

"都快飘上天了，"男人说，"我要卖东西。有个盒子，你肯定会喜欢，非常有装饰性。"

库尔德什点点头，他知道这是要干吗。这种事当然不在他的业务范围之内，然而附近的其他经营场所一月一日前恐怕都不会营业。但是，他不能不拒绝一下就直接接受。

"很抱歉，我不收东西，"他说，"摆不下了——必须先出掉一些存货才行。也许你有兴趣买一张维多利亚时代的牌桌？"

但男人充耳不闻。他慢悠悠地把皮包放在柜台上，拉开一半拉链。"很难看的盒子，陶制的，归你了。"

"从很远的地方来的，对吧？"库尔德什问，往皮包里扫了一眼。盒子颜色发黑，哑光，污垢盖住了上面的花纹。

男人耸耸肩。"咱们谁不是呢?①给我五十英镑,明天一早会有一个小伙子来,用五百英镑从你手里买走。"

商量能有任何意义吗?和这个男人争辩,会有用吗?你能把他赶走吗?不可能的。他们选中了库尔德什的小店,这就是一切了。库尔德什清楚自己应该给他五十英镑,然后把皮包放在柜台底下,明早交出去,别浪费时间思考盒子里是什么。有时候你就应该这么做事,而且还要乖乖配合。否则的话,就会有一颗汽油弹砸穿橱窗飞进来。

库尔德什拉开放钱的抽屉,取出三张十英镑和一张二十英镑的纸币递给男人,男人飞快地把钞票塞进大衣的口袋深处。"你看上去不像是缺这五十英镑的人,对吧?"

男人哈哈一笑。"你看上去也不像是缺那五百英镑的人,但结果不还是现在这样吗?"

"你的大衣很漂亮。"库尔德什说。

"谢谢,"男人说,"汤姆·斯威尼的。有句话我不说你也明白,要是包不见了,你的命也就保不住了。"

"我知道,"库尔德什说,"不过说起来,盒子里是什么?反正就咱俩,说来听听吧?"

"没什么,"男人说,"只是一个旧盒子。"

男人又笑了起来,这次库尔德什跟着他哈哈大笑。

---

① 此句暗指两个人都是移民。

"祝你好运,年轻人。"库尔德什说,"布莱克街的路口有个无家可归的女人,要是能把这五十英镑给她,她肯定会感激涕零的。"

男人点点头,说:"别碰那个包。"然后就转身出门了。

"多谢你的光临。"库尔德什说,注意到男人走向了布莱克街的下坡方向。与此同时,一个骑摩托的快递员从相反的方向驶过。

这个早晨迎来了一个很有意思的开端,不过古董这一行经常会发生有意思的事情。不久前,库尔德什帮他的朋友斯蒂芬和妻子伊丽莎白查到了一批珍本书的下落,还和他们一起逮住了一个杀人犯。说到伊丽莎白,她是一个什么"推理俱乐部"的领头人。

明天他会把盒子交给另一个人,然后整个小插曲就会被大家忘得一干二净——这只是交易中偶尔会发生的那种事。

钱少麻烦多,这就是古董行当。

库尔德什拎起皮包放在柜台上,再次拉开拉链。这个盒子有某种质朴的魅力,但不是能从他这儿卖出去的那种物件。他拿起来晃了晃。盒子里无疑装满了什么东西。他猜多半是可卡因或海洛因。库尔德什从盒盖上刮了些泥垢。这个盒子现在值多少呢?肯定不止五百英镑。

库尔德什拉上拉链,回到后屋,把皮包放在办公桌底下。他要上网搜一下海洛因和可卡因的街头售价。这样能让今天过得稍微快一点儿。然后他要把皮包锁在保险箱里，今天可不是一个招贼的好日子。

5

"默文，我这么说，你大概很难接受，但'塔季扬娜'是个骗局。"唐娜伸出手让默文握住，希望能借此安慰他。但默文没有抬手。易卜拉欣应该提醒她一句：默文不是会在生活中握住别人手的那种人，他在生活中和每个人都保持安全距离。

他们请唐娜去一趟默文的住处，和他聊一聊他所谓的新爱人"塔季扬娜"。乔伊丝觉得警察也许能对他产生更大的冲击力。不过节礼日午餐上默文的眼神告诉易卜拉欣，恐怕没什么能对默文这个人产生冲击力。

默文微微一笑："非常抱歉，我有照片和电子邮件，足以证明并非如此。"

"我们能不能看一眼那些照片呢，默文？"伊丽莎白问。

"我能不能看一眼你的私人邮件？"默文答道。

"我看还是不要为好。"伊丽莎白说。

"我知道你很难接受，"唐娜说，"另外我也知道你也许会觉得尴尬……"

"一丁点儿也不尴尬,"默文说,"你还能离事实更远点吗?差了好几英里呢,我亲爱的。"

"也许是个误会?"乔伊丝说。

"简单点说,错综复杂?"易卜拉欣说。

默文摇摇头,像是觉得很可笑。"或许现在已经不流行了,但我拥有一件名叫信任的东西,我不得不说,如今的人们都小看了它。不但是警方,还有其他所有人。"默文望着面前的这伙人说出这番话。

"我知道你们四位算是这儿的'明星',我明白……"

易卜拉欣注意到乔伊丝看上去一脸兴奋。

"……但你们并不总是什么都知道。"

"默文,我每天都跟他们这么说。"罗恩说。

"你是他们里最糟糕的,"默文说,"要不是看在乔伊丝的面子上,我根本没法忍耐你们里面的任何一位。我放弃了节礼日午餐,就为了陪你们,请别忘记这个。"

"我们非常感激你的慷慨,默文,"伊丽莎白说,"另外,我同意你说的,我们有缺点,不但个人有,作为一个团体也有,而你把罗恩挑出来,说他是我们里面最糟糕的,依我之见很可能是正确的。不过,我认为唐娜想给你看几样东西,说不定能够说动你。"

"我不会被说动的。"默文说。

唐娜翻开笔记本电脑,打开一连串窗口。

"谢谢你能在休息日来看我们。"乔伊丝说。

"不用客气。"唐娜说。

"知道吗?圣诞节那天唐娜逮捕了一个人。"乔伊丝对默文说,"我不知道你都这么厉害了。"

"那人干了什么坏事?"罗恩说,"偷驯鹿?"

"拉客。"唐娜说。

"圣诞节啊,"乔伊丝摇头道,"你会以为人们都忙得不可开交了。"

唐娜找到了她要找的东西,把屏幕转过去对着默文。"好了,默文,你发给乔伊丝一张塔季扬娜的照片,她转发给了我……"

"她转发给你了?"

"是的,"乔伊丝说,"别一脸不高兴。你发给我只是为了炫耀。"

"男性的虚荣心。"易卜拉欣附和道,他很高兴能有机会"补刀"。

"不管她是谁,"罗恩说,"总之够火辣的。"

"她就是塔季扬娜,"默文说,"没人想听你的看法。"

"好的,问题就在这儿。"唐娜说。她把默文发来的照片显示在屏幕上,旁边打开的浏览器窗口里是一张一模一样的照片。同一个女人,同一张照片。"你可以在网上反向搜索任何照片，我搜了你的'塔季扬娜'，结果你看，照片里的人不叫'塔季扬娜'，而是叫拉里莎·布雷德利斯，一位立陶宛歌手。"

"所以'塔季扬娜'是歌手？"默文说。

"不，'塔季扬娜'不是真的。"唐娜说。

其他人都看得明明白白，但默文不以为然。

易卜拉欣听着他们的交谈，心想这就像是试图和罗恩聊足球，或者政治，或者任何东西。默文称他们的推测"荒诞不经"，他甚至称之为"胡扯"。在易卜拉欣看来，这大概就是默文在说脏话方面的极限了。默文不肯认输，说他还有更多的照片、私人短信，还有爱的宣言，诸如此类的东西。他甚至把它们整理成了一个文件，这使得易卜拉欣对他的好感增加了一丁点儿。

乔伊丝接过指挥棒。"你有没有听说过'杀猪盘'？"

"没有，但我听说过爱。"默文说。

"电视上早间新闻过后，"乔伊丝继续道，"有个节目专门讲这个。"

"我不看电视，"默文说，"我管电视叫瞎话盒子。"

"嗯，很多人都这么说，"伊丽莎白说，"这个说法不是你发明的。"

"我打个岔，"易卜拉欣说，"我不是在暗示什么，但连环杀人狂里不看电视的人多得出奇。"

乔伊丝的狗阿兰在舔易卜拉欣的手,这是它最大的爱好之一。其他人觉得这是因为他和阿兰有着深厚的感情,但没人知道,易卜拉欣在发现阿兰对薄荷糖情有独钟之后,总是在衣服口袋里放一包这东西。

唐娜在笔记本电脑上又打开一个窗口,更多的照片随之出现。"欺诈者会反复使用相同的照片。这是加拿大的一个飞行员,这是纽约的一个律师,这人叫拉里莎。还有很多人和她一样,都被盗用了照片。'杀猪盘'团伙之间会把照片传来传去。漂亮,但没有威胁性,这就是他们喜欢的长相。"

"也是我喜欢的长相。"乔伊丝说。

唐娜给易卜拉欣看飞行员的照片,易卜拉欣看出她的魅力特征就是一成不变的"没有威胁性"。

默文还是不为所动,辩解称他已经和塔季扬娜聊了五六个月,而且每天要聊很多次。

"聊?"

"打字,你明白的,都是一码事。"默文说。

易卜拉欣能想象这个孤独的男人如何以此消磨他的时间。没人打来电话,没人需要他。

乔伊丝向默文指出,他还给塔季扬娜寄了五千英镑。默文气急败坏地说他就是寄了,假如你爱的人需要买新车,或者——举例来说——办签证,你当然会帮忙。这是最起码的礼貌。

"你们都会看到的，"他继续道，"她会在一月十九日来找我，到时候库珀斯切斯会有很多人吃瘪。我期待你们的道歉。"

所有人都认为今天可以到此为止了，他们收拾东西，走向乔伊丝家，肚子里装着一个需要考虑的两难问题。伊丽莎白回家去照看斯蒂芬了，乔伊丝抓住机会，问唐娜和波格丹[①]的圣诞节过得怎么样。

"他身上到处都有文身吗？"

"对，差不多全身都有。"唐娜说。

"啊？"乔伊丝惊讶不已。

易卜拉欣在思考他们该怎么说服默文，他这个人很难对付，这一点已经得到了确认。他之所以进入他们的视线，只是因为乔伊丝无法抗拒他的低沉嗓音和神秘感。然而，这是一个孤独的男人，有人正在利用他的孤独；再者说，给周四推理俱乐部找个比平时轻松一点儿的新任务也许是件好事。不像以前那样充满暴力，反而更有新意。

---

① 波格丹（Bogdan）：唐娜的男朋友，周四推理俱乐部成员们的好朋友。相关描写参见"周四推理俱乐部"系列其他作品。

6

萨曼莎·巴恩斯在喝她的深夜金汤力,她正忙着往一幅鸽子铅笔画上加毕加索签名和编号。多年以来,萨曼莎签了无数次毕加索的名字,以至于有一次她不小心在抵押贷款申请表上签了毕加索,而不是自己的名字。

她的脑子在信马由缰,这份工作的快乐之处就在于此——当然,还能赚钱。

伪造毕加索作品比想象中容易得多。当然了,萨曼莎不做大幅油画,她并不具备这种才能,她喜欢做那些人们不经仔细查看就在线上购买的素描和版画,她做这个易如反掌。

买卖真正的古董能挣钱,这一点毫无疑问,但其实更挣钱的是卖假古董,例如假家具、假钱币,又例如假素描。

比方说,萨曼莎花三千二百英镑买了一张二十世纪中叶的阿尔内·沃德尔书桌,然后以七千英镑卖出。她的利润是三千八百英镑,相当不赖,感谢买家。

然而,假如萨曼莎花五百英镑请一个叫诺曼的人在辛格尔顿的一个旧挤奶棚屋里仿造一张阿尔内·沃德尔书桌，然后以七千英镑卖出，她的利润就是六千五百英镑。正如她丈夫加思的口头禅，你自己做算术吧。

同样，假如萨曼莎能像今晚这么勤快，从桥牌俱乐部回家后把一整夜都花在伪造毕加索编号有限的版画上，那么材料成本应该在二百英镑左右，等她把赝品全部在线上卖给伦敦佬（他们热衷于把毕加索签名挂在墙上，而且对来源不怎么挑剔），最终的利润将会达到一万六千英镑。

萨曼莎·巴恩斯之所以早就还清了抵押贷款，这就是原因。

她开始为毕加索假画拍照好在网店上新，这些画每一幅的标价是两千五百英镑，卖家压到一千八百英镑她也会欣然接受。

萨曼莎曾经是做合法生意的，她可以对天发誓。以前她还和威廉在一起的时候，他们在佩特沃思开了一家小店，走遍全国给店里进货，忠实的顾客跟他们讨价还价，利润还算过得去，生活充满了乐趣。但是，随着他们年岁渐长，一成不变的店铺，开始让他们感到逼仄。昔日的安逸和稳定变成了束缚，恰如从小长大的家。去全国各地进货变成了烦琐的杂务，同样的面孔卖给他们同样的瓷猫。

于是萨曼莎和威廉开始搞一些小恶作剧。他们化名为萨姆和比利，只是为了好玩，没别的想法。一个人总得想办法熬过这一天，对吧？其中的一个恶作剧生根发芽，带着她走到了现在这一步。现在她走到哪一步了？在西萨塞克斯最高级的屋子里，听着《航运新闻》的有声书，假装自己是毕加索。

她常常回想这一切的起点。

威廉带回家一个墨水瓶，这是个毫无用处的丑陋东西，来自他在默西赛德郡收的一堆破烂儿。他们正准备把它扔掉，这时威廉提议打个赌。威廉打赌说，他能在萨曼莎之前以五十英镑卖掉这个一文不值的墨水瓶。当然不是卖给店里的常客，也不是一看就买不起的那些人，只是作为两人之间的一个小小的比赛。两人达成一致，然后继续拆箱，研究真正的古董。

第二天，威廉把墨水瓶放进一个单独的玻璃展柜，还特地上了锁，标牌上写着"墨水台，可能是波希米亚风格，可能出自十八世纪，请询价。只接受诚意出价"。

这么做是不是很淘气？是的，有一点儿。他们该不该这么做？不，他们不该，然而他们太无聊了，而且彼此相爱，想要哄彼此开心。在古董行业，这不是严重的罪行。萨曼莎对此深有体会，因为那些严重的罪行她已经全犯过了。

有常客走进来，看一眼展柜，问这个平平无奇的墨水瓶有什么特别的。萨曼莎和威廉会耸耸肩——"多半没什么，只是直觉。"所有人很快就忘记了这件事。但三周之后，一个高大的加拿大男人把车停在店门口的残疾人停车位上，出七百五十英镑买走了那个墨水瓶。"他从一千英镑开始还价。"威廉事后向她承认。

萨曼莎又签了一个"毕加索"，顺手点了支烟。抽烟和大规模造假这两件事，她在认识加思之前都没做过。不过事实上，香烟对纸张做旧很有帮助。

他们重复了几次"墨水瓶"把戏：一口破钟，一个样式古老的盘子，一只独臂泰迪熊。这些所谓的"古董"有了将它们视如珍宝的新主人，而钱——好吧，大部分钱——捐给了慈善机构。他们会迫不及待地在一批批古董里翻捡，寻找下一个挑战：带锁的玻璃展柜的下一个展品。这是两个人之间的秘密游戏。

直到威廉去世。

他们去克里特岛度假。吃过午饭，威廉下海游泳，结果被潮水卷走了。萨曼莎和货舱里的棺材一起回到了英格兰，实际上，悲伤的潮水也把她卷走了。

接下来的几年，她难过得无法生活，但又不敢去死，只能在痛苦和疯狂的雾霭中蹒跚前行。客人上门，她会飞快地端上一杯茶，挤出一个笑容，接受他们的好意和同情。她打桥牌，经营小店，凭借记忆复述客套话和陈词滥调，同时希望每天都是她的最后一天。

然后一天上午,威廉去世已经三年多了,那个买走墨水瓶的高大的加拿大人回到店里,掏出一把枪。

一切就此改变。

此刻她听见加思进门了。尽管他可以轻手轻脚,但他选择了弄出响动。

已是深更半夜,她很想知道加思去哪儿了,但有时候还是别刨根问底比较好。你必须让加思做他自己,他还没让萨曼莎失望过。

他会看见她的工作室亮着灯,用不了多久,他就会上楼,带给她一杯威士忌和一个吻。

再签两个"毕加索",今晚就收工了。

7

乔伊丝的日记

好的,我有个谜语给你猜一猜。

如何既能和朋友们一起庆祝新年,又能早早上床休息?

因为今晚我就做到了。

我们搞了一场最热闹的除夕狂欢。我们喝酒,午夜时一起倒计时,看电视转播的焰火表演。我们唱《友谊地久天长》,罗恩倒在咖啡桌上,然后我们各回各家。

因此,所有人都过了一个非常快乐的新年,而最棒的一点是,这会儿刚刚十点钟,我可以在该睡觉的时候上床休息。

我就是这么做到的。

有个从华兹华斯公寓来的可爱男人——别乱想,不是我喜欢的那一型——他叫鲍勃·惠特克,早在每个人都在电脑方面有一手之前,他在电脑方面就很有一手了。他总是一个人吃午饭,不过很容易打交道。去年他组装了一台无人机,操纵它在库珀斯切斯上空盘旋,后来还邀请我们去休息室看他拍的视频。视频非常精彩——他甚至配上了音乐。你能看见羊驼和一片片小湖,能看见送货卡车顶上的字——他做事真的很周到。我记得那是夏天的事情,早在第一起杀人案之前,不过人是会忘记时间的,对吧?看完视频,他讲了讲无人机的事,尽管认真听讲的人不多,但易卜拉欣说他讲得非常好。

言归正传,"晚间十点前喜迎新年"是鲍勃的点子。他包下休息室和大屏幕电视,邀请了所有人。到最后,我们有五十来个人聚在了休息室里。有些时候,你必须待在这么一个老人扎堆的群体里,才会真正认识到自己的衰老,和他们待在一起就像穿过挂满镜子的走廊。

每个人都带来了食物和饮料(后者为主),看了几集鲍勃非法下载的《只有傻瓜和马》[1]。

八点五十分左右,鲍勃把电视换到一个土耳其频道,土耳其的时区比英国的早三个小时,因此他们正在新年倒计时。我不知道他是在哪儿找到的频道信息,估计是在网上吧。土耳其人肯定也看电视,对吧?

节目里有音乐,有舞蹈,还有一个主持人,虽说我们没人能听懂他在说什么,但你肯定很熟悉这一类人,因此你大致能猜到他在说什么。屏幕上出现了倒计时的时

---

[1] *Only Fools and Horses*(1981—2003),英国喜剧电视剧。

钟——土耳其人的数字和我们的一样，铜管乐队奏响土耳其国歌或类似的曲子。等数字变成十，我们也跟着一起倒计时；然后，就在英国时间来到晚间九点的那一刻，土耳其时间来到了半夜零点，他们放焰火，我们拥抱，欢呼，互相祝新年快乐。在电视里摇滚乐队开始演奏，于是鲍勃调低音量，罗恩领头唱《友谊地久天长》，我们所有人挽起身边人的手臂，回想昔日的亲友，感谢自己足够幸运活着见到了新的一年。过了十几分钟，新年庆祝活动完毕，我们各自回家，准备早早休息。

假如你在餐厅里看见鲍勃，或者见到他在村里闲逛，很可能会觉得他这个人没什么意思。他既安静又认生，总是穿着灰色套头毛衣和呆板的白衬衫。但他有能力让我们度过一个美好的夜晚。他有本事，知道该怎么在英国的电视上看土耳其的节目，而且也足够善良，明白我们会从中得到多么巨大的快乐。这两者加起来，怎么说呢，就是一个相当了不起的人了。

行了，我知道你在想什么，但我要重申，他不是我喜欢的那一型，真希望他是。

我发了个"新年快乐"的短信给乔安娜，她回复我一个"乐"，就好像把一句话说全能有多费劲似的。我也给维克托发了个"新年快乐"，他回复我"愿健康、财富和智慧常伴你左右，愿你见到你的美丽感染身边的每一个人"。这还差不多，然后我一如既往地敬了格里一杯。

我也敬了伯纳德一杯，他去年还在这儿，今年不在了。明年这个时候，我们未必每一个人都还活着，这就是人生的真相。排在队伍后面的人也许会先倒下，但没人会告诉你，你在队伍里的什么位置。不过活到这把年纪，我已经有个大致的概念了。正如易卜拉欣常说的："前景似乎不太乐观。"

但是，还有很多事情值得期待，这才是关键。要是过得不充实，再活一年又有什么意义呢？尽管我已经放弃了默文，但我期待唐娜能找到办法帮助他。华兹华斯公寓来的鲍勃啊，为什么你没有默文的浓眉和低沉的声音呢？默文啊，你为什么没有鲍勃的善良和智慧呢？我太浅薄了，真希望我不是这样。

回头再想，格里既有善良和智慧，又有漂亮的眉毛。或许人的一生只能得到一个这样的男人。

我能听见阿兰的尾巴在啪啪拍打我的桌子腿，尽管小家伙其实已经睡熟了。

祝你新年快乐。愿你还能看到许多个新年。

8

受害者名叫库尔德什·夏尔马,尸体已经在这儿待了一段时间。他是布莱顿的一名古董商。今天清晨六点半左右,住在附近的一名男子在遛狗时发现了这辆车。新年第一天,摸着黑出门遛狗?没问题,朋友,随你怎么说好了。反正不是克里斯要解决的问题——他有一具尸体需要应付。

于是他们来到了这儿。附近的景色可真不错,克里斯心想,在清晨的空气中呼出一口白气。

狭窄的小径穿过肯特郡的树林,上面印着深深的车辙,隆起的泥土结着白霜,小径的终点是一道木栅栏,栅栏里圈着过冬的羊群。这幅景象跨越了一个个世纪,世世代代从未改变。银白色的树枝在头顶上伸展,为湛蓝色的天空装上了格子窗。

这本是圣诞明信片上的风光,但凶杀案破坏了它。

圣诞节期间,克里斯休息了几天。帕特里斯[①]从伦敦过

---

① 帕特里斯(Patrice):克里斯的女朋友,女警唐娜的母亲。相关描写参见"周四推理俱乐部"系列其他作品。

来，克里斯给她做了火鸡。这只火鸡太大，烤熟它用的时间长得离谱，不过她似乎非常喜欢。有那么一瞬间，好像是两个人正在看《音乐之声》的时候，帕特里斯正看得泪水涟涟，克里斯险些没有按捺住求婚的冲动，但他却在最后一秒钟阻止了自己。要是她觉得这时候求婚很可笑怎么办？会不会太快了？戒指就在家里的上衣口袋里，等他能鼓起勇气的时候使用。

唐娜一直在工作。不过，警察局的圣诞节通常还是很快乐的。肉馅饼，偶尔抓个人，双倍工资。晚上她带着波格丹来找他和帕特里斯。克里斯突然有点慌，担心波格丹会求婚，而且戒指还更漂亮。不过，对他们来说，求婚同样太早了。

白霜在脚下发出嘎吱嘎吱的声音。

就算枪声曾经惊扰过鸟儿，它们也早已忘记了受惊的那一刻，欢快的鸟叫声回荡在天空中。连羊也回去过自己的生活了。这里宁静而祥和，冬日低垂的太阳照得法医纯白的工作服闪闪发亮。克里斯和唐娜钻过警戒线，走向那辆小轿车。在这幅圣诞风景画里，莓红色的车身显得胀鼓鼓的。

小径从一条便道分出来，便道本身从一条树篱间的公路分出来，这条平缓而祥和的公路从肯特郡的一个村庄延伸出来。这个村庄太美丽了，警车开到犯罪现场之前,克里斯一直在一个网站上浏览房产。一座农舍就要一百八十万英镑,村庄被描述为"静谧"。

现如今,肯特郡最优秀的房产经纪人也只有在被逼无奈的情况下才会用上这个词。

"老妈说你没吃巧克力,"唐娜说,"整个圣诞节都没碰?"

"没碰,没碰香橙巧克力,也没碰甜酒。"克里斯说。这些减肥天敌都是他昔日的圣诞节零食,对现在的他来说已经是过往的"幽灵"了。往好处看,他已经能隐约看到自己的腹肌了。

"真是不敢相信,你还没有求婚。"唐娜说。

"还太早,"克里斯说,"我得先去买戒指。"

首先迎接他们的是气味。目前估计,尸体二十七日晚间就出现在这儿,已经有五天。克里斯和唐娜走到小轿车旁。法医艾米·皮奇和他们打招呼。

"新年快乐。"艾米说,小心翼翼地把沾血的车座头枕放进塑料取样箱。

"万事如意。"克里斯说,"这位就是夏尔马先生?"

"他华丽的压纹名片是这么说的,"艾米说,"他绣着姓名缩写的手帕也是这么说的。"

子弹径直穿过驾驶座的车窗,然后径直穿过库尔德什·夏尔马的颅骨。鲜血喷溅在副驾驶座的车窗上,在严寒中凝结成了玫红色的冰晶。

克里斯从冰冻的轮胎印能看出这里停过两辆车。圣诞节后的某一天,两辆车拐进这条幽静的断头小径停下。为了什么?生意?取乐?不管是什么,最后都以死亡告终。

从轮胎印来看,克里斯认为其中一辆车倒了出去。事情办完,回去过日子。而另一辆车和它的主人来到了终点站。

他扫视四周。完美的幽闭环境,方圆几英里内没有人家,沿途没有监控探头——你很难找到比这儿更适合作案的地点了。他望向车窗,杀人者只开了一枪。

"看上去很专业?"他问。唐娜在看尸体,她发现了艾米·皮奇遗漏的什么线索吗?

有一次,在一个同事的离职派对之后,克里斯和艾米·皮奇喝多了,一起过了一个晚上。艾米吐在克里斯的沙发上,但原因是克里斯倒在卫生间的地上呼呼大睡,堵死了卫生间的门。从那以后,两个人一见面就会尴尬得说不出话来。尽管没有第三个人知道发生了什么,但他们会一直保守这个秘密,直到其中一个人退休或去世。宁可这样,也比重提往事好一万倍。

"那是你的工作,不是我的。"艾米说,"不过你说得对,做得非常干净。"

艾米后来嫁给了一个沃德赫斯特的律师。克里斯最终不得不扔掉了沙发。

结冰保留了便道上的轮胎印，法医提取了轮胎印模型，用作痕迹证据。假如案子是职业杀手做的，那么这番忙碌注定会徒劳无功，最终只会在某个地方找到一辆擦干净指纹的被盗车辆。车会被扔在没有监控摄像头的停车场里，或者干脆在小地方的拆车场里被压成铁块。克里斯很久以前就学会了不能预设立场，然而这个案子具有毒贩黑吃黑的所有特征。

好吧，不是所有特征。毒贩只有地位足够高才会被做掉，但他们通常会开黑色豪华车，而不是红色的普通汽车。因此，这个案子也许不像看上去这么简单。

"我见过他。"唐娜说。

"库尔德什·夏尔马？"

"调查维京人的时候。"唐娜说。

"我的天，"他说，"所以是最近的事？"

唐娜点点头。"斯蒂芬带我去见的，就是伊丽莎白的丈夫。"

"原来如此，"克里斯说，"这次是不是能瞒着伊丽莎白那伙人，不让他们插手？"

"啊哈哈，"唐娜说，"梦里什么都有。他为人挺好的。你真的给我老妈买了园艺手套当圣诞礼物？"

"她说她就想要这个。"克里斯答道。

唐娜摇摇头。"每次当我觉得我已经把你训练好了,就会意识到咱们还有多远的路要走。"

他们沿着小径往外走,唐娜陷入了沉思。

"你在想库尔德什吗?"克里斯问,"我很抱歉。"

"不,"唐娜说,"我在想你和刚才的法医是怎么一回事。"

"我们能有什么事?什么都没有,"克里斯说,"就是普通同事。"

唐娜挥挥手,表示不信。"随你怎么说,回头再讨论。"

"对了,别告诉波格丹,"克里斯说,"他会立刻去告诉伊丽莎白的。"

"我可以答应你,"唐娜说,"只要你保证你和刚才的法医之间没有任何事。"

9

"他们朝他头部开枪,"波格丹说,俯首研究棋盘,"就一颗子弹。"今天的情况比较好,斯蒂芬记得他是谁,也记得怎么下国际象棋。今年的开局很不错。

"太可怕了,"斯蒂芬说,"可怜的库尔德什。"

"确实可怕。"伊丽莎白说,端着两杯茶走进房间,"波格丹,我只给你放五块糖,你该减一减肥了。新年新决心嘛。有犯罪嫌疑人了吗?"

"唐娜说是职业杀手干的,"波格丹说,"干净利落。"

"噢,"伊丽莎白说,扭头看丈夫,欣喜地在他眼中见到了近来常常缺席的神采,"库尔德什属于会掺和歪门邪道的那种人吗?"

斯蒂芬点点头。"嗯,绝对是。库尔德什?他绝对是。知道吗?我前一阵刚见过他。"

"斯蒂芬,咱们一起去见他的。"波格丹说,"他帮了咱们大忙,是一位非常和气的老先生。"

"随你怎么说,老弟,"斯蒂芬说,"反正他总喜欢搞点事情。"

"他们还闯进了他的店?"伊丽莎白说,"我听说的没错吧?在他被杀之前还是之后?"

"之后,唐娜说的。"

"没找到他们要找的东西,"伊丽莎白说,"不过为什么要杀他呢?真奇怪。唐娜还跟你说了什么?"

"警方事务,"波格丹说,"她不准我告诉你。"

"胡说八道,"伊丽莎白说,"多一个大脑帮警方思考有什么不好的?凶手闯进店里时有目击者吗?监控探头拍到了什么吗?"

波格丹竖起一根手指。"等一等!"他掏出手机,找到一条录音笔记,按下播放键。唐娜的声音响彻房间。

"伊丽莎白,你好,是我,唐娜。我知道库尔德什是斯蒂芬的朋友,哦,对了,斯蒂芬,你好……"

"那家伙,一个真正的坏小子。"斯蒂芬说。

"波格丹受到了最严格的限制,我禁止他把这个案子的细节告诉你们,因此,请不要玩你们的那些伎俩……"

"伎俩……"伊丽莎白喃喃道,觉得受到了冒犯。

"万一他决定向你们透露案情,他知道会给他带来什么后果。伊丽莎白,你是个见过世面的女人,应该能猜到这样做的后果是什么……"

斯蒂芬朝波格丹挑挑眉毛,波格丹点点头。

"……所以，假如你能不插手警方的本职工作，我会万分感激的。爱你们所有人，就这么着了！"

波格丹放下手机，抱歉地朝伊丽莎白耸耸肩膀。

"波格丹，她这是吓唬你呢。你看看你有多优秀，除非我对着自己的脚开上一枪，否则没人能拦得住我喜欢你——斯蒂芬，我不是说你不好。"

"哦，没什么。"斯蒂芬说，"没错，你看看这位先生。"

"省省吧，我向她保证过了，"波格丹说，"我要说话算话。"

"我的天，男人碰到能显摆的时候，还真是会装高贵呢。"伊丽莎白气呼呼地说，"波格丹，你能在这儿陪斯蒂芬两个小时吗？"

"没问题，"波格丹说，"你要去哪儿？"

"我去叫上乔伊丝，然后去库尔德什的店里看一看。我觉得我没有其他的选择了。"

"就不能交给唐娜和克里斯吗？"

"说真的，"伊丽莎白说着穿上外套，"纯属浪费所有人的时间。"

"亲爱的，你会玩得很开心的。"斯蒂芬说。

"这不是重点。"伊丽莎白说。

"替我向库尔德什问好，"斯蒂芬说，"告诉他，我还记着他这条老狗呢。"

伊丽莎白走到丈夫身旁，亲吻他的头顶。"好的，亲爱的。"

10

库尔德什的店已经面目全非，被翻得底朝天，砸了个稀巴烂。有人在找什么东西，而且情绪不怎么好。唐娜不想过多地探究店里到底丢了什么东西，她想思考些更让人快乐的事情。

"新年有什么新决心吗？"她问克里斯。唐娜的新年新决心是假装学习波兰语，等她最终放弃的时候，投入的努力刚好足够让波格丹领会她的意图。

"我要每天去海里游泳，"克里斯说，"对健康好得不可思议，血液循环，关节，整个身体。"

"你不可能每天都去的。"唐娜说。

"你低估我了，"克里斯说，"大错特错。"

"你今天要去游海泳吗？"

"呃，不，今天不去，"克里斯说，"咱们在工作呢，对吧？"

"昨天去了吗？"

"昨天咱们在调查谋杀现场，唐娜，"克里斯说，"所以当然没法去了。但除此之外，我每天都会去的。"

他们穿过店堂，来到后面的办公室，这里同样被翻得乱七八糟：抽屉全都被拉了出来，文件扔得满地都是，一个偌大的绿色保险箱被撬开了。

"我的天。"唐娜说。她在脑海里依然能看见库尔德什·夏尔马的尸体，他身穿一身正装，丝绸衬衫时髦地解开了三颗纽扣。事实上，她从背后认出了他，因为他秃得发亮的头顶完好无损。上次唐娜见到他——事实上，那是她第一次见到他——就是在这家店里，当时还有波格丹和斯蒂芬，他们来请他帮忙追查一些珍本书的下落。库尔德什是奸商吗？这一点毋庸置疑。会参与贩毒吗？唐娜觉得不可能。然而她和克里斯还是来到了这里，在他被砸得稀烂的店里调查他本人遇害的案件。

种种迹象表明，他很可能卷入了某些非法勾当。

"有人在找东西，对吧？"克里斯说。

"而且是在杀死他之后。"唐娜说。十二月二十八日的中午时分，也就是有人用一颗子弹打穿了库尔德什的脑袋几个小时后，本地警方打过电话到店里。唐娜想到波格丹买给她的那尊小雕像。库尔德什以爱的名义把小雕像送给他，只要了他一英镑。小雕像会因此变成坏运气的象征吗？唐娜希望不会。

和波格丹一起过圣诞节满足了她的全部愿望。好吧，也许不是全部：他送给她的圣诞礼物是四轮摩托车教练课。

"所以有人约了库尔德什见面。"克里斯说。

"库尔德什有东西要给他们，他们有东西要给库尔德什，先假设是钱好了。"唐娜拿起一本收据翻看。

"两辆车沿着便道开到那儿停下。凶手下车走过去，一枪打穿车窗，然后拿走了库尔德什要给他们的东西？"

"但东西不在他身上，也不在车里。他把东西留在店里了，为了保险起见。"

从收据来看，二十七日库尔德什店里的生意很冷清。三笔销售：一盏提灯，七十五英镑，现金；一幅没有签名的海景画，九十五英镑，信用卡，卡主名叫"特伦斯·布朗"；最后是"一套调羹"，五英镑。

唐娜发现一部手机塞在暖气片背后。她思考了一下库尔德什为什么不带手机出门，随即想到他已经八十岁了。尽管如此，考虑到他花了些功夫来藏手机，因此手机里说不定有与案子相关的东西。她把手机掏出来，放进证物袋。

库尔德什当然有可能销售各种各样的东西，同时不记入账本。监控录像能帮助他们进一步了解情况。不过，假如监控系统连接的是库尔德什店里的硬盘，那他们的运气可就不怎么好了，因为硬盘被砸成了碎片，残骸就扔在空保险箱的旁边。

"所以问题是，他们在找什么？库尔德什有什么？"

"还有,"唐娜又看了一眼空保险箱,"他们有没有找到?"

两个人走出办公室,唐娜扫视安装在店堂里的一个个监控摄像头。它们看上去很高级,她希望除了办公室里被砸烂的电脑硬盘,其他地方还保存了监控录像的备份。

她听见外面传来熟悉的说话声,克里斯也听见了。

"去看看?"唐娜问。

"难道还有别的选择?"克里斯答道。

11

伊丽莎白和乔伊丝无法进入库尔德什的小店。警用胶带封住了前门,砸破的窗户也被钉上了木板。这里毕竟是布莱顿,木板上已经有了"打倒资本主义"的涂鸦,还贴着滨海夜总会的单页广告。伊丽莎白尝试着掀开一块木板,但没有成功。

"你该带上斧子的,"乔伊丝说,"我很想看你抡斧子。"

"乔伊丝,别说风凉话了。"伊丽莎白说。

乔伊丝抬起头,看见了监控摄像头。

"监控摄像头!"

"控制一下情绪,"伊丽莎白说,"既然凶手专业得能隔着车窗一枪打死一个人,那肯定也专业得不会忘记切断摄像头的信号。咱们的对手不是小孩子。"

唐娜和克里斯从店旁边的小巷里走了出来。

"需要帮忙吗,二位女士?"唐娜说,"我们是警察,靠查案混口饭吃,很高兴见到你们。"

"看看橱窗而已。"伊丽莎白解释道。

"新年快乐!"乔伊丝说,"唐娜,谢谢你的铜小狗。"

"不客气。"唐娜说,然后扭头对伊丽莎白说,"我请你把案子交给我们处理,我记得我说得相当客气,对吧?至少我觉得很客气。"

"客气得挑不出一点儿毛病,"伊丽莎白赞同道,"我为你感到骄傲。"

"但是,"克里斯指了指伊丽莎白和乔伊丝,然后指了指被破坏的古董店,"你们还是跑来了。"

"我意识到我还没来过库尔德什的古董店呢,"伊丽莎白说,"我觉得我应该弥补一下。唐娜,你最近当然来过,还带着波格丹和斯蒂芬。那次小小的探险并没有得到批准,因此我觉得我也可以来逛一逛。"

"斯蒂芬好像不需要你批准才能来探险吧?"唐娜说。

"亲爱的,我说的是你和波格丹。"伊丽莎白说。

"我觉得我就更加不需要……"

"而我特别喜欢古董,"乔伊丝说,"格里搜集马蹄铁,总共收藏了七个还是八个。"

"唉,和前几次一样,你似乎和尸体很有缘分。"克里斯说。

"向来如此,"伊丽莎白说,"它们似乎被我吸引了。监控系统有没有提供有用的信息?"

"现在下结论还为时过早。"克里斯说,"不关你事。你喜欢哪个答案？随你挑。"

"我的个人观点，"乔伊丝说，"既然凶手专业得能在乡间便道上隔着车窗一枪打死一个人，那肯定也专业得不会忘记切断摄像头的信号。"

"那是你的个人观点吗，乔伊丝？"伊丽莎白说。

乔伊丝的眼睛瞟向封住窗口的木板，一张色彩缤纷的夜总会传单吸引了她的注意。"你们说'克他驴'[①]会是什么？"

"沿着这条路往前走好像有一家咖啡馆，"克里斯说，"你们也许会喜欢。"

"哦，咖啡馆。"乔伊丝说。

"克里斯，我们在工作，"伊丽莎白说，"有人杀害了斯蒂芬的朋友。你觉得你能用什么咖啡馆哄走我们？"

"我们也在工作。"克里斯说，"事实上，这就是我们的职业。我确定你能理解。"

"我完全明白。"伊丽莎白说，"那我们就不打扰你们了。要是你们查到了什么，能告诉我们一声吗？"

"伊丽莎白，你又不是我的老板。"克里斯说。

"抱歉，"唐娜说，"他觉得你盛气凌人。我也一样——我搞不懂为什么会这样。这次就交给我们来处理吧，可

---

① 原文为 Ket Donk。

以吗?"

"随你便,"伊丽莎白说,"我们也不是每次都非要分享情报。"

伊丽莎白挽起乔伊丝的手臂,拉着她走向克里斯说的咖啡馆。

"你倒是乖乖听话了,"乔伊丝说,"我还以为你要大闹一场呢。"

"走过来的路上,我注意到了那家咖啡馆,"伊丽莎白说,"橱窗里摆着蛋糕……"

"好极了,"乔伊丝说,"从上午茶到现在,我还什么都没吃过呢。"

"……店门口还有一个监控摄像头。"

乔伊丝朝她的朋友露出微笑。"看来咱俩都有事可做了?"

"非常正确,"伊丽莎白说,"而且咱们刚刚达成共识,不是每次都非要分享情报。"

12

康妮·约翰逊拆开易卜拉欣送给她的圣诞礼物：一个皮面的黑色小记事本。

"经常在电视上看见，"易卜拉欣说，"毒贩喜欢做笔记，数字啦，交易啦，等等。你们不信任电脑，因为有执法部门盯着，所以我看见这个本子就想到了你。"

"谢谢，易卜拉欣，"康妮说，"我也应该给你买件礼物的，但监狱里只能买到摇头丸和SIM卡。"

"不客气。"易卜拉欣说，"另外，你也不该买礼物送给你的心理医生。"

"难道心理医生就可以买记事本送给毒贩？"

"嗯，毕竟是圣诞节嘛。"易卜拉欣说，"不过，要是你真的想送我礼物，回答我几个问题如何？"

"大概不是要问我的童年吧？"

"是关于一起谋杀案的几个问题，伊丽莎白叫我写了下来。"易卜拉欣说，昨天周四推理俱乐部的例会是一场真正的头脑风暴。"我保证问完咱们就谈你的童年。"

"说吧。"康妮·约翰逊说。

"我来描述一个场景,"易卜拉欣说,"密林深处,一条偏僻的乡间便道尽头。深夜时分。有两辆车。"

"跟踪?"康妮说。

"我觉得不是跟踪,"易卜拉欣说,"A车的驾驶员是一个古董商……"

"最差劲了。"康妮说。

"……留在座位上没动,另一个人从B车上下来,走到车窗旁,一枪打爆了他的头。"

"就一枪?"康妮问,"一枪毙命?"

"一枪毙命。"易卜拉欣确认道。他喜欢这个说法。

"很有意思,"康妮说,"咱们下次再聊我的童年吧。"

"B车走了,倒车经由原路返回……"

"我认识的人没一个会说'经由'。"康妮说。

"那你就必须扩大一下社交圈了,"易卜拉欣说,"几个小时后,遇害古董商的店铺被翻了个底朝天。"

康妮点点头。"好,很好。"

"无论是犯罪现场还是店里,都找不到可供辨认的指纹。"

"肯定不会有的。"康妮说,在新记事本上写下一条笔记。

"很高兴看见记事本已经派上了用场。"易卜拉欣说。

"监控系统呢？"

"店里没有录像，但在同一条路上的一家咖啡馆里——乔伊丝说他家的马卡龙非常好吃——摄像头拍到了一个身穿昂贵大衣的男人。我们知道这件事，但警察目前还不知道。"

"我怎么一点儿也不吃惊呢？"康妮说。

"他进来吃东西，和咖啡馆的女店主聊了几句。需要知道她的名字吗？她叫露易丝。"

"不需要。"康妮说，"假如我需要知道什么，我会直接问你的。"

"好消息是露易丝说她懒得和警察打交道，"易卜拉欣说，"大意如此。是这样的，我们无法确定这个男人有没有去过古董店，但他是从那个方向来的，而且他口袋里有五十英镑左右的现金。他付账时把这些钱掏了出来，因此露易丝推测他应该去过。据我了解，如今很少有人用现金付账了。"

"简直是噩梦，"康妮说，"连我都不得不接受手机支付了。这个男人说话带口音吗？"

"利物浦，"易卜拉欣说，"利物浦口音。"

康妮又点点头。"你知道你有时候会解释得过于详细，对吧？"

"谢谢，"易卜拉欣说，"目前占据优势的观点——尽管你不是非要接受，但有时候，一个观点能占据优势，总是有充足的理由的——是这起谋杀案具有职业刺杀的特征，我想知道你在这方面有没有什么看法可以分享？"

"我确实有个看法，"康妮说，"你算是问对人了。乡间便道，一枪，职业刺杀。古董商，在没有其他选择时，是最好的销赃路径。你确定警方还没有掌握这个情报吗？"

"他们现在毫无头绪。"易卜拉欣说。

"好的，衣冠楚楚的利物浦人听起来像是多米尼克·霍尔特，他通过纽黑文贩运海洛因。目前就住在这附近，屋子建在海边。他们把古董店当成了交货地点，'替我们保管货物二十四个小时'之类的。正常情况下，多姆·霍尔特不会亲自送货，但每个人都有疏忽的时候。"

"他有老板吗？"易卜拉欣问。

"米奇·麦克斯韦，也是利物浦人。"

"他们是会杀人的那种黑帮吗？"

"我的天，当然了，"康妮说，"更确切地说，是会雇凶杀人的那种黑帮。"

"一码事。"易卜拉欣说。

"呃，并不是。"康妮说，"杀人和雇凶杀人完全是两码事。"

"好吧，这个问题留在以后做心理治疗的时候展开谈，"易卜拉欣说，"因为两者基本上就是一码事。"

"我保留我的看法。"康妮说。

"多米尼克·霍尔特和米奇·麦克斯韦,知道该去哪儿找他们吗?"

"当然。"康妮说。

"能告诉我吗?"

"不能,剩下的事情就留给你们去查吧。"康妮说,"你说有人杀了一个古董商,同一天他给了一个衣冠楚楚的利物浦人一笔现金。我告诉你两个人名,多米尼克·霍尔特和米奇·麦克斯韦,还告诉你他们贩卖海洛因。再往下说就是告密了,易卜拉欣。发誓守秘的人不是只有你一个。"

"你应该不会真的宣过誓吧?"易卜拉欣说,"另外,多姆·霍尔特难道不是你的竞争对手吗?"

"不,他贩海洛因,我贩可卡因。"

"你们的生意难道不会偶尔重合一下吗?"

康妮瞪着易卜拉欣,像是他突然发疯了。"为什么会重合?顶多圣诞节一起喝杯酒。当然了,今年除外。"

易卜拉欣说:"万一我查到了更多的情报,你愿意继续听我说吗?"

"非常愿意。"康妮说,"好了,咱们开始心理治疗吧?按照你说的,我最近一直在回想我老爸。"

易卜拉欣又点点头。"感觉到愤怒了?"

"非常。"康妮说。

"好极了。"易卜拉欣说。

13

乔伊丝的日记

库珀斯切斯的时事通讯《长话短说》经常会列出新住户的名字。当然了,他们会先征得对方的同意。对于新住户来说,这是一个很好的机会,能让你在和搬家卡车一起现身前,向整个养老社区做个自我介绍。另外,这也给了我们一个多管闲事的好机会。

总之,下周要搬进来的一位先生名叫埃德温·梅赫姆①。

埃德温·梅赫姆!

肯定是艺名,对吧?也许是魔术师或特技演员?或者二十世纪六十年代的明星?无论如何,他都会非常适合我的"乔伊丝特选"专栏。这个月我采访了一位女士,她年轻时曾经游泳横渡了英吉利海峡,但官方忘记计时了,因此她不得不在一个月后又游了一次。她现在也还在游泳,只是换到了游泳池里。

我当然不能操之过急,必须慢慢摸到埃德温·梅赫姆

---

① 梅赫姆(Mayhem):意思是严重伤害或大混乱。

的家门口去。我要先给他几天时间安顿下来,把家具摆成他喜欢的样子,然后再带着柠檬蛋白脆饼和记事本拜访他。

已经很晚了,向窗外望去,我能看见一户户人家正在熄灯。不过,没睡觉的人也还有几个。库珀斯切斯看上去就像圣诞倒计时日历[①]。

今年我买了一个吉百利的圣诞倒计时日历,十一月底还送了一个给乔安娜。乔安娜说自从吉百利改变巧克力制造工艺之后她就不吃了,但我尝不出任何区别。她以前特别喜欢吉百利的牛奶巧克力,但现在要等上很久才能听她再说一遍这句话了。看来明年我只能送她一个装满钻石的圣诞倒计时日历了,或者鹰嘴豆泥?

这会儿我正在看我的保温杯,上面写着"祝明年没有谋杀案"。要是能实现的话,倒是也不错。嗯,真的吗?我已经不太记得那些谋杀案开始发生前我每天都在干什么了。我记得我打算学习桥牌,但桥牌早就被我忘到九霄云外去了。我的网络账户里塞满了《摩斯探长》,集数多得我都不知道该怎么办了。唉,可怜的库尔德什。

一个人年近八十,有可能的死法不计其数,现在还要再加上一个"被谋杀",似乎有点不太公平。他们开枪打死

[①] 圣诞倒计时日历(advent calender):用来倒数计算圣诞节来临的日历,通常从每年12月1日开始计算,多以纸盒制成,上面的24个格子对应24天,每天可打开一个格子取出里面的礼物。

了库尔德什，因此他无疑招惹了什么人。我问伊丽莎白她为什么会知道那么多细节，她说她在一款应用程序上加入了一个消息特别灵通的群组。我直到最近才发现这个应用程序的群组功能。我加入了"遛狗人"和"肯特郡目击名人"群组，另外，我不得不给"孙子孙女如是说"群组设置了静音，因为我觉得里面的发言以炫耀为主。一个八十岁的人说什么"奶奶，你好像一个公主"？对不起，我真的没法相信。好吧，我知道我不该这么愤世嫉俗的。

我们调查的第一条线索是个叫多米尼克·霍尔特的人。他拥有一家名叫苏塞克斯物流的公司，公司所在的工业园交通便捷，离所有大港口都很近。因此葬礼后的第二天，易卜拉欣要开车带我们去那儿，看看能不能查到一点儿什么，感觉像是蹲点监视。伊丽莎白是大脑，易卜拉欣是司机，我负责零食点心。罗恩抱怨说他没有事情可做，伊丽莎白说他可以给大家解闷，这话他听了似乎挺高兴。

过去这一个星期左右，罗恩格外暴躁，甚至比平时更加暴躁。圣诞节的时候，他和女朋友保利娜吵架了。他不肯告诉我原因，易卜拉欣说他们是在"应该什么时候拆礼物"这件事上发生了分歧。罗恩说吃完早饭就要拆，但保利娜说必须等到午餐后，然后吵着吵着就闹大了。圣诞节晚上易卜拉欣过去做客的时候，他们甚至不肯陪他玩"我演你猜"，而罗恩知道易卜拉欣喜欢这个游戏，因此情况肯定很严重。我记得易卜拉欣有一次演《五十度灰》给伊丽莎白猜，我告诉你，你一辈子都不可能见到那样的表演。

易卜拉欣的圣诞节晚餐是一个人吃的，他说他就喜欢这样。我请他来我家吃饭——冰箱里的烤鹅多得不可能吃完——但他说他对过圣诞节其实没什么兴趣，过节有点像情感胁迫。但有一点值得注意，他来领阿兰出去散步的时候，戴着一顶圣诞老人的帽子。

伊丽莎白当然在家里陪斯蒂芬。她很少对我说他们的事情，只说她分了一些火鸡给最近经常来拜访的那只小狐狸。他们管它叫"白雪"，因为它的耳朵尖上有一抹白。它趴在地上的时候，以为自己藏得很好，但耳朵总是会暴露它的行踪。每天，它都会离他们家的院子更近一点儿，这会儿它就在那附近，躲在黑暗中的某个地方。

明天我会在库尔德什的葬礼上见到大家。我们其实跟他并不怎么熟悉，但他没有在世的家人了，因此总得有人去填补一下教堂的空位，对吧？换作是你，你肯定会这么希望的。

所以，乔安娜，"没有谋杀案"的愿望到此为止了，不过明天我要带上我的保温杯。火葬场的通风总是好得过头。

14

一月四日，上午八点半，全体队员奉命在费尔黑文警察局的行动指挥室集合，讨论库尔德什·夏尔马案件的调查进展。

克里斯应该站在最前面发布命令，组织讨论各种猜想，独霸各色马克笔和白板，但今天上午迎接他的是一个惊喜。

这个惊喜是国家犯罪调查局的吉尔·里甘高级调查官，很明显，这起谋杀案的调查现在由她主持——至于原因，目前还不得而知。

一个布莱顿的古董商在肯特郡被谋杀，这种事能和国家犯罪调查局扯上什么关系，甚至于出动了高级调查官吉尔·里甘？

此刻她拿着克里斯的马克笔，正在克里斯的白板上奋笔疾书。唐娜能感觉到克里斯都快气炸了。

"所以我们的手上有什么？"吉尔·里甘说，"彻头彻尾什么都没有。案件已经过去了一个星期，我们没有线索，当然也没有证据，而我们尤其没有的是……"吉尔缓缓扫视刑警队,"智慧。"

"她太会说话了。"唐娜悄声对克里斯说。

"我们没有店里的监控录像——没有就是没有,哭也没用。便道上的轮胎印没有引出任何线索——不奇怪,什么时候有过?没有指纹,没有可用的DNA,没有目击证人,然后我面前是一屋子警察,一个个只会坐着吃干饭。"吉尔继续说道。

"你的意思是叫我们坐下?"唐娜问。

"我这是打个比方,知道什么叫打比方吗?"吉尔说,"整整四天,毫无进展。不行,到此为止了。我从犯罪调查局抽调了一组人员,今天中午就会赶到,到时候这个案子就不归你们管了,而这个房间也将禁止你们入内。我的办公室——我有权使用你的办公室——同样会变成禁区。还有问题吗?"

克里斯举起手。"有,我……"

"我开玩笑的,"吉尔说,"没空回答问题。谢谢你们一大早来开会。去破其他的案子吧——要是你们这儿能找到其他案子的话。"

刑警队开始解散,有几个人很高兴,因为忽然可以悠闲地度过一天了。克里斯没有走,于是唐娜也留下了。

"到底发生了什么?"克里斯问吉尔。

"什么都没有,"吉尔说,"问题就出在这儿。"

克里斯摇头道："不，肯定发生了什么事情。肯特郡死了一个人，就把犯罪调查局招来了？"

"克里斯，我不知道该怎么回答这个问题。"吉尔说。

"要我给你汇报一下吗？听听我们目前掌握的全部情况？"

"不需要，谢谢。"吉尔说，"我们很好，只需要一点儿安宁。给我们一个好好做事的机会。找到他的手机了吗？"

"谁的？"克里斯问，"库尔德什的？"

"哇，"吉尔说，"小脑瓜转得可真快呢。废话，当然是库尔德什的。"

"不在他身上。"克里斯说。

"店里也没找到？"

"要是在店里找到了，长官，肯定会作为证物登记入库的。"唐娜说。她昨天应该去登记，但证物室没人值班。唐娜难得有一次为警察局经费不足感到庆幸。

"是有组织犯罪吗？"克里斯猜测道，"和你们正在调查的国际贩毒案扯上了关系？"

"假如真是这样，那就更加不能告诉你了，明白吗？"吉尔说，"好了，我相信你们肯定还有别的案子要处理。"

"其实没什么，"唐娜说，"博耐顿附近有个人被偷了一匹马。"

"那就去调查吧，"吉尔说，"我不想看见你们俩靠近行动指挥室。哈德森总督察，他们在停车场的活动板房里给你安排了一间临时办公室。快去吧，别磨叽了。"

"我们就这么被踢出库尔德什·夏尔马案件的调查了？"克里斯问。

"交给专业的人吧，"吉尔说，"你们去找那匹可怜的马。"

唐娜觉得这场口水仗最好改天再打，于是拉着克里斯走出房间，然后跟着他走下警察局的主楼梯。

"得出什么结论了吗？"他问。

"现实生活中没人会那么讨人嫌。"唐娜说。

"我也这么认为，"克里斯说，"她显然非常想把其他人都赶走。但为什么呢？"

"这个案子里有些她不想让我们知道的事情？"

克里斯点点头。"似乎值得深挖一下，你说呢？"

"先做最重要的事，"唐娜说，"我去更衣柜把库尔德什的手机取出来。"

克里斯又点点头。"飞快地扫一遍他的通话记录，然后就去博耐顿抓盗马贼。"

15

来参加葬礼的人只坐满了两排座位。库尔德什在遗嘱里只说他想要一个简单的火葬仪式,由他已故的妻子在驾驶习惯改进课程上认识的本地教区牧师主持(这人叫约翰什么,教堂开在霍夫,你们肯定能查到的)。

乔伊丝、伊丽莎白、罗恩和易卜拉欣坐在第一排。克里斯、唐娜、波格丹和一个陌生男人坐在后面一排,陌生男人戴着帽子,到目前为止只自我介绍说他叫大戴夫。教区牧师对被请来主持葬礼感到很吃惊,站在台子上竭尽全力地没话找话。

"库尔德什是一位店主,他热爱古董。他来自布莱顿,因此肯定热爱大海……"

伊丽莎白觉得这一段她可以跳过去不听,于是转身面对背后的克里斯。

"咱们交换情报吧。"她压低声音说。

"咱们在参加葬礼呢。"克里斯低声答道。

"他在奥文迪恩的家是一座平房,"牧师还在唠叨,"因此库尔德什显然不喜欢楼梯……"

"好吧,"克里斯说,朝伊丽莎白点点头,"你先。"

"我猜我们的情报肯定比你们的有价值,"伊丽莎白说,"所以给你个面子,你先吧。"

"谢谢你肯给我们面子。"唐娜说。

"这次伊丽莎白说得很对,"易卜拉欣扭过头,加入他们的谈话,"我们掌握了一大块你们没有的拼图。"

"真的吗?"克里斯说,"我愿意赌一把。我们的进展相当顺利。"

"现在请大家和我一起祈祷,"牧师说,"就算库尔德什拥有信仰,他也把他的信仰埋在了心中,但没人敢打包票。我们的……"

牧师继续背祈祷词,伊丽莎白和克里斯继续低声交谈,但都垂下了头。

"监控录像有结果吗?"伊丽莎白说,"你们知道库尔德什遇害那天有谁拜访过他吗?"

"还不知道。"克里斯说。

"有意思,因为我们知道了。"

"不,你们不知道。"唐娜说,她依然闭着眼睛,双手合十,"克里斯,他们在诈你。"

祈祷结束了。

"现在,"牧师继续道,"请和我一起默哀片刻,缅怀我们的朋友库尔德什·夏尔马，或者继续交头接耳也行。你们比我更了解他，但我认识他的妻子，我很喜欢她。"

克里斯附和了几句，然后回到正题。

"我跟你说实话，"克里斯说，"这个案子我们破定了。案发才五天，我们有一整个队伍在跟进线索，是一个非常好的队伍，情报也很充足，法医也在鉴别所有的物证。无论那是什么案子，我们都能破。靠的不是魔法，而是实干。"

"所以你们和咖啡馆的露易丝谈过了？"乔伊丝终于也加入了交谈，"非常好。"

"和……谁？"克里斯说，一时间猝不及防。

"露易丝，"伊丽莎白说，"同一条路上那家咖啡馆的女老板。你嫌我们碍事，叫我们去那儿喝咖啡，还记得吗？你们和她谈过吗？"

"当然，"唐娜说，"我和她谈过。这就是警察的工作。"

"但问题就在这儿，对吧？"伊丽莎白说，"不知道为什么，不是每个人都信任警察。我认为你们的工作做得很好，偶尔有一两个害群之马也是难免的，但并不是每个人都对警方抱着相同的看法。因此，面对两个喝茶吃蛋糕的老太太，她也许会更加坦诚，你说呢？"

"吃的其实是马卡龙，"乔伊丝说，"伊丽莎白，要注意细节。"

"现在，"牧师说，"库尔德什的一位朋友想上来讲几句。

波格丹·扬科夫斯基。"

乔伊丝鼓掌欢迎波格丹走上讲台。众人不再低声交谈。波格丹用食指叩了叩麦克风,对音响效果感到满意。

"库尔德什是一个好人,"波格丹说,"而世上的好人并不多。"

"说得好。"罗恩说。

"他对我很好,对唐娜也很好,他和斯蒂芬的交情很深。"波格丹说,"我请斯蒂芬给我讲一讲他的事情。斯蒂芬说他很善良,很忠诚。说就算有人在街上辱骂他,他也只会继续往前走。斯蒂芬说他是一号人物,不过是褒义的。他总是笑呵呵的,总是助人为乐,因此我想说……"

波格丹望着台下的小小一群人说。

"库尔德什,你曾经是斯蒂芬的朋友,因此你也是我们的朋友。我向你保证,我们会找到谋害你的那个家伙。我们会把他揪出来,灭了他……"

"咳咳,或者逮捕他?"唐娜提示道。

波格丹耸耸肩。"灭了他,或者逮捕他。谢谢你,库尔德什。请安息吧。"波格丹在胸前画了个十字。

他回到座位上,大戴夫欢呼了一声,引得其他人用力鼓掌。

葬礼继续进行,气氛变得凝重,乔伊丝、波格丹和罗恩甚至掉了几滴眼泪。

仪式结束，牧师做最后致辞。"今天我觉得自己有点多余，不过我祝各位好运。我真心希望我能在你还活着的时候认识你，永别了，库尔德什。"

送葬者开始走出教堂。

"你们和那个露易丝到底说了什么？"克里斯问伊丽莎白。

"不好意思，"伊丽莎白说，"咱们好像要交换情报来着？先给你透个底。库尔德什·夏尔马遇害的那天，有一个男人去拜访过他，目击者向我们描述了这个人的体貌特征。你们有吗？"

克里斯和唐娜对视一眼，一起摇头。

"进一步地，我们得知了一个名字，此人完全符合目击者的描述，而告诉易卜拉欣这个名字的人是南部沿海地区最大的毒品进口商之一。"

"但我不能透露此人的身份。"易卜拉欣说。

"你们的犯罪嫌疑人有名字吗？"伊丽莎白问。

克里斯和唐娜又对视一眼，然后再次摇头。

"最后一点，有人告诉我，国家犯罪调查局已经接管了这个案子，因此你们的虚张声势只是在做做样子。尽管我完全能理解你们的心情，但这么做确实耽误时间。"

"你怎么知……"克里斯说，伊丽莎白挥挥手，表示你别管。

"不管你们正在调查什么案子,"她说,"都肯定不是库尔德什·夏尔马的谋杀案。"

"有人在博耐顿偷了一匹马。"唐娜说。

"哦。"乔伊丝说。

"所以,我们有大量情报,"伊丽莎白说,"你们有什么可以用来交换的?"

唐娜从包里掏出一部手机。"我们有他的手机,伊丽莎白。尽管不应该,但他的手机在我们这儿。"

"好极了。"罗恩说。

伊丽莎白拍了拍手。"非常好,唐娜,非常好。波格丹能追到你真是太幸运了。非常抱歉,我刚才是不是有点太傲慢了?我会努力改正的。我们的猜想是多米尼克·霍尔特把一批海洛因送到了库尔德什的店里,而库尔德什,出于只有他自己才知道的理由,决定偷走海洛因,而某个人因此杀害了他。克里斯,这么说你有没有明白过来发生了什么?"

"证实了我的很多猜想……"

"别胡扯了,"伊丽莎白说,"好了,作为交换,手机上查到了什么情况?"

"他打过两通电话,"克里斯说,"就在他遇害那天的下午四点左右。"

"一通打给一个叫妮娜·米什拉的女人。"唐娜说,"她在坎特伯雷，是一位历史考古学教授。"

"一位教授，我的天。"乔伊丝说。

"教授啊。"罗恩说，翻了翻白眼。

"你们去见过她了吗？"易卜拉欣问。

"我们今天上午才拿到通话记录，"唐娜说，"所以，还没有。"

"听起来这活儿似乎更适合我们来做？"伊丽莎白说。

"是的，夫人。"克里斯说。

"好极了，"乔伊丝说，"正希望咱们能去坎特伯雷看看呢。"

"第二通电话呢？"易卜拉欣问。

"在打完妮娜·米什拉那通电话后十分钟，"唐娜说，"但无法追踪——目前还没查到。"

"无法追踪？"伊丽莎白说，"不存在这种事。"

"返回的结果是'代码777'，"唐娜说，"我们时不时就会碰到这种号码。"

"哦。"伊丽莎白说。

"代码777是什么意思？"乔伊丝问。

"高端犯罪分子的手段，"克里斯说，"是一种屏蔽软件，完全非法，特别贵，但这样你就可以不用一直买一次性手机了。"

"很可能是从暗网搞到的。"易卜拉欣说，自以为睿智地点点头。

"所以库尔德什打电话给一位教授,"乔伊丝说,"之后又立刻打给一名高级罪犯?"

"肯定还有其他的解释方法。"伊丽莎白说。

"我很想听一听。"克里斯说。

"有两个关键问题:"伊丽莎白说,"首先,库尔德什是不是在尝试出售海洛因?其次,假如是的,对方是谁?"

"这些我一个字也不信,"罗恩说,"抱歉。库尔德什得到了一批海洛因,决定自己去卖?不可能,他会吓得魂不附体,肯定是其他人插手劫走了这批货。我敢保证,库尔德什不可能黑吃黑。"

"对不起,"一个声音突然说,"我忍不住偷听了。"

他们同时扭头,看见大戴夫站在一旁,就是葬礼上的那个陌生人。

"不过,我认为我是最后一个见到他还活着的人。"大戴夫说。

"那是什么时候?"伊丽莎白说。

"二十七日,"大戴夫说,"下午五点左右。我正要打烊,那天没什么生意。"

"他说什么了吗?"克里斯问,"说他要去哪儿了吗?"

"没,他只是祝我圣诞快乐。"大戴夫边说边系上大衣的纽扣,"然后买了一把铲子。"

16

从葬礼回家的路上,形形色色的推测充满了车厢:敌对的贩毒帮派,勒索……罗恩一如既往,怀疑黑手党卷入了案件。但还是有一些值得玩味的问题找不到答案。库尔德什为什么不照他们说的做?他为什么打电话给妮娜·米什拉?第二通电话,也就是代码777的那通电话,打给了谁?克里斯对犯罪分子的评语伊丽莎白不以为意,但他说得对——拥有一个无法反查的号码,这件事真的很难做到,只有特定的一类人才会使用这个手段。

当然还有最关键的一个问题:那批海洛因在哪里?

伊丽莎白打了个哈欠,漫长的一天总算过完了。她打开家门,立刻就知道出事了。直觉告诉她,发生了某些非常不好的事情。多年以来,她早已学会了相信自己的直觉。

电视关着,这一点很不寻常。斯蒂芬最近总是从早到晚坐在沙发上看电视,而且锁定历史频道。以前他还会告诉她他看了什么,但近些天不怎么说了。有些晚上,她会和他一起看电视节目,主要是有关纳粹和古埃及的,还不坏。

她脱掉大衣，将其挂在门厅的一个钩子上，旁边是斯蒂芬的防水夹克。他们以前经常一起散步，一口气走上几个钟头，然后找一家酒馆，和一条友善的狗坐在壁炉前，她帮斯蒂芬填纵横字谜。现在他们尽量每天在树林里走一个小时。没有乡间酒馆的壁炉了，失去的东西又多了一件，剩下的东西越来越少。她摸了摸夹克的袖子。

家里很安静，但斯蒂芬肯定在家。她闻到了一股熟悉的气味，然而是从哪儿飘来的呢？

斯蒂芬摔倒了？突发心脏病？她会发现他躺在地上，脸色灰白，嘴唇发青？他们美好的婚姻难道会这么结束吗？她强壮的男人瘫倒在地毯上，扔下伊丽莎白一个人，甚至不说一声再见？

"伊丽莎白？"是斯蒂芬，声音来自他关着门的办公室。伊丽莎白如释重负，险些跪在地上。她推开门，看到了他。他穿着一身正装，刮过脸，头发梳得整整齐齐，坐在他工作多年的写字台前。他的藏书围在他的四周——伊斯兰艺术、中东文物，还有摆满一层书架的比尔·布莱森。以前她常常一连几个小时听他敲打他一直拒绝升级的老式文字处理机。她喜欢取笑他，说他打字很抽象，但她能理解其中的乐趣。她知道他多么热爱他的工作：写作、讲演、教学、通信。她多么希望能再次听见他笨拙地打字的声音。

"你好，亲爱的，"伊丽莎白说，"最近很少在这儿见到你，对吧？"

斯蒂芬示意伊丽莎白坐下。她看见桌上摆着一封信。

"我想……"斯蒂芬开口道，"要是你不介意，我想读一封我今天收到的信给你听，可以吗？"

她看见了桌上的信封，信是伊丽莎白出门后送来的。"当然可以。"她说。

斯蒂芬从桌上拿起信，但他没有立刻开始读，而是盯着伊丽莎白的眼睛说："我希望你能和我说实话，明白吗？我需要你的爱，也需要你的坦诚。"

伊丽莎白点点头。她还能怎么做呢？信是谁寄给斯蒂芬的？信里说了什么？莫非是库尔德什寄来的？库尔德什案件的线索？向老朋友求助？

斯蒂芬开始读信。以前他经常在床上念书给她听，狄更斯、特罗洛普。要是兴致来了，还有杰姬·柯林斯。

"*亲爱的斯蒂芬，*"他读道，"*这封信写起来很艰难，但我知道你读起来会更加艰难。我就直话直说了。我认为你很可能得上了阿尔茨海默病，正处于痴呆症的早期阶段。*"

伊丽莎白能听见自己的心脏在胸腔里怦怦跳动，谁会选择用这种方式来破坏他们的隐私？都有谁知道这件事？她的朋友们？他们中的一个写了这封信？不，他们没这个胆子，他们不会不请示她就做出这种事。难道是易卜拉欣？他说不定敢。

"我不是专家，但我一直在研究这个问题。你在忘记事情，你在变得糊涂。我很清楚你会说什么——'但我总是容易忘事，我总是很糊涂！'——你当然说得对，但是，斯蒂芬，你现在的情况是另一个程度的。你出问题了，我读到的所有资料都指向同一个方向。"

"斯蒂芬……"伊丽莎白说，但斯蒂芬轻轻地打个手势，示意她别说话。

"你也肯定明白，痴呆症只会指向一个方向。一旦你走上那条下坡路，就没有回头路了，而且请你相信我，你已经在那条路上了。一路上也许会有些地方可以让你喘口气，会有石头让你坐下来歇歇脚，你偶尔还会觉得风景挺美的，但是，你再也不可能爬回高处去了。"

"斯蒂芬，信是谁写给你的？"伊丽莎白问。斯蒂芬竖起一根手指，请她再耐心等一会儿。伊丽莎白的怒火渐渐熄灭。这封信应该由她来写才对，而不是把重任交给一个陌生人。斯蒂芬再次开口：

"有可能你已经知道了，也有可能你一边读着信，一边问：'这个该死的傻瓜，为什么要把我已经知道了的事情再重复一遍？'但我必须要写这封信，因为万一你不知道呢？万一你在下坡路上走得太远，已经不知道自己每况愈下的事实了呢？假如这些话听起来非常陌生，那么我希望，这封信至少能在你内心深处引起共鸣，让你认识到我所说的真相。另外，你知道你可以信任我。"

"信任谁？"伊丽莎白说。

"重要吗？"斯蒂芬温柔地反问道，"从你的眼睛里我看得出来这是真的。我是说，我知道这是真的，但我很高兴——算是高兴吧——能见到你证实了我的想法。好了，让我念下去吧——这封信并不长。"

"*我现在必须写这封信给你，斯蒂芬，因为假如它真的引起了你的共鸣，我要你为我做两件事：第一，我要你把这封信读给伊丽莎白听；第二，我要你让她向你保证，她会允许你每天都读一遍这封信，以免你忘记信里说的事情。而按照我的理解，你一定会忘记的。*"

伊丽莎白知道这封信是谁写的了，她当然应该知道。

"信是你写给你自己的？"她问斯蒂芬。

"看来是的，"斯蒂芬说，"一年前的今天。"

这完全出乎伊丽莎白的意料。"你是怎么做的？把信封起来寄给你的律师，叫他们过一年寄给你？"

"应该是的，"斯蒂芬说，"应该是的吧。不过，更加重要的是，我猜信里说的全是真的。"

"是的，全是真的。"伊丽莎白说。

"而且在恶化？"

"比以前严重多了，斯蒂芬。今天你难得这么清醒。我们在勉力维持现有的生活。"

斯蒂芬点点头。"该怎么办呢？"

"取决于你，"伊丽莎白说，"决定权永远在你的手上。"

斯蒂芬微笑道："开什么玩笑，取决于我？不，取决于我们。另外，留给我们做决定的时间似乎已经不多了。我还能住在这儿吗？不可能了吧？"

"有困难，"伊丽莎白说，"但不是不可能。"

"很快就不可能了。"

"我不管以后的事，"伊丽莎白说，"我只在乎现在。"

"尽管想法很好，但对我来说恐怕只是奢望了。"斯蒂芬说，"我相信肯定有什么地方能够照顾我，从而减轻你的负担，你说呢？我应该还有些积蓄，对吧？还没有在赌桌上输光吧？"

"你当然有钱。"伊丽莎白说。

"最近我卖掉了一些书，"斯蒂芬说，"很贵的书。"

斯蒂芬肯定注意到了她的眼神变化。

"我没卖书？"

"是的，你没有，"伊丽莎白说，"但你追查到了一些书的下落，帮忙解决了一起谋杀案。"

"是吗？我还挺有本事的呢。"

"先把信读完吧，好吗？"

"哦，对，"斯蒂芬说，"应该读完。"他又拿起那封信。

"斯蒂芬，你的一生非常精彩。你充实了无情流逝的每一分钟，而伊丽莎白，你得到了多么完美的一个女人啊，你拥有过人们所谓的幸福人生。你是多么幸运，上天给过你不可思议的机遇，你见识过不可思议的风景。你是个幸运的浑蛋，很可能就该经历一些磨难。而现在，磨难来了。无论你怎么选择，都必须直接面对它，而这封信是我给你的礼物，假如其他的努力都失败了，你也必须知道你的敌人是谁。我最近每天都在读痴呆症的资料，趁着还有机会，补充一下知识。资料里说，到了一定的时候，你甚至会忘记你最亲近的人。我读到过不少丈夫忘记妻子、母亲忘记孩子的病例，但是，即便名字和面容会在记忆中消失，停留得最久的似乎是爱。因此，无论现在病情发展到哪个阶段了，我都希望你知道有人爱你。伊丽莎白不会把你送走，咱们都知道这一点。无论你的情况多么糟糕，无论日子多么难熬，她都不会把你关进养老院。但你必须说服她，让她知道这是正确的做法。她不能一直照顾你，这既是为了她好，也是为了你好。伊丽莎白不是你的护士，她是你的爱人。把这封信读给她听，然后请无视她的反对。我写了一页纸的建议，夹在《巴格达考古博物馆手册》里了，书在你右手边书架的第三层上。希望里面的内容能满足你的需要。

"斯蒂芬，我正在丧失理智——我能感觉到理智每天都在从我的指缝中溜走。你是一年后的我,我向你送上我的爱。希望你能根据这封信做出抉择。我爱你,假如你已经按照我说的,把信读给伊丽莎白听了,那么伊丽莎白,我也爱你。你忠诚的,斯蒂芬。"

斯蒂芬放下信。"所以就是这样了。"

"是啊,就是这样了。"伊丽莎白赞同道。

"现在咱俩是不是该抱头痛哭了?"

"我觉得咱们应该先冷静一下,"伊丽莎白说,"晚些时候再哭不迟。"

"咱们有过这样的谈话吗?"斯蒂芬问,"咱们讨论过痴呆症吗?"

"隔三岔五吧,"伊丽莎白说,"你当然知道你出问题了。"

"我知道这个问题很难回答,但再过多久,咱们就没法好好讨论了?咱们还有多少这样的机会?"

伊丽莎白再也不能自欺欺人了,再也不能把斯蒂芬留在自己身边了。她知道这一天迟早会到来。过去的这段日子,她一直在一点儿一点儿地失去他,但现在这一切都结束了,他们走到了故事的尾声。

斯蒂芬穿戴整齐,刮过胡子,他站在他的藏书之间,还有他在旅行中搜集的瓶瓶罐罐和雕像,他一生中收藏的他觉得有重要意义和美丽的东西。比如奖状和照片,照片上老朋友们在船上微笑,少年在学校里打扮得像成年人,斯蒂芬在山上、在沙漠里参与挖掘工作,斯蒂芬在异国酒吧里举起酒杯,在他们的婚礼上亲吻新娘。这个房间就像他的茧,每一英寸[①]都是他存在的痕迹:他的智慧、他的微笑、他的善良、他的友谊、他的爱人、他的玩笑。他的整个头脑都展现在这里。

斯蒂芬知道,他正在失去他的头脑。

"不多,"伊丽莎白说,"你情况好的日子相隔越来越久,情况不好的日子状态越来越差。"

斯蒂芬鼓起腮帮子,思考自己所剩无几的选择。"伊丽莎白,你必须把我送到什么机构去,找一个能够一天二十四小时妥善照顾我的地方。我会看一看列给自己的建议清单。"

"我能照顾好你。"伊丽莎白说。

"不,"斯蒂芬说,"我不要你照顾我。"

"我觉得这件事我也有发言权。"

斯蒂芬伸出手,隔着桌子握住伊丽莎白的手。"我要你向我保证,你不会销毁这封信。"

"我不能保证。"伊丽莎白说。上天哪,他的手,我的手,她心想,这两只手是多么契合啊。

---

① 1英寸约合2.5厘米。

"我要你每天都把这封信拿给我看，"斯蒂芬说，"明白吗？"

伊丽莎白望着丈夫，然后看着那封信。这个聪明的男人，他在一年前写了一封信给自己。他究竟是怎么做到的？在他笨拙地打字的那些日子里，其中肯定有一天是在打这封信。那天他很可能打完信后笑呵呵地回到客厅，见到她就说："喝茶吗，好老婆？"

每天把这封信拿给斯蒂芬看意味着她会失去他，但不给他看就意味着背叛他。伊丽莎白别无选择。

"我保证。"她说。

听到她的回答，斯蒂芬流下了眼泪。两人起身，紧紧拥抱。斯蒂芬在颤抖和啜泣。他说"对不起"，她也说"对不起"，但两个人都不知道他们在对谁说和为什么说。

十五分钟之前——感觉像是上辈子的事情了——伊丽莎白走进家门时闻到了一股气息，现在她知道那是什么了。她知道她早就辨认出来了。

那是恐惧，残酷无情、被冷汗浸透的恐惧的气息。

第二部分

我们这儿应有尽有!

17

从理论上说,罗恩非常乐意监视一个大毒枭的窝点,还有寻找一起杀人案的凶手。

然而真干起来,到目前为止,他所做的仅仅是坐在轿车的后座上,举着他在超市买的望远镜,盯着一个过去一小时内既没人进去也没人出来的仓库,同时还要听易卜拉欣给乔伊丝念《经济学人》杂志上一篇讲厄瓜多尔的文章。

"当间谍总是这么无聊吗?"他问伊丽莎白。今天她异乎寻常地安静。

"百分之九十的时间都在做这种事,剩下百分之五写报告,最后百分之五消灭对方。"伊丽莎白说,"易卜拉欣,这篇文章还很长吗?"

"我听得正高兴呢。"乔伊丝说。

"乔伊丝听得正高兴呢。"易卜拉欣说,然后继续念下去,这一段说的是基多[①]高科技界感受到的压力。

一辆黑色路虎揽胜在前方的路边停车区停了下来,堵

[①] 基多(Quito):厄瓜多尔首都。

住了他们的去路。

"来了,来了。"罗恩边说边放下手里的望远镜。伊丽莎白的手本能地伸向她的包。一个男人从路虎揽胜的驾驶座下车,走向他们的轿车。他敲了敲易卜拉欣身旁的车窗,易卜拉欣放下车窗。

男人把脑袋伸进车里,挨个儿仔细打量他们四个人。

"出门溜达?"男人操着利物浦口音。

"观鸟。"罗恩举着望远镜说。

"大衣真好看,"乔伊丝说,"来一块软糖?"

她把一袋小猪珀西①软糖递给男人,男人拿了一块,边嚼边说话:"你们盯着我的仓库看了一个小时了,见到什么了吗?"

"什么也没看见,霍尔特先生。"伊丽莎白说。

听见自己的名字,多米尼克·霍尔特迟疑片刻。

"叫我多姆好了。"多姆说。

"什么也没看见,多姆,连个海洛因的影子都没看见,"伊丽莎白说,"你的表现值得夸奖。不过我猜运输货物的批次不会很多,而且两次之间会隔很长时间,对吧?"

"大部分时间都在做内部管理?"乔伊丝问。

"我经营的是一家合法的物流公司。"多姆说。

---

① 小猪珀西(Percy Pig):一个英国糖果品牌,以猪形状的软糖为特色。

"而我手无缚鸡之力，靠养老金过日子。"伊丽莎白说。

"我也是，"乔伊丝说，"再来一块软糖吗？我从来都做不到只吃一块。"

多姆·霍尔特抬起手掌，表示不要了。"能问问你为什么会知道我叫什么吗？"

"南部海岸的海洛因贸易这东西，只需要稍微往下挖一挖，你的名字就会自己蹦出来了。"伊丽莎白说。

"有道理。"多姆说，皱眉沉思。罗恩见识过周四推理俱乐部的威力。"看不透我们这伙人了，对吧，小子？"他说。

多姆又打量了他们一遍，像是做出了什么决定。

"我来说说我是怎么看你们的吧。"多姆说，他指着罗恩说，"你是杰森·里奇[①]家的老头子。罗伊？"

"罗恩。"罗恩说。

"我见过你和他在一起。他是个暴脾气，所以我猜你也一样。"多姆的手指转向易卜拉欣，"我不知道你叫什么，但你就是去达威尔监狱见康妮·约翰逊的那个人。据说你是摩洛哥人，专门进口可卡因。真的吗？"

"无可奉告。"易卜拉欣说。罗恩从来没见他这么自豪过。

[①] 杰森·里奇（Jason Ritchie）：罗恩·里奇的儿子，前拳击运动员，通过参加真人秀综艺翻红，年轻时加入过帮派。相关描写参见"周四推理俱乐部"系列其他作品。

"至于你,"多姆朝伊丽莎白点点头,"我不知道你是什么人,但你的包里有一把枪,藏得不怎么好。"

"我没想藏。"伊丽莎白说。

"轮到我了。"乔伊丝说。

多姆望向乔伊丝。"你似乎交了一伙坏朋友。"

乔伊丝点点头。

多姆朝他们几个人摆摆手。"来吧,下车,全都给我下车。"

一伙人下了车,罗恩觉得能伸展一下两条老腿真是太好了。

多姆打量他们这个小团体。

"所以我这里有一个坏脾气的伦敦佬,一个可卡因贩子,一个带枪的老太婆,还有……"他再次望向乔伊丝。

"乔伊丝。"乔伊丝说。

"还有乔伊丝,"多姆说,"你们一月份大清早蹲守在我的仓库外面。任何一个有理智的人都会产生疑问,对吧?"

"有道理,"伊丽莎白说,"而且我们也有问题想请教你,所以不如请我们进去坐坐?咱们可以好好唠两句,把事情都说清楚。"

"你用过枪吗?"多姆指了指伊丽莎白的手包。

"这把?没有,这把枪来路清白,"伊丽莎白说,"但我不是外行。"

"你们是康妮·约翰逊的人，对吧？"多姆问，"你是她奶奶还是什么人？她要干什么？"

"康妮只是我们的朋友。"易卜拉欣说。

"不是我的，"罗恩说，"我说实话。"

"她想杀罗恩来着。"乔伊丝说。

多姆望向罗恩，点点头。"嗯，我能理解。所以到底为什么？你们有什么目的？我有必要分心对付你们吗，还是我可以继续去忙我的事？"

"事情非常简单，你听完就会放下心来，"伊丽莎白说，"我们的朋友被杀了，我们在找凶手。"

"好的，"多姆说，"你们的朋友有名字吗？"

"库尔德什·夏尔马。"

多姆摇摇头。"没听说过。"

"但圣诞节第二天你去过他的店里，"乔伊丝说，"也许你不小心忘记了？一家在布莱顿的古董店。"

"没有。"多姆说。

"二十七日晚上，他被人杀了，"伊丽莎白说，"所以你能理解我们为什么觉得事情和你有关系，对吧？"

多姆还是摇头。"我没听说过这个人，也没去过他店里，更没有杀他，不过请接受我的哀悼。"

"你把他的店翻了个底朝天，找到海洛因了吗？"易卜拉欣问，"也许海洛因这会儿就在你的仓库里？"

"你的想象力非常丰富,"多姆说,"我必须夸奖你一句。"

"嗯,你肯定听说过库尔德什,"伊丽莎白说,"我们一提他的名字你就有反应,连傻瓜都看得出来。另外,我们有确凿的证据,能证明你去过他的店里。"

"证据?"

"不能在法庭上出示的,别担心。"伊丽莎白说。

"所以只剩下一个问题了,"罗恩说,"你有没有杀他?"

"我们来就是为了这个。"乔伊丝说。

"只是为了看看能不能发现点什么,"易卜拉欣说,"顺便溜达溜达。"

"在这儿等着。"多姆说,转身走向他的车。

乔伊丝望着多姆·霍尔特在车的行李箱里翻找。"他为人似乎挺好——作为一个海洛因贩子来说。"

"糟糕。"罗恩说,目光越过乔伊丝。多姆·霍尔特拿着高尔夫球杆走了回来,同时从他剪裁得体的大衣里掏出一把长长的匕首。他朝四个老朋友点点头。

"问一句,车上保险了吗?"

"才不费那个神呢,"罗恩说,"保险公司纯属抢钱。"

"罗恩啊,你一点儿保障都没有,还这么喜欢走钢丝,真不知道你是怎么活下来的,"易卜拉欣说,"你晚上还能睡得着?"罗恩耸耸肩。

"好了,听我说,"多姆说,"我要划破你们的轮胎,砸烂挡风玻璃，所以你们会需要求助。"

"也许你可以再考虑……"易卜拉欣还没说完，多姆就弯下腰，划破了右前轮的轮胎。

"我不能让你们一整天都跟着我。沿着这条路往前走一英里左右，有一家修车铺，"多姆说着直起腰，"我会把店主的号码给你们，你们可以叫他来帮你们一把。"

"谢谢，"乔伊丝说，"没了你，我们可怎么办哪？"

"要是再让我见到你们，我就没这么客气了。"多姆说。

"你应该明白，这样我会认为是你杀了库尔德什·夏尔马的。"伊丽莎白说。

多姆耸耸肩。"我才不在乎呢。我在这儿工作，不喜欢被打扰。尤其是一个吝啬得不肯给车上保险的伦敦佬加西汉姆联球迷、一个跟康妮·约翰逊混的可卡因贩子、一个没胆子开枪的老太婆和乔伊丝。我没有杀你们的朋友，但我这儿不欢迎你们，你们要是再敢出现，我就杀了你们。"他再次弯下腰。

"一个没胆子开枪的老太婆？"伊丽莎白说，看着轿车再次向下一沉，"咱们走着瞧吧。"

"我看你们这伙人也不知道海洛因在哪儿，对吧？"多姆问，他双手扶腰，喘着粗气，"要是你们知道，最好告诉我，明白吗？"

一伙人报以沉默。

"关于给车上保险，你错了，"罗恩说，"不上反而更省……"

但没等罗恩说出接下来的辩解，利物浦人就挥动高尔夫球棒，反复砸向他的车的挡风玻璃，玻璃破碎的声音淹没了他剩下的话。

停车区往前不远的地方，一个骑摩托车的快递员望着这一幕，从路边的快餐车里买了一个汉堡包。

18

事情是这样的。

比起被另一个犯罪分子盘问,接受警察的盘问要轻松一万倍。米奇·麦克斯韦接受警察盘问的次数太多了,警察的手段和问出有价值的信息的机会非常有限。整个过程都要录像,你高价聘请的律师可以坐在你旁边,警察问一句他就朝你摇一次头,而且按照法律规定,警察还必须泡茶给你喝。

无论你干了什么坏事——纵火烧工厂,绑架商业伙伴,操纵满载大麻的无人机飞进监狱,也无论警察掌握了什么证据——"从这段监控视频可以看见,麦克斯韦先生,你拎着一个汽油桶逃离了犯罪现场",你都可以心平气和地坐在那儿,每次就说一句"无可奉告",然后耐心等待二十四个小时,警察就必须放你走了。

当然,警察的盘问会给你带来不便。也许你约了一帮好哥们儿打高尔夫,也许你该去某个高速公路休息站的卫生间取一皮箱现金。但是,只要你不是傻瓜——米奇·麦克斯韦绝对不是——那么警察就不可能对你提出任何指控。

因此，尽管从理想状态来说，米奇更希望不被任何人盘问，但假如非要他选一个，他一定会选警察，而不是——举例来说——收税员、记者或他的好朋友兼生意伙伴卢卡·布塔奇。此刻，后者正再次抡起台球杆，砸向他的脑袋。

"要是你敢骗我，"卢卡尖叫道，与此同时球杆挥向了米奇的头顶，"我就让你永远消失！"米奇被揍过许多次，这一次算是小事一桩。疼归疼，但不会要了他的命。另外，假如卢卡是认真的，落在他头上的就会是棒球棒了。

"卢卡，好兄弟。"米奇说。

"十万英镑的海洛因不见了，你还有脸叫我好兄弟？"卢卡喊道，把台球杆摔在一面水泥墙上。米奇不禁再次思考起这是什么地方。卢卡把这儿布置得很不错，空间宽敞，角落里有一张球台，还有很多折断的台球杆，隔音效果显然非常好。严格地说，卢卡的行为有点越界。米奇资历够深，两个人地位差不多，不该被他这么对待。卢卡入行的时间稍微早一些，这一点米奇愿意承认，但两个人的屋子都有游泳池、网球场和马厩。明白吗？身份对等。

另外，卢卡和米奇一样清楚他们面临着什么麻烦，他们是一根绳上的两只蚂蚱。

通常来说，他们分工明确。米奇负责把毒品运进国内，然后卢卡负责在国内分销。他们都不需要知道对方是怎么做事的。

两者之间的对接机制既简单又至关重要。具体的细节每次不同，但核心通常总是这样的：米奇派自己信任的一个人带着装满海洛因的陶制盒子去一家古董店，第二天，卢卡派自己信任的一个人去同一家店买走那个盒子。米奇的工作在此处结束，而卢卡的工作从此处开始。

然而这次，怎么说呢，出了岔子。海洛因被送到了古董店，很好，但第二天上午，店没有开门，盒子也不见了。一夜中的某个时刻，价值十万英镑的海洛因不见了。特别是他们最近遇到了各种问题，例如货在路上被扣、利润急转直下，卢卡的愤怒当然可想而知。

"知道我为什么非要这样吗？"卢卡说，稍微冷静了一点儿。

"当然，"米奇说，"换了我也一样。查遗补缺嘛。"

卢卡点点头。"盒子肯定在什么地方，对吧？在什么人的手里，对吧？"

米奇知道卢卡在想什么。只有三个人能偷走盒子：米奇派的送货人多姆、古董店的老板和卢卡派的收货人。这个谜题本应该很轻易地被解开，但盒子至今不知去向。

因此，卢卡当然会思考是不是米奇本人手脚不干净。此刻，米奇之所以会被绑在椅子上，伤痕累累，看着对面墙上的大屏幕电视高声播放《古董名人游全国》①，这就是原因。米奇没有什么好抱怨的。

"当然，肯定被什么人拿走了。"米奇附和道。《古董名人游全国》里，一个二十世纪八十年代的流行歌手正在傻乎乎地买下一个大酒杯。

卢卡又点点头。"你也明白，重要的不是那十万英镑，而是这门生意的前景。咱们在大出血，离末日不远了。"

"我明白。"米奇说。米奇和卢卡的合作给双方都带来了巨大的利润。尽管一路上有过磕磕绊绊，但从没出过这么严重的岔子。另外，就像卢卡说的，钱不是最核心的问题。他们的关系，还有这门生意，完全建立在信任的基础上。假如卢卡不再信任米奇，那他们的生意就要分崩离析了。

"我把你绑到这儿之后，"卢卡说，"有个家伙我看出现了好几次，他骑着摩托车，是你的人吗？"

"不是，"米奇说，"警察？"

"不是，"卢卡说，"不是警察。"

卢卡给他松绑，米奇仔细看了看周围。

"地方布置得不错，"他说，"卢卡，咱们在哪儿？"

"一家宜家（IKEA）的地下，"卢卡说，"就说你敢不

---

① 《古董名人游全国》(*Celebrity Antiques Road Trip*)：一档英国电视节目。

敢相信吧?"

好吧,这倒是解释了为什么所有枪都放在木制储物架上。

米奇很清楚,尽管他和卢卡的交情保持了很长时间,真的非常久,但一旦卢卡不再信任他,他们之间的一切都会化为乌有。

卢卡把他拉起来,和他握手。然而,当米奇看着老朋友的眼睛时——他们最初在少管所认识的时候,他的名字只是普普通通的约翰-卢克·巴特沃思,后来他觉得自己需要一个更能让人敬畏的名字,于是改名叫卢卡·布塔奇——米奇知道这次的局面很有可能以"两人中的一个灭掉另一个"而告终,紧张的气氛已经烘托到这地步了,他还有其他想法吗?

无论从哪个角度来说,最好的出路都是找到丢失的海洛因,这样能够安抚牵涉其中的每一个人。他和多姆把古董店翻了个底朝天,却一无所获。东西肯定藏在什么地方,或者更确切地说,肯定落在了什么人的手里。

现在是凌晨四点左右,一早七点他必须送女儿去练滑冰,那是专业练习者使用滑冰场的时间。

"咱们谈完了?"米奇问。

"暂时,"卢卡说,"我的人会送你回家的。"

米奇伸展了一下肩膀。他要先吃两粒止痛药,看女儿练习滑冰,然后去找满满一盒子的海洛因。

事实上,他已经有了一条不可思议的线索。多姆说一伙退休的老家伙守在仓库附近,问东问西,其中有一个为康妮·约翰逊做事。米奇会查到他们住在哪儿,然后去拜访一下。

坏蛋是没有资格休息的。

19

"真希望我上过大学。"乔伊丝说,她们正在历史考古学教授妮娜·米什拉的办公室外等待。

伊丽莎白很清楚坎特伯雷会给人造成什么样的影响。中世纪的砖墙,铺卵石的路面,名叫"茶社"①的茶馆。乔伊丝来到这儿就像猫见到了猫薄荷。从她们下火车的那一刻起,她就陷入了恍惚的状态。

"你会学什么专业呢?"伊丽莎白问。

"哦,我对学习不感兴趣,"乔伊丝说,"我只是想骑着自行车瞎逛,当然还要扎上围巾。你难道不觉得这样很享受吗?"

"和享受其他事一样喜欢。"伊丽莎白说。

"你和年纪大的男人谈过恋爱吗?"

"乔伊丝,不是所有'享受'都和爱来爱去有关的。"伊丽莎白说。她当然和年纪大的男人谈过恋爱,还有一两个年纪小的男人。但与其说是"谈恋爱",不如说是"男女

---

① 原文 tea shoppe,是 tea shop 的中古英语拼法。

比例失调的结果"更恰当。她上的大学有两百来个男生，但只有十二个女生。这让她提前为谍报世界做了充分的准备。伊丽莎白在很久以前就告诉过自己，她更喜欢男性的陪伴，然而直到不久以前她才意识到，她在这方面其实并没有选择的余地。早些日子他们走过肯特大学的时候，她很高兴地看见校园里的年轻女性和男性一样多。

"我几乎能看见你在图书馆里，"乔伊丝说，"对面是个戴眼镜的羞怯男生。"

"别联想了，乔伊丝。"伊丽莎白说，望向等候室的窗外，扫视银色天空下的石砌建筑物。学生们在寒风中低头耸肩，快步走向温暖的地方。

乔伊丝还没说完。

"你和他对上了眼睛，他脸红了，连忙低头看他面前的书。他的头发垂下来遮住眼睛，就像休·格兰特。你问他在看什么……"

伊丽莎白看见窗外有个女生的书掉在了地上。在乔伊丝的世界里，另一个学生会停下脚步，替她把书捡起来，然后两个人的视线相接。

"他说……我也不知道他会说啥，一本历史书，或者其他什么，而你说'别管历史了，咱们来谈谈咱们的未来吧'。"

"我的老天哪，乔伊丝。"伊丽莎白说。烦人的是，一个英俊的男人正在帮女生捡书,而女生把一绺头发撩到了耳朵后面。

"你抬起手放在桌上,他把他的手放在你的手上,然后摘掉了眼镜。他非常英俊,就像科林·费斯,他邀请你共进晚餐。"乔伊丝继续编她的故事,而笨手笨脚的女生和英俊的男生已经各奔东西。在乔伊丝的世界里,两个人会走几步就回头看一眼。事实上他们也正是这么做的,典型的大学生。

"你说不行。但之后你又说'明天我还会来图书馆,后天也一样,总有一天我会答应的',他说'我还不知道你叫什么呢',你说'总有一天你会知道的'。"

伊丽莎白扭头看她的朋友。"你是不是又在读那些书了?"

"是的。"乔伊丝承认道。

门开了,伊丽莎白打量走出来的妮娜·米什拉。高挑,优雅,头发里毫无必要地挑染了一绺紫色,不过这人看上去应该挺有意思的。

妮娜微笑道:"伊丽莎白和乔伊丝对吧?非常抱歉,让你们久等了。"

"没有的事。"伊丽莎白说着起身。距约好的时间只过了六分钟,完全在可以接受的范围之内。十二分钟是礼貌和失礼的分界线。妮娜领着两个人走进她的办公室,自己回到写字台前坐下，伊丽莎白和乔伊丝隔着桌子落座。

"我喜欢你挑染的一绺紫色头发。"乔伊丝说。

"谢谢，"妮娜说，"我喜欢你的耳环。"

伊丽莎白没注意到乔伊丝今天戴着耳环，耳环确实挺好看的。

"你们想和我聊聊库尔德什？"妮娜说，"他的遭遇真是太可怕了。你们是朋友吗？"

"他是我丈夫的朋友，"伊丽莎白说，"你们是朋友吗？"

"他其实是我父母的朋友，"妮娜说，"但他偶尔会请我帮忙。对库尔德什，我总是没法拒绝他。你很难不受到他的影响。"

"帮忙？"

"关于他经手的物品，"妮娜说，"有时他想听听我的看法。"

"作为历史学家？"伊丽莎白说。

"作为一个审慎的朋友，"妮娜说，"库尔德什并不总是听从我对古董的看法，有些时候是……职业道德方面的。"

"所以重点不在于估值，而是……"

"更多的在于，"她小心翼翼地选出一个词，"出处。"

"《鉴宝路演》[①]里三句话不离出处。"乔伊丝说。

[①] 《鉴宝路演》(Antiques Roadshow)：英国古董鉴定节目，自 1979 年播出至今。

"意思是东西是不是偷来的？"伊丽莎白问。

"是不是偷来的，"妮娜说，"还有东西是不是好得不可能是真的，为什么会出现在英国。只要觉得有什么地方不对劲，他就会打电话找我。法律是如何规定的，这是我的研究领域之一；而且他信任我，相信我不会告发他。"

"事有蹊跷的时候多吗？"

妮娜笑了。"伊丽莎白，我父母都是古董商，不过并不成功，因为他们过于诚实了。古董和文物的世界不总是那么干净。我父母知道，我知道，库尔德什也知道。"

"他活着时知道。"伊丽莎白说。

"唉，天哪，是的，"妮娜说，"可怜的库尔德什。抱歉。"

"他遇害的前一天，你们都谈了什么？"

"你怎么知道我们谈过？"

"我们也不总是那么干净。"乔伊丝说。

"不过我向你保证，我们是朋友，"伊丽莎白说，"我还可以保证我们不是警察。"

"那你们是什么人？"

"我们是周四推理俱乐部，"乔伊丝说，"不过现在没时间详细说了，因为我们还要赶四点一刻的火车呢。"

妮娜鼓起腮帮子。"库尔德什问我好不好，我们寒暄了几句，我正好在忙——后来挺后悔的——于是他就直奔主题了,说他有个难题,希望我能帮他一把。"

"难题?"伊丽莎白说,"这是他的原话吗?"

妮娜想了想。"进退维谷,他是这么说的。他说他左右为难,需要我的建议。"

"知道让他为难的是什么事情吗?"

妮娜摇摇头。

"非要说出点什么呢?"

"通常来说有几种情况。有人拿来了一件东西,库尔德什知道那是赃物。他该不该买?"

"不该。"乔伊丝说。

"有人拿来一件值钱的东西,但本人对此一无所知,库尔德什该不该告诉对方?"

"该。"乔伊丝说。

"有人请库尔德什代卖一件东西,或者存放在他店里,同时不留下任何记录。"

"洗钱,"乔伊丝说,"是的,这个我们很熟。"

"是吗?"妮娜问。

"你对此有什么看法?"伊丽莎白问。

"以前从没听到过他这么说话,"妮娜道,"因此无论发生了什么,事情都很严重。"

"或者牵涉到很多钱。"伊丽莎白说。

"对,很多钱,"妮娜赞同道,"但是,要问我怎么看的话，我会说他既害怕又兴奋。"

"就像阿兰看见了奶牛。"乔伊丝说。

"我觉得更像'我这是掺和到什么事情里了',"妮娜说,"而不是'你绝对猜不到我刚刚买了什么'。"

"你可帮了大忙了,妮娜,"伊丽莎白说,"再问一句,你碰过海洛因吗?"

"你说什么?"

"海洛因,你用过吗?我注意到你的头发染了一绺紫,说不定你喜欢与众不同的生活方式?"

"你的朋友,她真会说话。"妮娜对乔伊丝说。

"她不懂时尚。"乔伊丝说。

"你认为事情和海洛因有关?"妮娜问。

"我们认为库尔德什遇害那天一大早,一个叫多米尼克·霍尔特的人把一个海洛因包裹留在了他的店里。"伊丽莎白说。

"天哪,库尔德什。"妮娜说,身体软了下去。

"我们认为他只是默许,"伊丽莎白说,"但即便如此,他也是有责任的。"

"第二天上午,另一个人来取包裹,"乔伊丝说,"但库尔德什不见踪影。"

"库尔德什偷了海洛因?"妮娜问,"他没那么蠢。不可能,对不起,但真的不可能。"

"但他还是被枪杀了,"伊丽莎白说,"在此之前,他给你打过电话——天晓得,说不定你们还约了个时间见面?毕竟丢失的海洛因到现在还没找到。"

"所以你看起来真的有点可疑。"乔伊丝说。

"他没有约你见面吗?"伊丽莎白问。

"没有,"妮娜说,"他也许说了句'咱们回头见',但顶多就是这个程度了。"

"他没有对你提起过海洛因?"伊丽莎白问。

"海洛因?当然没有了,"妮娜说,"他能猜到我听到后会是什么反应。"

"想到能挣上一大笔外快,你难道不会心动吗?"乔伊丝说。

"没人会怪你,"伊丽莎白说,"他的第一通电话先打给了你,所以其他人都不可能发现你,你说呢?"

"你们好像说过你们不是警察?"妮娜说。

有人轻轻敲门,妮娜说请进。一个男人走进房间,他稍微有些驼背,谢顶,年龄介于四十五岁到六十七八岁之间。他进来时的神态和他敲门的声音一样,都散发着抱歉的气息。

"抱歉,"他说,"你叫我吗,女士?"

"这位是梅勒教授,"妮娜·米什拉说,"他是我的……呃,该怎么形容来着,琼乔?"

"算是你的头儿?"琼乔提示道。

"很高兴认识你,梅勒教授,"乔伊丝说着起身,"我是乔伊丝,这位是伊丽莎白,她也算是我的头儿。"

梅勒教授朝伊丽莎白点点头,伊丽莎白也朝他点点头,教授找了把椅子坐下。

"我们系有个'周会'的规矩,"妮娜说,"倾吐各自内心的烦恼。希望你们不介意,不过我会把我的烦恼说给琼乔听。他还为本地的几家拍卖行做咨询工作。"

"以军事方面的为主。"琼乔说。

"还有其他人知道我们聊的事吗?"伊丽莎白问。

"我只是觉得他也许能帮忙。"妮娜说。

"太吸引人了,"琼乔说,"除了杀人,整件事都太吸引人了。这么说没问题吧?你们是遇害者的朋友吗?"

"我们在调查他的案件。"伊丽莎白说,她猜想着琼乔实诚的样子是不是演出来的。假如是的话,那他确实太会演了。

"妮娜是最后一个和库尔德什交谈的人。"乔伊丝说。

"据我们所知。"伊丽莎白补充道。

"据你们所知,"琼乔说,从衣袋里掏出一个橙子,开始剥橙子皮,"麻烦就麻烦在这儿。就算我们见过一百万只白天鹅,也不能说天鹅全都是白的。但只要见到一只黑天鹅,就可以百分之百确定地说天鹅并不都是白的。"

"前几天有一只天鹅追着阿兰咬。"乔伊丝说。

"来一瓣橙子?"琼乔说,伸出手等她们拿。乔伊丝拿了一瓣。

"维生素 C 是维生素 D 以外最重要的维生素。"她说。

"妮娜,你对毒品交易知道得多吗?"伊丽莎白问,"你呢,梅勒教授?你们在工作中和这种东西打过交道吗?装满海洛因的包裹,或者诸如此类的东西。"

"装满海洛因的包裹?"琼乔说,"越来越有意思了。"

"你们应该听说过,有些公司把古董当作幌子。"妮娜说。

"进口不该进口的东西。"琼乔说。

"但就远远超出库尔德什的档次了,"妮娜说,"他在费尔黑文某处有个公租的储物间,在那儿存放一些'不留记录'的物件。但我敢肯定,绝对没有你们说的那种东西。"

"你不会凑巧知道这个地方在哪儿吧?"伊丽莎白问。

妮娜摇摇头。"只知道他有一个。"

"我还有最后一个问题,"伊丽莎白说,"我们知道库尔德什在下午四点左右给你打过电话,对吧?他有没有约你见面?"

"没有。"妮娜答道。

"这是你的一面之词,"伊丽莎白说,"只有你知道你们在那通电话里说了什么。"

"咄咄逼人，"琼乔说，"我喜欢。"

"几分钟后，库尔德什又打了一通电话。"伊丽莎白说。

"但我们无法追踪到那个号码。"乔伊丝说。

"所以我的问题是，"伊丽莎白说，"假如你是库尔德什，像他那样得到了一批海洛因，而出于某些原因，你决定把它卖掉，你会打电话给谁？"

"萨曼莎·巴恩斯。"妮娜说。

"萨曼莎·巴恩斯。"琼乔毫不犹豫地附和道。

"非常抱歉，我被你们搞迷糊了。"伊丽莎白说。

"古董商，"琼乔说，"住在佩特沃思郊外一座非常气派的豪宅里。"

"古董商都住在非常气派的豪宅里吗？"乔伊丝问。

"当然不。"琼乔说。

"除非……"伊丽莎白说。

"对，除非，"妮娜说，"她路子很野。我害怕她，但我猜你们俩不会害怕。"

"我也这么觉得，"伊丽莎白说，"她是知道该怎么处理海洛因的那种人吗？"

"她是知道该怎么处理所有东西的那种人。"妮娜说。

"还有其他这种人吗？"乔伊丝说。

"库尔德什认识她吗？"

"至少肯定知道她。"妮娜说。

"看来我们只好去拜访一下萨曼莎·巴恩斯了。"伊丽莎白说。

"坎特伯雷,佩特沃思,真是一场社交大串联。"乔伊丝说。

"你有她的电话号码吗?"伊丽莎白问。

"我能搞到,"琼乔说,把最后一瓣橙子塞进嘴里,"但千万别说是我们让你们去找她的。"

20

萨曼莎·巴恩斯总是很期待她的读书小组聚会，定在每个月的第一个周二。只有两次没能开成，一次是艾琳脚受伤进了医院，还有一次是萨曼莎在接受金融城警察局的盘问，起因是欺诈维多利亚与阿尔伯特博物馆。好在两个人都很快恢复了自由。

加思总是让她们玩自己的，文学不是他的爱好——"整个儿就是骗人，亲爱的，里面没有任何事情真的发生过"。他是一个会勾起她朋友好奇心的人，她们往往会提前几分钟来，为的就是看他一眼。她们会说："你好，加思。"而他会说："我分不清你们谁是谁。"或者干脆不搭理她们。他发自内心的冷漠反而让她们更兴奋。

萨曼莎理解她们的好奇。那天他回到店里——大胡子，格子呢衬衫，羊毛帽——抬起枪指着她。而萨曼莎正悲伤得难以遏制，当场就哭了出来。她没有害怕，没有讨价还价。让他打死我好了。加思非常耐心地等她哭完，然后和她交谈。

"为什么把那个墨水瓶卖给我?"

"好玩。"

"对我来说不好玩。"

"对不起,但你把车停在残疾人停车位上了。"

"我才刚来英国,根本不知道残疾人停车位这回事。"

"你要朝我开枪吗?"

"不,我只想问你几个问题。你丈夫呢?"

"去世了。"

"很抱歉,夫人,请接受我的哀悼。想找点乐子吗?"

"当然。"

"要不要买一幅偷来的画?"

她非常惊讶地发现,自己真的买了下来。

今天加思一如往常地没有告诉萨曼莎他要去哪儿,但他出门时带了板球棒,她衷心希望他是去打板球的。然而加思这个人,你永远猜不透他会干什么。

她的伙伴们在豪饮葡萄酒,电视剧《狼厅》得到的评价越来越好。广场那家兽医诊所的吉尔说要是她活在剧中的时代,肯定会去给托马斯·克伦威尔[①]出出主意。她们知道萨曼莎以何为生吗?她们至少应该是有个概念的。举例来说,熟食店的布罗娜有一次在她家找厕所的时候迷了路,

---

[①] 托马斯·克伦威尔(Thomas Cromwell,1485—1540):英王亨利八世的首席国务大臣,英国近代社会转型时期杰出的政治家。

误闯的那个房间里晾着一张刚画好的杰克逊·波洛克的作品。另外，佩特沃思没有第二个人开法拉利的特斯塔罗萨超跑。有关她营生的线索就摆在明面上呢。

萨曼莎去厨房煮咖啡。大家进门之前，她接到了一个电话，结果一直担心到现在。担心？好像有点夸大其词了，更准确的描述是烦恼。

打电话的是个叫伊丽莎白的女人，听声音非常自信。很抱歉打扰你，不知道你有没有听说过一个叫库尔德什·夏尔马的男人？萨曼莎拒绝向伊丽莎白主动透露相关信息——除非万不得已，否则就不要主动透露任何信息，这是萨曼莎在过去几年里学到的经验。唉，伊丽莎白叹息道，真可惜，我敢保证你认识。伊丽莎白语气里的某些东西让萨曼莎提高了防备，感觉就像被一位间谍大师审问。伊丽莎白随后又问，萨曼莎对海洛因贩子有什么了解吗？嗯，真是个好问题。萨曼莎可以给她一个很长的答案，但她没有，而是选择了简短的答案"不了解"。伊丽莎白再次停顿片刻，像是在做记录。伊丽莎白接下来问佩特沃思停车方不方便，萨曼莎很高兴，因为总算碰到了一个她可以直截了当回答的问题，于是她说"魔王来了也会头疼不已"，伊丽莎白说那太糟糕了，但非常抱歉，他们也只能碰碰运气了。萨曼莎对此的回应自然是"谁只能碰碰什么运气"。伊丽莎白告诉她，这个"他们"是乔伊丝和易卜拉欣，他们很快就会来拜访她,这两个人都非常能聊,而且各有各的聊法,但他们的心眼儿都很好。萨曼莎说真是太可惜了,因为她要去参加阿伦德尔的集市,接下来几天都不在家。伊丽莎白对此的回应是,萨曼莎,你别想骗过一个老骗子。

然后她祝萨曼莎晚上过得愉快,就挂了电话。

她该怎么想呢?萨曼莎端着咖啡回到客厅,收获了一连串心满意足的赞叹。也许接下来几天她应该躲起来,免得受到任何伤害。

萨曼莎有个能闻到麻烦的好鼻子,但也有一个能闻到机遇的好鼻子。说实话,这两个鼻子其实是一码事。

伊丽莎白说话不像警察,因为太老了,而且不像警察那么有礼貌。因此,也许她应该和她说的乔伊丝和易卜拉欣谈一谈。能有什么坏处呢?他们肯定什么都不知道。但是,万一他们知道些什么呢?

女士们的话题已经偏离读书,转向绝经后的两性关系。

伊丽莎白在电话中向她展示了两个非常诱人的果实:库尔德什·夏尔马,海洛因。也许她能搞到一些会让自己占得先机的情报?她要和加思讨论一下,但她知道加思会怎么说。因为他总会这么说:"宝贝儿,里面有油水可捞吗?"

嗯,就这次的情况来说,很可能是有的。

21

灯光的亮度很低,音乐的音量很低,说实话,克里斯的心情也很低落。乔伊丝即将讲完一则奇闻了,故事的主角是海洛因贩子多姆·霍尔特。

"用高尔夫球杆,你能相信吗?"乔伊丝说,"他还掏出一把超级长的匕首来划轮胎,就像在看纪录片。我应该拍张照片的,但没机会问他可不可以,你知道的,我不想失礼。"

"我猜你们不想提出指控?"克里斯问,喝了一口酸橙味的无糖汤力水。

"哎,你偶尔也给自己放个假吧。"伊丽莎白说,帕特里斯对着威士忌酒杯笑了起来。

克里斯一肚子气。他真的很想因为这点小小的刑事损害犯罪逮捕多姆·霍尔特,这样肯定能把费尔黑文警察局搅得鸡犬不宁。昨天他从行动指挥室门口经过,本想偷窥一下,但所有的窗帘都拉得严严实实。帕特里斯拉他和唐娜来酒馆放松心情,伊丽莎白和乔伊丝也加入了他们。

为什么要把案子从他们手上抢走?他到现在还不知道答案。

"多米尼克·霍尔特的办公室离纽黑文不远,"乔伊丝说,"伊丽莎白说我们应该偷偷溜进去看一看。"

"千万别,"克里斯说,"说真的,我现在就想找个人逮捕一下,哪怕是你们也一样。"

"好吧,克里斯,但总要有人做点什么吧,"伊丽莎白说,"里甘高级调查官那里有什么消息吗?"

"昨天她命令克里斯把他的车开走,因为她要用他的停车位,"唐娜说,"这个算消息吗?"

"我以前学校的老师在厕所里有私人小隔间的,"帕特里斯说,"门上用胶贴着'仅限多萝西·汤普森使用'。"

"我猜你去用了?"唐娜说。

"那还用说?"帕特里斯说,"大家都去用。这让我想起你们的里甘高级调查官。这种事时间长了肯定是行不通的,对吧?最后人们发现她和科学系的主任有一腿,在实验室被抓个现行。对于这种人,你们只需要等待,他们迟早会把自己作死。"

"妈,你喝了多少威士忌?"唐娜问。

"刚好微醺。"帕特里斯说。

"但他们还没找到海洛因,对吧?"伊丽莎白问。

"据我们所知,还没有。"克里斯说。

"那就好,"乔伊丝说,"我更希望是由我们找到的。"

一名侍者送来账单,克里斯挥挥手,示意今天他请客。"我来吧,至少让我在这事上派上点用场。"

"多米尼克·霍尔特的老板米奇·麦克斯韦,有什么新消息吗?"伊丽莎白问,"你们在监视他吗?"

"我不知道,"克里斯说,"这四个字你怎么就听不懂呢?"

"好吧,还有一件更重要的事情。萨曼莎·巴恩斯,这个名字出现在了里甘的问询清单上吗?"伊丽莎白问,"或者你的问询清单?"

"从没听说过。"克里斯答道,他看着账单,流露出了一丝悔意。

"她就像古董界的康妮·约翰逊。"乔伊丝说。

"我们应该关注她吗?"克里斯问。

"不,不,"伊丽莎白说,"和案子完全没关系,我敢确定,所以你们对多姆·霍尔特有什么打算?"

"什么都没有,"克里斯说,"我们被踢出这个案子了。"

"哦,你们总有些事情可以做的,"伊丽莎白说,"只要你们愿意多花点心思。"

"我们和你不一样,伊丽莎白,"克里斯说,掏出他的非接触式信用卡,敲了下侍者的收银机,"我们不能违反法律。"

伊丽莎白点点头，起身，开始穿大衣。"但是，亲爱的，偶尔轻微越个轨也没什么坏处。我觉得乔伊丝和我最近只能躲着多姆·霍尔特走了，因此也许是你发挥一下作用的时候了。哦，对了，谢谢你请我们喝酒。"

"那是我的荣幸，"克里斯说，"不过诚意有限。"

"介意我把炸猪皮带回家给阿兰吗？"乔伊丝说。

"不知道能不能请你们帮个忙，"伊丽莎白说，掏出手机，"唐娜，你觉得有可能调出我的电话记录吗？看看我给谁打过电话？"

"你不知道你给谁打过电话？"唐娜问。

"我知道这个问题不太合理，"伊丽莎白说，"但你就当是哄老太太开心吧。"

唐娜接过手机。"里面有什么我不该看的东西吗？"

"那就太多了。"伊丽莎白答道。

"你希望我找到什么呢？"唐娜问。

"要是运气好，我们的头号犯罪嫌疑人，"伊丽莎白说，"谢谢，亲爱的。"

22

罗恩和电脑八字不合。他向华兹华斯公寓的鲍勃·惠特克阐明了他的观点。

在他自己看来,他的演讲既慷慨激昂又不失公平。说到一半,他听见自己在说:"卡尔·马克思在坟墓里也……"不过大体而言,他的发言简明扼要、有理有据且切中要害。罗恩撂下最后陈词"我这都还没说到脸书呢",然后往椅背上一靠。

罗恩尝试分析鲍勃听完他讲话后的表情。深受触动?不,不是的。若有所思?好像也不是。还有,易卜拉欣去哪儿了?

就好像是得到了提示,易卜拉欣回到了客厅里。

"罗恩,我在走廊里站了八分四十秒,"他说,"为了等你说完。"

"我在和鲍勃聊天,"罗恩说,"聊电脑。"

"对,聊得非常好,"易卜拉欣说,"整整八分四十秒里,可怜的鲍勃只说了十句话,我替你记下来了。一分半的时候,他说——以下是引用原话——'我明白了'。三分十七秒的时候,他说'好的,我明白你为什么会这么想';五分钟刚过,你吸了一口长气,他趁机说'嗯,我肯定听到过这个观点';然后是九十秒之前,鲍勃对这次聊天的最后一句贡献'知道易卜拉欣去哪儿了吗'。"

"嗯,很好,他在听我说话,"罗恩说,"人们喜欢听我的看法,多年来一向如此。"

"但他坐在你对面,看上去既无聊又害怕。"

哎呀呀,好吧,罗恩意识到,鲍勃的表情原来是这个意思:既无聊又害怕。罗恩不得不承认——天晓得是第多少次了——自己很容易"上头"。

"对不起,鲍勃,"罗恩说,"我有时候会被情绪带着走。"

"没什么,"鲍勃说,"你给了我很多精神食粮。要是碰到机会,我一定会把你的反馈转告信息技术公司的人。"

"鲍勃,你很快就会知道,和罗恩打交道根本用不着客气,"易卜拉欣说,"我花了一个多星期才明白。"

鲍勃点点头。

"另外,他很容易分神。只要你感觉罗恩开始偏题了——他经常会这样——只需要说一句'你看比赛了吗?'或'你看见有人在打架吗?'就行,作用和按重启键一样。"

"切尔西队那场到底是怎么赢的,我死也搞不懂,"罗恩说,摇摇头,"光天化日之下要诈。"

"好了,先生们,说正经事吧。"易卜拉欣说。

鲍勃把打开的笔记本电脑放在易卜拉欣的桌子上,三个人围在桌子周围。

罗恩和易卜拉欣昨天又去拜访了默文,像男人对男人那样说出他们认为发生了什么。罗恩认为最好还是由他俩来说出真相,因为默文这种人很难把女人劝说的话听进去。

默文答应在之后的一周里,让罗恩和易卜拉欣替他与塔季扬娜联系。他们的计划是设置陷阱,看看骗局背后究竟是一伙什么人,还有能不能把他们揪出来,然后嘛,罗恩认为要给他们"一点儿颜色尝一尝",不过易卜拉欣认为应该"交给当局的相关机构"。

当然了,默文依然觉得塔季扬娜有可能真的是塔季扬娜,而他的孤独即将画上句号。罗恩能理解,他和保利娜一起过了圣诞节,结果不怎么顺利。她是一个了不起的人,罗恩知道自己在进行高难度的挑战,但罗恩还是想吃过早饭就拆礼物,节日就该这么过,而保利娜想等到吃过午饭再拆礼物。当然了,他们最终吃过午饭才拆礼物,但情况从此发生了变化。罗恩对妥协并不陌生,真的不陌生,但这次太过分了。他们目前暂时分开了,让彼此的情绪缓和下来。罗恩很想念她,但他不会为自己明显没做错的事情而道歉。

他们把库珀斯切斯的鲍勃·惠特克当作技术专家拉进了周四推理俱乐部，因为他在除夕那天的表演太令人惊艳了。大家一起看了土耳其的跨年晚会，然后各自回家上床休息。罗恩和易卜拉欣没有睡觉，而是喝着威士忌消磨时间，三个小时后再次迎接新年到来，还替不在场的乔伊丝和伊丽莎白喝了一杯。

乔伊丝提醒过他们，鲍勃也许会怕生，也许会拒绝。但易卜拉欣还是把计划向鲍勃和盘托出了，而鲍勃看过乔伊丝说的那个"杀猪盘"节目，他乐于帮忙。事实上，他简直是扑向了这个千载难逢的机会。

鲍勃刚打开塔季扬娜发给默文的最新一条消息。他们商量了一下，决定把朗读的重任交给罗恩，罗恩愉快地接受了，因为他觉察到易卜拉欣和鲍勃都不愿用带口音的英语来读消息，而这事至少有一半乐趣来自口音。罗恩读了起来：

"*我亲爱的，我的王子，我的力量*——好吧，唉，我的天——*再过一个星期我就能见到你了，到时候我会融化在你的怀抱里，而我们作为恋人亲吻彼此*——行了，下面我就不用口音了——*希望你和我一样激动。我有一个小问题，我可爱、善良的大男孩*——啊哈，来了——*我的弟弟住院了，他最近在工作上发生了意外，他从梯子上摔了下来，需要大概两千英镑才能付清账单*——我看一定能——*要是*

我筹不出这笔钱，恐怕就没法来看你了，因为我的弟弟会让我操碎了心。亲爱的，我该怎么办呢？——我倒是有几个办法——我不能再向你要钱了，你对我已经过于慷慨了。但要是没有钱，我就只能留在家里照顾我弟弟了。我的默文，你一直是个很有办法的人，也许你知道我该怎么办。想到下个星期有可能见不到你，我的心都要裂开了。永远爱你的塔季扬娜。"

"可怜的默文。"易卜拉欣说。

"所以现在怎么办？"鲍勃说。

"咱们来回信，"易卜拉欣说，开始打字，*"我亲爱的塔季扬娜，我多么渴望你的到来……"*

尽管热爱浪漫的诗意，但罗恩决定他的工作今晚到此为止了，把剩下的事情交给鲍勃和易卜拉欣。易卜拉欣显得颇为快乐。罗恩到现在还很内疚，因为他们没有在圣诞节玩"我演你猜"。不过易卜拉欣应该理解他是个有原则的人。

步行穿过库珀斯切斯的时候，一只狐狸从罗恩的面前跑过。狐狸的耳朵尖是白色的，罗恩经常见到它钻进钻出灌木丛。狐狸不难相处，因为你了解它们的本性，它们不会变成其他东西来骗你。

"祝你好运，老小子！"罗恩说。

也许用不了多久，罗恩就不需要再为保利娜烦恼了？

吃完午饭才拆礼物，请问这合理吗？实话实说，问题远不止这一个。她听英国广播公司2台，而不是talkSPORT[①]，她逼罗恩看法国电影，诸如此类，不一而足。尽管一旦你习惯了2台，会觉得其实还不错。而那部电影也挺好看，虽说要看字幕，但讲了个很好的谋杀故事。实际上，吃完午饭才拆礼物也没什么大不了的，他当时只是一时恼火，不愿放下架子承认而已。也许她对他来说是个良配？然而，一方面罗恩还身陷一起官司，另一方面，就算她真的是他的良配，那他算得上她的良配吗？除了固执，保利娜还能看上他哪一点？不过，罗恩只在觉得自己做得对的时候才会固执己见，因此这是不可能改变的，对，先生，绝对不可能。

当然，罗恩也意识到，他很希望保利娜就在他的身边。

罗恩看了看手机，没有新短信。好吧，这就很能说明问题了。她连晚安吻都不发一个就去睡觉了。他应该发给她吗？罗恩盯着手机看了一会儿，像是答案会自己从屏幕上蹦出来似的。

事实上，后来他意识到，他之所以会忽视不对劲的迹象，分心想自己和保利娜的事大概就是原因。他没有注意到他家的灯没开，而他习惯于留一盏灯。

他之所以会一脚踏进陷阱，这就是原因。

---

① talkSPORT：英超联盟官方转播商，全天候播报体育相关信息。

23

斯蒂芬在客厅里走来走去。

时间很晚了,他独自一个人,感觉不是很正常。他觉得不对劲,但说不清为什么。

他认识面前的沙发,这一点给了他安全感。这张沙发是他的,对此他非常确定。棕褐色,某种天鹅绒的料子,把后背压在上面,压出来的印子是比较浅的金棕色。既然他还认识这张沙发,那么情况就还没彻底失控。坏事已经发生,你应该坐下来静观其变,相信一切自有天意。

他找不到他的烟了,无论如何都找不到。不只是烟,他连烟灰缸都找不到了。也没有打火机,什么都没有。他看过了厨房里的每一个抽屉。站在厨房里,斯蒂芬能看见他的沙发,因此他有理由相信这肯定是他的厨房。发生了某些该死的坏事,他怎么都搞不明白的坏事。但究竟是什么呢?还有,为什么?

关键是不能惊慌。他觉得这一切他都经历过了,此刻的惶惑,这些思维过程,他都经历过了。内心深处,他想尖叫，想喊救命，想叫他父亲来拉他一把，但他没有失控，而是紧紧地抓住了一件他能确定之物：沙发。这是他的沙发。

厨房的操作台上有一张照片。照片里是他和一个老女人，他看上去比自己记忆中老了很多。他认识这个女人，甚至知道她叫什么。尽管此刻他无法调取与她有关的记忆，但他知道她的名字就在自己脑子里的某个地方。不过，抽支烟能让他冷静下来。他把烟放在哪儿来着？自己难道在丢失记忆？有什么东西在旋转，但不是这个房间，也不是他的眼睛，是他的记忆，他的记忆在旋转。无论他多么想拉住它，它都不肯停下不动。

他决定开车去路口的加油站买烟。门厅的挂钩上有一件大衣，他拿下来穿上，在衣袋里找车钥匙，但翻遍了所有的口袋也没找到。有人做了个迎春大整理，非常烦人——就不能把东西放在原先的位置上吗？为什么非要把东西搬来搬去？那种旋转的感觉又来了。好吧，该回到沙发上去了。

斯蒂芬脱掉沉重的大衣。他感觉自己比应有的年纪老了很多，也许他该去看医生了。但某些东西在说他不能去，某些东西说他有个不能被其他人知道的秘密。乖乖地在沙发上坐好，别触发警报。一切很快就会恢复正常，迷雾迟早会消散。

户外的安保灯亮了。斯蒂芬望向窗外，外面是他不怎么熟悉的一片草地，草地外是个他不太确定在哪儿的公共农圃，不过他确定他今天去过那里。草地上有个他非常熟悉的东西：一只狐狸。

每天晚上，这只狐狸都会多靠近一点儿，斯蒂芬对此记得非常清楚。它走的是一条迂回的路线，目光不断左右扫视，它懂得什么是恐惧，知道人们想对它不利。但很快，狐狸平静了下来，脑袋搁在小爪子上，望向窗户里面，它每天晚上都会这么做。斯蒂芬也望着它，他每天晚上都会这么做。他和狐狸互相点点头，斯蒂芬知道他们并不会真的互相点头问候——他没那么傻——但他们无疑知道对方的存在。斯蒂芬叫它白雪，因为它两只耳朵尖都是白色的。白雪趴在地上，以为自己伪装得很好，但耳朵尖总是会让它暴露。斯蒂芬也有白发了，他今天早上才见过，当时被吓了一跳。不过他父亲也是满头白发，所以他也许是搞混了。

白雪在离院子二十英尺[①]的地上打了个滚儿，斯蒂芬想了起来。伊丽莎白，照片里的女人，那个老女人叫伊丽莎白。斯蒂芬放声大笑，唉，她当然是个老女人了，因为他是个老男人了。他刚刚从窗户的反光中认出了自己。伊丽莎白叫他别鼓励白雪，说白雪是害兽。每次她看见白雪就会赶走它。但有人在家里露台上留了一盘狗粮，而那个人

---

① 1英尺约合0.3米。

不是斯蒂芬。

伊丽莎白很快就会回来了,她会帮他找到车钥匙,然后他会出去买烟。也许他会去看看他老爸——有些事情他必须告诉老爸,只不过这会儿无论如何都想不起来了。等他下次想到,一定要记下来。

白雪,沙发,伊丽莎白。有人爱斯蒂芬,他是安全的。无论发生了什么事——他敢肯定有些坏事正在发生——他都能断定有人爱斯蒂芬和他是安全的。这是思考的出发点,是一块供他立足的磐石。

外面传来狗叫声,白雪看来要走了。斯蒂芬投去赞许的目光,谨慎永远有它的好处。在草地上打滚儿自然非常快乐,然而你绝对不能无视乱叫的狗。明天见,我的朋友。

伊丽莎白住在这儿——根据墙上的照片和餐厅桌上的杯子,他能确定这一点,她在照看他。他们是夫妻,也许有孩子。这是他应该知道的事情,可他为什么不知道呢?他必须解开这个谜团。

等伊丽莎白回家,他要亲吻她,到时候他就能确定他们是不是夫妻了。他相信他们是,但小心一点儿是不会有坏处的。谨慎永远有它的好处,比如注意到乱叫的狗和其他蛛丝马迹。他要给她泡茶。他走进厨房——他的厨房——不过这种事情忘记了也情有可原,但他发觉自己不知道该怎么泡茶。有个诀窍来着,他知道的。他开始担心自己是不是应该去做点什么事。有个任务他还没有完成，是什么急事吗？还是说他已经做完了？

那位老兄叫什么来着？他的好哥们儿。库尔德什，对。大家都把这个名字挂在嘴边。他妻子叫普丽莎，他向她送去过自己的问候。

斯蒂芬拧开水龙头。这就是出发点，他坚信不疑，每一个人都有足够的智力来搞清楚下一步是什么。斯蒂芬开始寻找线索。他在厨房里，但这不是他的厨房。他不由得觉得自己非常弱小，但他命令自己冷静下来，深呼吸，这里面一定有什么原因。他哭了，他知道这仅仅是因为恐惧。该死的，老小子，给我振作起来。任何事都一定会过去的，他会搞清楚一切，而且会有一个声音来安慰他，对吧？

回到沙发上很可能是最佳的选择。回到沙发上，等这个叫伊丽莎白的女人回家。花点时间思考一下，究竟缺少了什么。看看白雪今天会不会来看他。白雪是一只白耳朵的狐狸，很好看，每天晚上都会来。伊丽莎白偷偷喂它，以为斯蒂芬不知道。

他坐下后，听到钥匙插进门锁的声音。有可能是任何人，斯蒂芬很害怕。尽管害怕，但他也做好了准备。水从水槽里漫了出来，流到了厨房的地上。

进来的是伊丽莎白，照片里的女人。她对他微笑，随即看见水淌到了厨房的地上，她跑过去关上水龙头。她非常美丽。

"我想给你泡茶。"斯蒂芬说。肯定是他忘记关水龙头了。

"好的,我回来了,"伊丽莎白说,"为什么要对我这么好?"

她走到沙发前,亲吻斯蒂芬。多么美好的一个吻啊。我的天,哎呀,我的天,他们确实是夫妻!

"我知道。"他说。但他为什么不记得了?他为什么不敢确定?警铃在他的内心深处响起,铃声尖厉而刺耳。

她轻轻抚摩他的面颊,他又哭了。伊丽莎白吻掉泪水,但他的眼泪源源不断地涌出来。

"我陪着你呢,"伊丽莎白说,"没必要掉眼泪。"

但泪水怎么都止不住。因为一段记忆陡然闪现,他想了起来。闪现的记忆既模糊又扭曲,就像透过破裂的染色玻璃窗照进来的一束阳光,但这就够了。在这个瞬间,他知道究竟发生了什么。他看见厨房地上的积水,低头看见他肮脏的睡裤。意识的碎片突然拼合起来,让他明白了这一切意味着什么和将会意味着什么。天哪,斯蒂芬,你的好运气用完了。他望向妻子,她的眼神说明她也知道。

"我爱你。"他说。不然,他还能说什么呢?

"我也爱你,"伊丽莎白说,"你冷吗?"

"有你陪着我,我就不冷。"斯蒂芬说。

伊丽莎白的座机响了,响在这个深夜时分。

24

罗恩刚打开门,就被按倒在地上。一只手捂住他的嘴,一个膝盖顶住他的腰眼,一个急迫的声音在他耳畔响起。

"敢发出声音,我就要了你的命,明白吗?"利物浦口音,但不是多姆·霍尔特。罗恩点点头,表示明白了。二十世纪八十年代他率众抗议的时候,经常从警察那儿得到这种待遇,但那是四十年前了。还是明智一点儿,先搞清楚情况吧。

手松开了罗恩的嘴巴,强壮的手臂把他从地上提了起来。"给我起来,老东西。别有什么突然的动作,别发出声音。"

"突然的动作?"罗恩说,"我快八十了,哥们儿。你说说话不害臊吗?"

"少叨叨了,"男人说,"我见过你儿子打拳。我可不愿意冒险。"

灯被打开了,罗恩打量面前的男人。四十几快五十岁,深色正装底下是马球领的套头衫,大金链子,浓密的黑发,蓝眼睛。一个英俊的浑蛋。多姆·霍尔特的打手？不，看上去太有钱了。男人示意罗恩坐进一把椅子，然后在罗恩对面坐下。

"罗恩·里奇？"

罗恩点点头。"你呢？"

"米奇·麦克斯韦。知道我为什么来找你吧？"

罗恩耸耸肩。"你是反社会的变态？"

"没这么简单，对不起，"米奇说，"有人偷了我的东西。"

"我不怪他们。"罗恩说。他的髋部疼了起来，而且不是明早起床会消失的那种疼。"你是多姆·霍尔特的人，对吧？"

米奇大笑。"我像是给别人干活儿的人吗？"

"每个人都为某个人干活儿，"罗恩说，"只有弱者才会假装他没有老板。"

"嘴巴很会说嘛，"米奇说，"典型的西汉姆联球迷。多姆·霍尔特是我的人。"

"是吗？告诉他，他欠我三千英镑修车费。"

"里奇先生，"米奇说，"十二月二十七日，一个结结实实地塞满了海洛因的小盒子被送到了你的朋友库尔德什·夏尔马的店里。第二天，盒子、海洛因和你的朋友都消失了。现在你的朋友出现了，一颗子弹结束了他的性命，真是非常遗憾,但我的海洛因依然不知去向。我们把他的店翻了个底朝天,但什么都没找到。因此,也许你知道货在哪儿?东西一整天都在库尔德什手上,也许他带到这儿来了,请他的朋友们暂时保管,好让他有时间去琢磨点什么阴招?"

"不是我的朋友,"罗恩说,"我知道他这个人,但没见过面。"

"但你听说他死了,对吧?还指控是多姆杀了他?"

"嗯,"罗恩承认道,"符合逻辑,对吧?下三滥海洛因贩子被黑吃黑了,然后除掉了黑他的那个人——不是想说你的好伙计的坏话,换作你我也这么说。你看上去像是这种人。"

髋部开始抽痛了。罗恩不想把他的痛苦表现出来。

"有人被杀了,"米奇说,"但海洛因还是不知去向,而我必须尽快拿到它。"

"所以你就闯进了我家?"

"咱们设身处地想一想,"米奇说,"一批再正常不过的海洛因装在一个小盒子里,藏在一辆大卡车的车厢里运到国内。现在它失踪了。几天后,你来我的办公室伸头探脑。你是杰森·里奇的老爸啊,这当然挑起了我的兴趣。然后我又听说康妮·约翰逊的一个伙计也掺和进来了,还有一个带枪的老太婆。如果是你,你会怎么想?"

罗恩微笑。"你认为库尔德什在被杀前把海洛因交给了我们？"

"这是我的推测，"米奇说，"除非你能证明我说的不对。"

罗恩坐起来，努力不龇牙咧嘴，把下巴架在双手上。"接下来的两个小时你有空吗？"

米奇看看手表。"我儿子上学前要去练街舞，在那之前我都有空。"

"我打几个电话，"罗恩说，"叫我的朋友们来我家。看我们能不能想出点什么来。"

"我能信任他们吗？"米奇问。

"不能，"罗恩说着拿起电话，开始拨号，"我们能信任你吗？"

"不能。"米奇答道。

"那不就结了，咱们来尽量打好手上的牌吧。"罗恩说，等待对方接电话。

他先打给了伊丽莎白，他必须这么做。要是他先打给易卜拉欣，等伊丽莎白发现，他不会有好果子吃的。"丽兹，是我，罗恩，快穿上鞋，来我家。你没事吧？你确定？好吧，我相信你，其他人我都不会信。你打给乔伊丝，我打给易卜……对，换了是我，多半会带上枪。"

他挂断电话，打给易卜拉欣。

"威士忌?"罗恩问米奇,"免得干等。"

米奇点点头,站起身。"我去拿。你的髋部需要止痛药吗?"

罗恩摇摇头。他隐藏得显然没自己以为的那么好。但是,罗恩可不会让米奇知道他弄伤了自己,那会让米奇沾沾自喜的。"活动一下就会好的。"

电话接通了。"易卜,是我。我!罗恩。你以为谁会在半夜这个时候打给你?"

"我总还是能搞到些海洛因的,"米奇说,"你需要就说一声。"

25

米奇宁可和卢卡谈，宁可在地下仓库里被折断的台球杆打得头破血流。那样的话，他至少知道自己在干什么，知道事情的走向。然而此刻他是个什么处境呢？深更半夜，坐在一把舒适的扶手椅里，喝着上等威士忌，面前是四个吃养老金的家伙。

毫无疑问，米奇离开了他的舒适区。

米奇的计划本来简单得不能再简单了，把这个叫罗恩·里奇的老家伙吓得屁滚尿流，然后拷问他，直到他说出海洛因的下落。结果事情的发展和他预想中的完全不一样。拿枪的老太婆似乎是他们的老大，叫伊丽莎白。枪吓不住米奇，但她能。多年来，他只在屈指可数的几个人身上见过她的那种眼神。这些人现在不是离开人世了，就是在监狱或西班牙某座有高大围墙的大别墅里。

"你为你的谋生方式感到自豪吗？"伊丽莎白问。

"咱们今天要谈的不是我。"米奇说。

"既然你半夜闯进别人家里，那么回答一两个问题也是理所当然的。这是一般性的礼节。"说话的老家伙自称易卜拉欣,就是为康妮·约翰逊做事的那个人。他在做笔记。

"有点下作,对吧?我说的是贩毒。"伊丽莎白再次开口,枪搁在她的膝头。她是个什么来路?米奇认识这个行当里的每一个人,但不认识她。

另一个女人比较矮小,身穿绿色羊毛衫,此刻她坐了起来。"麦克斯韦先生,我们没有请你来,来这儿是你自己的决定。"

"说得好,乔伊丝,"伊丽莎白说,"你揍了我们的朋友……"

"他没揍我。"罗恩说。

"那要看明天你的医生同不同意了,"伊丽莎白说,"好了,麦克斯韦先生,你会发现我们根本不在乎你有多么凶恶,我们和比你可怕得多的人打过交道。"

"你连前十位都进不了,"易卜拉欣说,"是的,相信我,我有个排行榜。"

"依我看,麦克斯韦先生,咱们双方有个共同的目标,"伊丽莎白说,"我们都想找到杀害库尔德什的凶手,而你想找到你的海洛因。对吧?"

"我要拿回我的货,"米奇说,"必须拿回来。"

"我的天,"伊丽莎白说,"你就别遮遮掩掩的了,我们不是小孩,也不是警察。海洛因这三个字又不烫嘴。"

"我要拿回我的海洛因,"米奇重复道,"被装在一个陶制的小盒子里。它值很多钱,而且本来就是我的。"

"你贩毒良心不觉得痛吗?"易卜拉欣说。

"你为康妮·约翰逊做事,没资格说这种话。"米奇反唇相讥,"好了,在我们说下去之前,我还有一个简单的问题。你们是谁?"

"我是乔伊丝。"乔伊丝答道。

"我们都是乔伊丝的朋友。"易卜拉欣接过话头,"好了,这件事搞清楚了,现在由我们问你几个问题吧,让我们能稍微多了解你一些,好让我们觉得能信任你。"

米奇举起双手。"算了,问吧。"

"你为走私毒品感到骄傲吗?"伊丽莎白还是那个问题。

"我为成功感到骄傲,"米奇说,突然意识到自己其实从没认真思考过这个问题,"好吧,我猜应该并不。我只是一脚踏了进来,然后发现我很擅长这一行。"

"你不能改行吗?"乔伊丝问,"比方说做 IT?"

"我都快五十岁了。"米奇说。

他打心底里愿意放弃这一切。等他找到海洛因,这些事情就会成为过去时。他要金盆洗手了。

"你进过监狱吗?"易卜拉欣问。

"没有。"米奇说。

"被逮捕过吗?"乔伊丝问。

"很多次。"米奇说。

"杀过人吗?"罗恩问。

"要是我逢人就说我杀过人,恐怕早就进监狱了,对吧?"米奇说。

"你的髋部没事吧,罗恩?"乔伊丝问。

"我的髋部好得很。"罗恩说。

"最重要的一个问题,"伊丽莎白说,"库尔德什·夏尔马是谁杀的?是你吗?"

米奇微笑道:"稍微认真一点儿好不好?"

"还要威士忌吗?"易卜拉欣问。

米奇说不要了。他很快就要开车回赫特福德郡,车的后备厢里有一把半自动武器,他可不想因为酒驾被交警拦下来。

"那换个简单一点儿的问题,"伊丽莎白说,"还有谁知道海洛因盒子的事情?"

"几个阿富汗人,"米奇说,"但他们不需要偷海洛因。还有一个负责把海洛因运进摩尔多瓦的中间人——但他也是我的人。"

"叫什么?"易卜拉欣问,他在做笔记。

"伦尼。"米奇说。

"这儿有个人的重孙子就叫伦尼,"乔伊丝说,"不过同一个名字会用来用去的,对吧?"

"我们去哪儿能找到他?"易卜拉欣问。

"多姆有他的电话号码。"米奇说。

"啊哈,我们的好朋友多姆,"伊丽莎白说,"他凑巧什么都知道,没错吧?你肯定也问过自己海洛因会不会是他偷的,会不会是他陷害了库尔德什。"

米奇摇摇头。"他确实什么都知道,但我愿意把我这条命托付给他。"

"但他知道盒子里是什么,送盒子去店里的也是他。他认识库尔德什吗?"

"那可是一大笔钱。"乔伊丝说。

"从生意的规模来说,并不大。"米奇说。

"但你挣的比他多,"罗恩说,"对多姆来说,十万英镑也还是一大笔钱呢。"

"需要缴税吗?"易卜拉欣问,"哦,肯定不需要。我在自问自答。知道吗?你在猜谜节目里赢的钱也是免税的,猜谜节目和贩毒有这么一个共同之处。"

他们等易卜拉欣全说完了才继续交谈。

"但每个人的忠诚都是有限度的。"罗恩说。

"我不这么认为,"米奇说,"很抱歉。"

"你觉得还有什么方向值得查一查吗?"伊丽莎白问,"你是那件古董的卖家,那谁是买家呢?"

"没了,"米奇说,"我能说的全都告诉你们了。"

"你应该加个'暂时'。"易卜拉欣说。

"告辞之前,"米奇说,"我能问几个问题吗?"

他们对此似乎都欣然接受。于是他首先望向易卜拉欣。"你真的为康妮·约翰逊做事吗?"

"真的。"易卜拉欣承认道。

"你为她做什么?"

"不能告诉你。"易卜拉欣说。

"这么见不得人吗?"米奇说。他望向伊丽莎白。"而你,你为什么会有枪?"

伊丽莎白给他一个神秘的微笑。"我为什么会有枪?用来打人的呗。"

活见鬼。米奇望向罗恩。"我真的弄伤了你的髋部吗?"

罗恩点点头。"这不是废话吗?我是个老头子了,白痴。"

"对不起,"米奇说,"我以为你偷了我的东西。"

"我们没有。"乔伊丝说。

"然后我要问你们所有人,说真的,"米奇说,"你们不会真的认为多姆会偷我的东西吧?哪怕是十万英镑,也还是说不通。他凭什么以为他能蒙混过关?"

"这个嘛……"乔伊丝说,她从头到尾一直颇为安静,米奇几乎忘记了她的存在,"你说你愿意把你这条命托付给他,他很可能也知道,对吧?所以请问,他不偷你该去偷谁呢?"

　　她的语气和善极了,因此米奇立刻意识到她很可能是正确的。

26

时间还很早,活动板房里冷极了,因此唐娜没有脱掉羽绒服,克里斯用双手捧着一杯从自动售货机买来的热茶。

"我越是打听多姆·霍尔特和米奇·麦克斯韦,就越感觉不妙,"克里斯说,"库尔德什根本不知道他在和谁打交道。"

"但多姆·霍尔特不会偷他们自己的海洛因吧?"唐娜说。

"也许他和他老板闹矛盾了?"克里斯猜测道。他把一张纸揉了团,抛出一个高高的弧线,扔向墙角的垃圾篓。纸团击中垃圾篓边缘,弹飞了。

"是啊,老板永远最招人恨,"唐娜说,"总之,咱们能在不惊动里甘和她那帮快活的小子的前提下,查一查他吗?咱们还能去找谁聊一聊?"

"杰森·里奇?"

"罗恩的儿子。"唐娜说,"他的活动圈子很有意思嘛。"

克里斯朝双手哈了口气。"可以问问他都知道什么。我去找罗恩聊一聊。"

吉尔·里甘高级调查官打开门,一月的寒风突然灌进活动板房。

"你忘记敲门了。"克里斯说。

"你穿成这样来上班?"吉尔问唐娜。

"有个白痴叫我们待在活动板房里,"唐娜答道,把拉链又往上拉了拉,"长官。"

吉尔坐下。"这位警员莫非有个见到上级就叫白痴的习惯?"

"她就是这样,"克里斯说,"我早就习惯了。有什么能为您效劳的吗?"

"有件事让我觉得很奇怪。"吉尔说。

"你是国家犯罪调查局的人,"克里斯说,"早就该见怪不怪了吧?"

"他的手机在哪儿?"吉尔说,"我一直在琢磨这个。"

"谁的?"唐娜问。

"库尔德什·夏尔马的,"吉尔说,"我想知道他的手机去哪儿了。"

"这已经不是我们的案子了。"克里斯说。

"对,"吉尔说,"我也这么认为。你们不是去乡下抓马了吗?"

"正在努力,"克里斯说,"它们跑得特别快。"

"不过……唐娜昨天申请过调查通话记录，"吉尔搓着手说，"这儿还真冷呢。"

"例行公事。"唐娜说。

"于是我往前翻了翻，"吉尔·里甘说，"你以前还查过其他人的通话记录，对吧？但那次查询的结果哪儿都找不到，这是怎么一回事？"

"我们是警察，"克里斯说，"三天两头要调查通话记录。指挥室里不会凑巧有多余的电暖气吧？"

"假如他的手机在你们手上，"吉尔说，"你们就要从警队滚蛋了，明白吗？"

"哇，还好不在我们手上。"唐娜说。

唐娜、克里斯和吉尔你瞪我、我瞪你，僵持了一会儿。克里斯试图优雅地转一圈，但椅子的轮子掉了一个。在唐娜看来，他补救得相当不错。

"别靠近这个案子。"吉尔说。

"那还用说？"克里斯说，"国家犯罪调查局的大手抓得紧紧的呢。如果你需要，我们就会像最忠诚的侍卫那样，靠在铁门上，嘴里使劲嚼干草。"

吉尔起身。"万一你们不小心发现了那部手机……"

"我们知道您在哪儿。"克里斯说。

"同事之间规劝一句，"吉尔说，"别瞎掺和。"

"记住啦，"克里斯说，"出去的时候千万记得把门关紧。"

吉尔出去了,身后的门敞开着。

克里斯起身去关门,顺便确定她是否真的走了。"从伊丽莎白的手机里查到什么了吗?"

唐娜看看手表。"结果随时都会传过来。"

27

今天是周四,于是一伙人在拼图室碰头。不知道是谁在拼图桌上放了一个吃了一半的果酱夹心蛋糕。

他们时常邀请专业人士来讲课,今天妮娜·米什拉和她的上司琼乔受邀来给他们讲古董业是怎么运作的。你永远猜不到什么知识会派上用场。易卜拉欣一如既往地事先读了些资料,怀疑自己能听到的新东西恐怕不会太多。

"先从最基础的开始吧,"琼乔说,"所谓古董,就是至少一百年前的物品。否则的话,就只能叫老物件或收藏品。"

"符合我读过的材料,"易卜拉欣确认道,"他说得对。"

"我不知道,"乔伊丝说,"伊丽莎白,咱们是收藏品。"

"而一件历史超过一百年的物品必定有个背景故事,"琼乔说,"比方说是谁制作的,在哪儿制作的。"

"还有谁购买过,花了多少钱,什么时候。"妮娜说。

"还有保管情况,有没有被使用、磕碰、修理、重新上漆和暴晒过。"琼乔说。

"格里有一次碰到路边大甩卖,买了个肉汁盘,"乔伊丝说,"他以为它有几百年历史了,但后来我们在英国家居馆①里看见了一模一样的盘子。"

"说起来,BHS 七十年代推出的产品现在很受欢迎呢。"妮娜说。

"噢,他知道了肯定会很高兴的,"乔伊丝说,"当时我痛骂了他三天三夜。"

"但就算物品的历史超过一百年,"琼乔说,"其中绝大多数也还是一文不值。大批量物品,或者质量很差,或者不在人们的搜集范围之内。"

"我父母以前经常会购入一些非常漂亮的东西,"妮娜说,"孔雀形状的螺丝起子,大本钟外形的饼干筒,他们放在店里卖,每件只要十块钱。"

"妮娜说得对,"琼乔说,"值钱的东西其实很少。想在古董业赚笔小钱,最容易的办法是从赚一大笔钱开始,然后一点儿一点儿赔掉。这说明,让整个古董业运作下去的是极少数值钱的东西。就目前而言,这样的东西包括克拉丽斯·克利夫的全套餐具或伯纳德·利奇的陶器。而到了明年,就又会变成其他的东西了。"

"所以,假如你只想挣口饭吃,"妮娜说,"做法也很简

---

① 英国家居馆:英文名称 British Home Stores(BHS),英国老牌家居用品商店。

单。你把东西以十英镑卖掉，确保成本只有五英镑，同时知道最近流行什么。"

"潮流就是销量。"琼乔说。

"要是你能做到这一点，年复一年，你就可以过上舒适的生活了，"妮娜说，"但我父母一直没有做到，他们总是一会儿爱上这个一会儿爱上那个。"

"古董业的第一条规则，"琼乔说，"永远不要爱上东西。"

"听起来像是人生建议。"易卜拉欣说。

"库尔德什过的就是这种生活吗？"乔伊丝问。

"我认为是的，"琼乔说，"他做这一行五十年了，知道该注意什么，他有一批信任他的客人，而且付得起房租。我相信他也会一连几周生意惨淡，但对于一门健康的生意来说，有起有落也是正常的事情。"

"另外，每天与不寻常、美丽、罕见的东西打交道，你也会得到乐趣，"妮娜说，"你没法成为大富翁，但很少会有觉得无聊的时候。"

"万一你就是想当大富翁呢？"罗恩问，"那样的话，你们会怎么做？"

琼乔举起一根手指。"啊哈，千金难买的好问题来了。"

"你们去见过萨曼莎·巴恩斯了吗？"妮娜问。

"正是我们待办事项上的下一条。"乔伊丝说。

"我给你们看些东西吧。"琼乔说。

琼乔拿起皮革手提包,从里面取出一个天鹅绒的小拉绳袋。他戴上白手套,松开袋口的拉绳,一枚银光闪闪的奖章掉进了他的手心。

"哇!"乔伊丝说。

琼乔把奖章平放在手掌上,轮流拿到众人面前给他们看。"你们看见的——请不要摸——是一枚'二战'期间颁发的 DSM,也就是杰出服役勋章。它一直是一家人的传家宝。他们最近为给重孙子筹大学学费,拿来请我估价。"

"放在网上肯定很受欢迎,"乔伊丝说,"我平时几乎只放阿兰的照片。介意我拍照吗?"

"稍等,"琼乔说,"我问那家人他们觉得奖章值多少,他们说读到过相关报道,最多能卖一万英镑。"

"胡扯。"罗恩说。

"我不得不告诉他们,他们受到了误导。"琼乔说,"事实上,考虑到这枚奖章的保存状况和出处,而且自从颁发以来就一直在他们家里,它的售价更接近三万英镑。"

"天哪!"罗恩说。

"罗恩!"乔伊丝说。

"很美,对吧?"琼乔说。

"非常。"乔伊丝说。

琼乔把奖章放回拉绳袋里,脱掉手套。"乔伊丝,你认为它美在哪儿?"

"呃,非常……亮闪闪的?"

"我来告诉你它美在哪儿吧,"琼乔说,"这也是在古董领域成为大富翁的诀窍。它美在天鹅绒的拉绳袋,美在我戴的白手套,还美在我压低声音以示虔敬的说话方式。"

"我有时候也会这样。"易卜拉欣说。

"美在它的背景故事,"琼乔说,"重孙子要上大学,这家人才决定卖掉它。"

"呃,对,"乔伊丝说,"这确实也很美。"

"但全都是骗你的,"琼乔说,把奖章随手倒在桌子上,"这是赝品,制作它的小作坊就在二十英里外。有一位先生靠制作这种东西为生,你必须提高警惕才行。这枚奖章通过了当地一家拍卖行的检验,幸运的是我刚好在场,向拍卖行指出了他们的纰漏。我把它当作纪念品保留了下来,就是为了上现在这堂课——这堂课的主旨是,只要你能讲好一个故事,就能把价值五先令的废铁卖出三万英镑。想当大富翁?这就是方法。"

"萨曼莎·巴恩斯玩的就是这个,"妮娜说,"艺术品造假,或者贩卖赝品。你在网上看到的毕加索带编号的版画差不多全是她做的,还有大部分的班克斯[①]和达明安·赫斯

---

① 班克斯(Banksy):英国街头艺术家,2021 年其标志性作品 *Love is in the Air* 在世界著名拍卖行苏富比拍出 1290 万美元高价。

特[1]的画作。她也做劳里的画作，各种各样的都做。"

"我怀疑她现在开始做比造假更糟糕的事情了，"琼乔说，"而库尔德什应该认识她。"

"也知道她的名声。"妮娜补充道。

"我在什么地方读到过，班克斯其实是 *DIY SOS*[2] 剧组的一员，"乔伊丝说，"尼克·诺尔斯[3]？不知道是不是真的。"

易卜拉欣趁此机会接过话头，提起了今天最重要的议题。

"这是我整理的时间线，"他说，把覆膜纸递给大家，"最近我在考虑是不是应该发这种资料的电子版，纸质版真的很浪费。要是可能的话，我希望周四推理俱乐部能在二〇三〇年达到碳中和。"

"你可以先从不做覆膜开始。"罗恩说。

"一步一个脚印嘛，罗恩，"易卜拉欣说，"一步一个脚印。"

他心里知道罗恩是对的，但他就是没法放弃他的覆膜

---

[1] 达明安·赫斯特（Damien Hirst）：当代英国艺术家主要代表人物之一，擅长通过艺术展示生物有机体的有限性，以及人造环境对生命之束缚的不可逃避性。标志性作品是《生者对死者无动于衷》。
[2] *DIY SOS*：英国家居自助翻修节目。
[3] 尼克·诺尔斯：（Niclc Knowles）：*DIY SOS* 主持人，是英国收视率最高的电视节目主持人之一。

机。美国对待火力发电站大概就是这个心态吧。

"对了,"伊丽莎白说,"我十一点三刻要走。"

"但咱们的会不是要开到十二点吗？"易卜拉欣说,"一直是这样的。"

"我有事。"伊丽莎白说。

"什么事？"乔伊丝问。

"开车带斯蒂芬出去,"伊丽莎白说,"呼吸点新鲜空气。易卜拉欣,咱们来讨论时间线吧。"

"谁开车？"乔伊丝问。

"波格丹。"伊丽莎白说,"易卜拉欣,开始吧,我在耽搁你的时间。"

"我也想出去兜兜风呢。"乔伊丝说,既是自言自语,也是在对所有人说。

易卜拉欣重新拿回主导权,真希望自己早就知道今天的会议只有四十五分钟。他生活中的时间单位是小时,算了——就顺其自然吧,易卜拉欣。他准备了八分钟左右关于恶之本质的暖场发言,但只能改天再说了,现在必须开门见山,讨厌。

"直接进入这起谋杀案的核心,"他开口道,"我们必须回答两个关键问题：第一,海洛因的下落；第二,库尔德什打电话给妮娜之后又打给了谁。我有没有遗漏什么？"

"他为什么买铁铲。"罗恩说。

"罗恩，看你手上的那张纸，列在'其他事实'里面了。"易卜拉欣说。

"一万个对不起，"罗恩说，"那么，海洛因去哪儿了呢？"

"妮娜说库尔德什在费尔黑文有个储物间？"乔伊丝说。

"是的，"妮娜说，"但不知道具体在哪儿。"

"也许海洛因就在那儿，"乔伊丝说，"我打赌咱们能查到地点。"

"也许吧，"易卜拉欣重新开口，"但说不定已经卖掉了。海洛因显然不在米奇·麦克斯韦的手上，那么，在谁手上呢？"

"易卜拉欣，不知道康妮·约翰逊还能不能再告诉咱们些什么，"伊丽莎白接过话头，"咱们不知道米奇本来要把货卖给谁。"

"我周一要去见她。"易卜拉欣说。

"康妮·约翰逊是谁？"琼乔说。

"她就像毒品界的萨曼莎·巴恩斯。"乔伊丝说，"易卜拉欣，我可以给她烤些司康饼。监狱里应该没有司康饼吧？"

"天哪，"罗恩说，"她想杀我来着，你还给她烤司康饼？"

"你们要去干什么?"乔伊丝问伊丽莎白,"你们出去兜风的时候?"

"有些事情要做,有些人要见。"伊丽莎白说。

乔伊丝的手机响了。她看了看屏幕,接了电话。

"你好,唐娜,好惊喜呀。我昨天还想到你来着。电视上在播《警花拍档》[①]的一集,卡格尼,呃,还是莱西?总之就是金发的那个,她在酒吧里,说……噢……好的,当然,好的……"乔伊丝有点沮丧,把手机递给伊丽莎白,"找你的。"

伊丽莎白接过手机。"你好,嗯嗯……嗯嗯……嗯……嗯。好……好的……不关你的事……好……谢谢,唐娜,感激不尽。"

伊丽莎白把手机还给乔伊丝。

"卡格尼还是莱西在酒吧里,然后……"

"易卜拉欣,"伊丽莎白说,"下午有空吗?"

"我打算去跳尊巴,"易卜拉欣说,"健身房来了个新教练,他……"

"你和乔伊丝一起去佩特沃斯,"伊丽莎白说,"我要你们立刻去找萨曼莎·巴恩斯谈一谈。"

"嗯,我确实对做假古董感兴趣。"易卜拉欣说,"对海

[①] 《警花拍档》(*Cagney & Lacey*,1982—1988):美国刑侦剧,主角是两名女警察卡格尼和莱西。

洛因走私也非常感兴趣。违反法律有……"

伊丽莎白抬起手,示意他别说了。"唐娜查过我的通话记录了。"

"好,好。"罗恩说。

"周二下午四点四十一分,我打了个电话给萨曼莎·巴恩斯。"

易卜拉欣从笔记上抬起头。"然后?"

"然后,"伊丽莎白说,"萨曼莎的号码在通话记录中显示为代码777。"

28

他们在 A23 公路上随着车流慢慢前进,这会儿刚开到库尔斯顿以北,斯蒂芬坐在波格丹旁边的副驾驶座上,他似乎很享受他们的外出兜风。自从离开库珀斯切斯,他就一直在问波格丹各种各样的问题。

"巴格达有个博物馆,"斯蒂芬说,"你去过吗?"

这是他第二次问这个问题了。

"我去过巴格达吗?"波格丹反问,"没有。"

"天哪,你必须去看看。"斯蒂芬说。

"好的,我会去的。"波格丹说。

时间没算好,伊丽莎白并不愿意那么粗暴地缩短聚会时间。但维克托的日程安排得很紧,而她必须去见他。维克托也必须见一见斯蒂芬。

乔伊丝目送他们上车,甚至没有挥手送别,她很可能在怀疑出了什么事情。伊丽莎白让乔伊丝去见萨曼莎·巴恩斯,是希望能转移萨曼莎的注意力。请唐娜反查萨曼莎的号码,看是不是"代码 777",这是伊丽莎白的直觉,而且她显然蒙对了。库尔德什是不是打过电话给萨曼莎？征求她的建议？把海洛因卖给她？

伊丽莎白尽量把这些疑问赶出脑海，她必须把注意力集中在更重要的事情上。

"有些东西会让你觉得难以置信，"斯蒂芬说，"几千年的历史，会让你对事物产生更深刻的理解。你摸过六千年前的古物吗？"

"没有，"波格丹说，"也许除了罗恩的车？"

"咱们必须去一趟，伊丽莎白，咱们一起去。你联系一下咱们那个旅行社。"

"现在已经没有旅行社了。"波格丹说，拐进公交车道，绕过前方的车流。

"没有旅行社了，"斯蒂芬说，"对我来说是个新闻。"

"我会去查的，"伊丽莎白说，"巴格达。"她愿意用一切来换这么一趟旅行。斯蒂芬搂着她的腰，在烈日下喝冰镇的伏特加。

波格丹为了超过一辆车，把车开上了马路牙子。

"你开得太吓人了，"伊丽莎白说，"而且违法了吧？"

"我知道，"波格丹说，"但我答应过你了，咱们要在一点二十三分赶到。"

"咱们有的是时间，"斯蒂芬说，"时间绕着咱们打转，朝我们放声大笑。"

"你去和导航地图理论吧。"波格丹说。

"咱们这是要去哪儿?"斯蒂芬说。

这个问题他也问过不止一次了。

"伦敦,"伊丽莎白说,"见一个老朋友。"

"库尔德什?"斯蒂芬问。

"不,不是库尔德什。"伊丽莎白说。她觉得愧对斯蒂芬,她向他问了太多关于库尔德什的问题,已知关系人,诸如此类的东西。她甚至提到了萨曼莎·巴恩斯和佩特沃斯,但斯蒂芬一无所知。

"是我的老朋友还是你的?"斯蒂芬问,"回来的路上能不能去一趟革新会?他们的图书馆里有一本我在找的书。"

"我的朋友,但你见过,"伊丽莎白说,"他能帮咱们。"

斯蒂芬在座位上转身看她。"谁需要帮助?"

"咱们都需要,"波格丹说,"如果咱们还想在一点二十三分前赶到。"

交通一路堵到了巴特西。伦敦永远这么拥挤。

伊丽莎白现在很少会想念伦敦了。她和斯蒂芬的足迹曾经遍及这座城市,看展览,看话剧,在俱乐部吃饭。他们在阿尔伯特音乐厅听过布莱恩·考克斯教授的演讲——浩瀚神秘的宇宙,我们来自群星,也会回归群星。她很喜欢那场演讲,但她的生命中有一道光,离了它她就活不下去。

她当时真的明白那就是最美好的时光，她其实置身于天堂之中吗？她认为是的，她真的明白。她明白上天给了她一件最美好的礼物。在火车上做纵横字谜，斯蒂芬拿着一听啤酒（"我只在火车上喝啤酒，除此之外绝对不碰，别问我为什么"），眼镜架在鼻梁的半中间，读出一条条谜语提示。真正的秘密在于，他们彼此凝视的时候，都认为自己赚到了。

然而，无论生活怎么告诉你，任何东西都不是永恒的，当你珍爱的事物消失的时候，当你全心全意爱着的男人开始一点儿一点儿地回归群星的时候，你还是会感到震惊。

而伦敦呢？伦敦变得缓慢、灰暗和拥堵。现在你必须艰难地穿过这座城市。没有了斯蒂芬，生活就会变成这样吗？尾气和刹车灯包围下的一场痛苦跋涉。

波格丹用尽浑身解数一点点向前挪，斯蒂芬则把一个个地标指给她看。"椭圆！伊丽莎白，是椭圆体育场！"

"是板球场，对吧？"

"你很清楚，是的。"斯蒂芬说。

波格丹拐错了弯，把车开上一条狭窄的卵石小巷。

一点二十二分，他们赶到了。

29

易卜拉欣开始绝望了。他们开到佩特沃斯的镇中心，放眼望去，却连一个停车位都看不见。小镇倒是非常美——铺卵石的街道，窗口鲜花盛放，走个五米就是一家古董店——但他无缘消受。

万一就是找不到地方停车怎么办？违章乱停？不了，谢谢，他可不想看见挡风玻璃上别着罚单，或者更糟糕的，车被拖走了。那样的话，他们该怎么回家？他们会被困在这儿，佩特沃斯。尽管旅游指南把这地方吹得天花乱坠，但对易卜拉欣来说，这是个陌生的地方。无论他在哪儿，无论他在干什么，易卜拉欣脑袋里的首要念头永远是"我该怎么回家"，要是车被扣押了，那可就不能回家了。

他尽量控制住呼吸，打算跟乔伊丝说："哎，乔伊丝，这儿没地方停车，咱们先回家，改日再来吧。"这时一辆汽车从他们正右方的一个垂直停车位里开了出来。他们中大奖了！

"咱们的幸运日啊，"乔伊丝说，"应该去买彩票！"

易卜拉欣叹了口气，但他很高兴能有机会给乔伊丝讲一个重要的道理。"乔伊丝，这正是咱们不该去做的事情。不存在什么'幸运日'，只存在单独的一次次'幸运事件'。"

"哦。"乔伊丝说。

停车位既宽敞又开阔，没有任何障碍，连两边的后视镜都不需要折叠。

"咱们只是碰到了一点儿好运气：停车位空了出来。期待立刻就能再次撞上好运气？那是在犯傻。像这样的一小点儿好运气，从宏观来看，其实是坏运气。"

"咱们不下车吗？"乔伊丝说。

"为什么说这是坏运气呢？"易卜拉欣继续说道，"是因为我们会从逻辑上误以为每个人一生中分配到的幸运时刻是一样多的。请暂时忘记我们通过努力带给自己的所谓'幸运'，我说的仅仅是天上掉下来的馅饼。用诗人的话说，就是机缘巧合。"

"阿兰大概需要尿尿了。"乔伊丝说，在后排座位上踱来踱去的小狗用汪汪叫表示肯定。

"假如每个人分配到的幸运时刻真的一样多，"易卜拉欣说，最后一次（他希望）打直车头，"那也最好不要浪费在小事上。也许你会在最后一秒钟赶上公共汽车，或者找到一个完美的停车位，但把运气用在这么两件小事上，就意味着你在大事上会没有运气可用,比方说赢彩票或遇到你的梦中情郎。你最好选一个咱们找不到停车位的日子说'咱们应该去买彩票'。明白了吗?"

"当然当然,"乔伊丝说,解开安全带,"一如既往地感谢你。"

易卜拉欣并不相信她真的明白了,乔伊丝有时候说明白了只是在哄他高兴,很多人会这么做。但他是正确的,省下好运气,用在大事上,小事上碰到坏运气也没什么大不了的。乔伊丝下车,给阿兰扣上狗绳。易卜拉欣下车,扫视周围。既然车停好了,他也就能够欣赏佩特沃斯的美了;而且,要是他没记错地图——他当然不会记错——那么沿着这条路往前走,第二个路口右转,直走,在第一个路口左转,就是萨曼莎·巴恩斯的古董店。另外,沿着同一个方向往回走,先左转,然后第一个路口右转,就是乔伊丝想去光顾的咖啡馆。他为乔伊丝下载了菜单,但没有打印出来,因为实现碳中和要从小事做起。易卜拉欣在打印机和覆膜机上都贴了便利贴,上面写着"格蕾塔·桑伯格[①]会怎么做"。

乔伊丝走在前面,阿兰欣喜若狂,每走几米就要停下来,闻一闻各种奇妙的新气味。它朝一名邮递员汪汪叫,

[①] 格蕾塔·桑伯格(Greta Thunberg):2003年出生于瑞典,环保活动家,致力于解决气候变化问题。

无论阿兰去了哪儿，这都是它的惯例。有一次它看见了另一条狗，试图拖着乔伊丝横穿马路。他们到第二个路口右转，然后第一个路口左转，"加与萨古董店——曾经的萨与威古董店"赫然出现在面前。

他们推开店门，门上的铃铛发出动听的叮当声。伊丽莎白打过招呼，因此萨曼莎·巴恩斯在等他们，柜台上摆着一壶茶和一盘巴滕伯格蛋糕。伊丽莎白肯定想知道萨曼莎·巴恩斯的相貌。易卜拉欣很不擅长观察这种事情，但他会努力的。她穿一身黑，模样很优雅。除此之外，易卜拉欣觉得自己没资格评论下去了。不过，要是他真的集中精神，还能看见她有一头黑发，嘴唇涂成了鲜红色。剩下的细节就交给乔伊丝补充吧。

"你们就是乔伊丝和易卜拉欣吧？"萨曼莎说。

乔伊丝握住萨曼莎的手。"是的，还有阿兰。你愿意见我们可真是太好了，你一定是个大忙人。"

萨曼莎指了指空荡荡的店堂。"我很想听听你们都想问什么。要是阿兰渴了，柜台后面有水盆。"

易卜拉欣也伸出手。"我是易卜拉欣。你不可能相信我们把车停在哪儿了，真的不可能想象。"

"我确实没法想象。"萨曼莎赞同道，与易卜拉欣握手。她请两个人坐下，然后给他们倒茶。"海洛因到底是怎么一回事？听起来非常不像会出现在佩特沃斯的东西。"

"其实一旦你开始注意,就会发现海洛因无处不在,"乔伊丝说,"你倒茶吧,我来切蛋糕。"

"还有杀人?"

"多得让人担忧,"易卜拉欣说,"巴恩斯夫人,据说你住的房子非常漂亮?"

"叫我萨曼莎好了,"萨曼莎说,"这个消息是从哪儿来的?"

"不小心碰到的。"乔伊丝说。易卜拉欣看得出来,伊丽莎白不在的时候,乔伊丝就模仿起了她,而且乐在其中。

"好吧,我这儿的规矩是你不小心碰到了什么,就要花钱买下来。"萨曼莎说,"要奶和糖吗?"

"全脂牛奶吗?"乔伊丝问。

"那当然。"萨曼莎说。

乔伊丝点点头。"我们俩都只要牛奶。我们的朋友库尔德什·夏尔马遭遇了不测,你听说了吗?"

"嗯,我在《阿耳戈斯晚报》上读到了,"萨曼莎说,"你们怎么想的?我杀了他?我知道谁杀了他?下一个受害者也许是我?要我说,每一个可能性都非常刺激。"

"我们只是想问问你知不知道什么情况,"易卜拉欣说,"我们认为有人利用库尔德什的古董店销售一批海洛因。你觉得有可能吗?会不会太牵强了?"

萨曼莎喝了一口茶。"牵强?一点儿也不。我不会说古董界每天都会发生这种事，但肯定会有所耳闻。"

"有人找过你做这种事吗？"乔伊丝问。

"没有，"萨曼莎答道，"也没人敢。"

"看起来像是库尔德什决定亲自动手，出售那批海洛因，"易卜拉欣说，"《阿耳戈斯晚报》上有没有说这个？"

"没有，"萨曼莎说，"知道他要卖给谁吗？"

"我们来就是想问问这个，"乔伊丝说，"顺便说一句，蛋糕好吃极了，是在商场买的吗？"

"我丈夫加思做的。"萨曼莎说。

"他是天才，"乔伊丝说，"我们来不是为了打探你的事情，也不是指控你做过什么。只是听说你开了一家小小的古董店……"

"但挣了很多的钱。"易卜拉欣说。

"因此我们就不禁觉得，"乔伊丝说，"不得不承认，是伊丽莎白的主意——在古董和犯罪两者如何交界的问题上，你也许是个非常好的咨询对象。这个假设是不是挺有道理的？"

"我实在想不出你们的葫芦里卖的什么药，"萨曼莎说，"不过要是你们觉得我能帮上忙，我也许可以说两句外行人的看法。"

"要的就是这个，"易卜拉欣说，"另一种视角。"

"假如你得到了好大一批海洛因……"乔伊丝问。

"多大?"萨曼莎插嘴道。

"价值十万英镑左右,"乔伊丝说,"你会想要卖给谁?能把电话打给哪一路幕后黑手?"

"我一时间想不到。"萨曼莎说。

"有个提示,"易卜拉欣说,"只是个小小的提示,假如库尔德什打算出售海洛因,他也许会把电话打给你。"

"是吗?"萨曼莎说,喝了一口茶,"这个提示是从哪儿蹦出来的?"

"库尔德什打了一个号码无法追踪的电话,"易卜拉欣说,"就在他遇害前不久。另外,出于只有你自己才知道的某些原因——我相信没有任何可疑的地方——你本人就拥有一个无法追踪的号码。因此,考虑到这一点,我们不得不认为,你也许就是我们要找的那个幕后黑手。"

"嗯,"萨曼莎说,"步子跨得有点大啊,更不用说还牵涉到了诽谤。"

"所以你的钱是怎么赚来的?"乔伊丝说,吹了吹茶水,让它快点凉下来,"要是不介意我打听一下的话?"

"古董。"萨曼莎说。

"我们用谷歌查了查你屋子的售价,"乔伊丝说,"卖帽架肯定非常挣钱。"

"等你们走了,我也要用谷歌查一查我家。"萨曼莎说。

"你还做什么副业吗?"易卜拉欣说。

"我在老年人俱乐部教广场舞,"萨曼莎说,"但不收报酬。"

"不管怎么说,"乔伊丝说,她的茶终于凉下来了,她尝了一小口,"还有海洛因。"

店门开了,一个穿夹棉外套、戴羊毛帽的壮汉填满了整个门洞,他弯腰走进店里。

"加思我亲爱的,"萨曼莎说,"这是乔伊丝和易卜拉欣。"

"还有阿兰。"乔伊丝说。

加思面无表情地看了看乔伊丝和易卜拉欣,然后又望向萨曼莎,耸耸肩。阿兰径直跑向这个令狗兴奋的新人物,然而就算加思注意到了阿兰在他脚边蹦跶,他的脸上也没表现出来。

"听说蛋糕是你做的,"乔伊丝说,手里拿着吃蛋糕的小叉子,"真的太好吃了。"

"石磨的面粉。"加思说。

"加思我亲爱的,"萨曼莎说,"这位乔伊丝想知道谁能吃进价值十万英镑的海洛因。"

加思看着乔伊丝。"你卖海洛因?"

"不,"乔伊丝咻咻笑道,"我们的一个朋友。不过再过两年,我就不敢保证了。"

"有人害死了他自己,"萨曼莎说,"做的交易出了岔子。

海洛因不见了,他们在向我们咨询专业意见。"

"什么都不知道,"加思说,"好好的一个周四,问这些真是太奇怪了。"

"我也说嘛。"萨曼莎说。

阿兰很生气,因为加思完全不理它。它已经使出了它知道的每一个花招,但加思连看都不看它一眼。加思在思考,看上去就像一台会走路的超级计算机。他直勾勾地盯着乔伊丝。

"老太太,你知道海洛因的下落吗?"

"叫我乔伊丝,"乔伊丝说,"不,我不知道,不知道飘到哪儿去了。我猜肯定是落在某个人手上了。必然如此,对吧?你认为呢,加思?"

"说得对,肯定在什么地方,"加思说,"你有什么想法吗?非要你猜一猜的话?"

"加思,假如你的抽屉里突然多了满满一盒海洛因,"乔伊丝说,"你会给谁打电话呢?"

"当然是警察了,"加思说,朝萨曼莎点点头,"难道不是吗,宝贝儿?"

"碰到任何犯法的事情,"萨曼莎赞同道,"就立刻找警察。我们愿意把生命托付给他们。"

乔伊丝默默喝茶。

"你们觉得你们快找到那些海洛因了吗?"萨曼莎问,

"再来一杯茶吗,乔伊丝?"

"现如今我的膀胱容不下两杯茶了,"乔伊丝说,"以前我在这方面比得上骆驼呢。"

"我们会找到的,"易卜拉欣说,"我一直很有信心。要是想听一听我深思熟虑后的看法……"

阿兰还在加思脚下扑腾,加思把视线从易卜拉欣转向乔伊丝。"顺便说一句,你这条狗真是千金难买。"

"要是你乐意,可以摸摸它。"乔伊丝说,"它叫阿兰。"

加思摇摇头。"你必须花些心思才能赢得狗的心,这样做会耗尽你的精神。"

"太正确了。"易卜拉欣说,把一块薄荷糖偷偷塞回口袋里。

"易卜拉欣,我有个问题,"萨曼莎说,"把海洛因拿到古董店里的那个人,你们不会凑巧知道他是谁吧?"

"我们知道,"易卜拉欣说,"事实上,我们见过他了。他看上去挺和蔼,但情绪容易波动。不过要我说,这也符合这门生意的本质,对吧?贩毒和卖鞋不是一码事,你说呢?还有卖古董,它吸引特定的一类……"

加思举起一只手,打断易卜拉欣的话头。"你别说那么多,我这人的厌倦阈值比较低。这是天生的,医生也无能为力。"

"明白了,"易卜拉欣说,"厌倦阈值偏低往往意味着……"

加思再次举起手。易卜拉欣好不容易才管住自己的舌头。他不太高兴，因为他想提出一个很有意思的观点。他总是刚开始发表意见就被打断，真是太让人生气了。这个世界错过了太多的真知灼见，因为人们从来不给易卜拉欣足够的时间，好让他真正进入状态。当今的社会无疑在面对注意力缺失的难题，现代世界无处不在的刺激完全摧毁了……易卜拉欣意识到有人提了个问题。

"什么？"他问。

"我在问，这位先生叫什么？"萨曼莎又切下一块加思做的巴滕伯格蛋糕。

"多米尼克·霍尔特先生，"易卜拉欣说，"来自利物浦。"

"也许你们听说过他？"乔伊丝问。

"多米尼克·霍尔特？"萨曼莎望向加思。加思摇摇头。

"没有，"萨曼莎说，"非常抱歉。"

易卜拉欣愉快地接过第二块蛋糕，他愿意用佩特沃斯的那个停车位打赌，萨曼莎和加思都在撒谎。

30

"斯蒂芬,伊丽莎白请我和你谈一谈,"维克托说,"威士忌?"

"我不能喝,我要开车,你知道现如今管得有多严。"斯蒂芬答道。

维克托奢华的顶楼公寓里,斯蒂芬和维克托坐在一张宽阔的半圆形白色大沙发上。观景窗外,伦敦展现在他们的眼前。伊丽莎白和波格丹坐在外面的露台上,他们裹紧身上的衣服,以抵御凛冽的寒风。

"斯蒂芬,你患了老年痴呆症,"维克托说,"我认为你是知道的,对吧?"

"我,呃,我们曾经谈过这事,对不对?我还没有完全糊涂。电池里还有一些电呢。"

"伊丽莎白每天一早都给你看这封信?"维克托把斯蒂芬写给他自己的信递给他。斯蒂芬接过去,仔细扫视。

"嗯,我认识这封信。"

"你相信这里面写的吗?"

"应该是相信的。我认为这是我唯一的选择。"

"这封信非常勇敢,"维克托说,"非常明智,也非常让人难过。伊丽莎白说你们俩不确定该怎么做,对吧?"

"你是谁来着?给个提示。"

"维克托。"

"对,我知道你是维克托。来这儿的路上一直在维克托这个,维克托那个。但你是什么人呢?我们为什么来这儿?"

"我曾经是克格勃的一名高官,"维克托说,"现在算是国际犯罪分子的仲裁人。我解决争端。"

"你是怎么认识我妻子的?"

"我认识伊丽莎白的时候,她在为军情六处效力。"

斯蒂芬望向外面的阳台,看着他的妻子。"出人意料啊,她。"

维克托点点头。"非常。"

"知道吗?我小时候,"斯蒂芬说,"家门口有公共汽车——是无轨电车。知道什么是无轨电车吗?"

"一种公共汽车?"

"当然是一种公共汽车了,和现在的巴士不太一样,但也是公共汽车。顶上有架空电线。伯明翰到处都是,对了,我是伯明翰人。你不知道我是伯明翰人吧?"

"嗯,"维克托说,"我不知道。"

"唉，我在学校里没少挨欺负。有一路电车从城里开过来，刚好经过我家那条路的路口——我们家住在陡坡上，乘车可以少走路。从市中心能直接坐车回家。但进城就不需要坐电车了，因为你知道……"

"是下坡。"维克托说。

"对，是下坡，"斯蒂芬说，"但有个问题，头儿，有个小问题。你知道那是几路电车吗？"

"不知道，"维克托说，"但你知道。"

"42路，"斯蒂芬说，"周六是42a，周日不开。"

维克托又点点头。

"我记得非常清楚，就像用发光的大字写在我脑海里。但我不知道我妻子曾经是军情六处的人，我猜她告诉过我？"

"是的。"维克托说。

"和我一起生活，"斯蒂芬说，"对伊丽莎白来说怎么样？"

"非常痛苦。"维克托说。

"她和我结婚不是为了这个，对吧？"斯蒂芬说。

"是的，她和你结婚是为了爱，"维克托说，"而她非常爱你。你很幸运。"

"幸运，是吗？你对她是不是也有点意思？"

"谁不是呢？"

"好像不是吧，头儿，"斯蒂芬说，"据我所知，只有你和我。"

两个男人都笑了。

"她信任你。"斯蒂芬说。

"是的，"维克托说，"所以说说你的想法吧。"

斯蒂芬深吸一口气。

"维克托，趁我还有能力解释……我脑袋里的事情不是往前走的。这个世界，它一直在往前走，我知道，也能感觉到，它不会停止向前走。但我的脑子在走回头路。就算是这会儿，我也在往回走。像什么呢？就像浴缸，有人拔掉了塞子。我和水一起转啊转啊转，每转一圈，就会出现一些我不理解的新东西，而我在沿着浴缸边缘往上爬。这还是我状态最好的时候，是我还清醒的时候。"

"我明白了，"维克托说，"你解释得很好。"

"42路电车，维克托，我一直待在车上。其他一切只是从头顶上飘过去的噪声，是听不懂的词句。"

"斯蒂芬，我希望我能帮助你，"维克托说，"你说给我听，让我知道你有多么痛苦。这就是伊丽莎白想知道的。她知道换成她问你，你肯定不会说实话，因此她要我来问你。"

斯蒂芬明白他的意思。

"我认为我已经知道问题的答案了，"维克托说，"你的表情告诉了我。不过我还是要问，你是不是非常痛苦？"

斯蒂芬笑了，然后低头看着地面。他抬眼望向露台上的伊丽莎白和波格丹，最后重新看着维克托。他探出身子，用一只手按住维克托的膝盖，借此稳定心绪。

"是的，头儿，是的。我都不知道该怎么向你形容我的痛苦。"

31

乔伊丝的日记

我刚刚用石磨面粉做了些巴滕伯格蛋糕,加思说得对。不过还是不如他做的好吃,因此我怀疑他还隐瞒了什么诀窍。要是还能见到他,我一定要问个清楚。

而我有预感,我们还会见面的,对吧?

我认为易卜拉欣和我一样看出来了,萨曼莎·巴恩斯和加思在撒谎。但撒了什么谎呢?他们知道的肯定比告诉我们的多。

不过无论如何,他都是烘焙高手。

昨天去佩特沃斯真是玩得太开心了。从萨曼莎和加思那儿出来,我们逛了几家商店。我买了一块马蹄铁,因为我认为格里肯定会赞成,而易卜拉欣出于某些只有他自己才知道的理由,买了一块伦敦的老路牌"伯爵宫"。他说是因为听起来很有贵族气,但我并不完全相信。他肯定有他的理由,易卜拉欣总是这样的。

我问罗恩和保利娜是怎么一回事,易卜拉欣说他还想问我呢,因此我认为他们俩多半是到头了。真可惜。假如你知道一个人在犯错，肯定会忍不住要干预的，对吧？

我们一回来，我就跑到伊丽莎白家去汇报情况，但她还没回来。无论她和斯蒂芬还有波格丹去了哪儿，都远水解不了近渴。

会不会是为斯蒂芬去找养老院了？我暂时不怎么想谈这件事。到了时候，我们自然会知道结果的。巴滕伯格蛋糕是给她做的，希望她愿意收下。

最后我决定不给康妮·约翰逊烤司康饼了。罗恩说得对。另外，易卜拉欣说康妮在监狱里能定期收到盖尔面包房送去的点心，因此她那儿很可能供过于求。盖尔面包房在费尔黑文开了分店，虽说我更喜欢靠近前门的素食咖啡，但唐娜说我一定要尝一尝盖尔家的香肠卷，我承认我已经动心了。我现在习惯在豆子家族①喝茶配玛芬蛋糕，然后在乘小巴士回去的路上买个香肠卷，晚上看《海岛匿影》②的时候热一热吃。

有一次我回到家里，忘记把香肠卷从手包里拿出来了。等我回到客厅，发现口红和零钱包扔在地上，阿兰假装什么都没发生过，但嘴巴周围的食物残渣出卖了它。

关于很快就要搬进来的那个埃德温·梅赫姆，我在网

---

① 豆子家族（Anything with a Pulse）："周四推俱乐部"系列第一部中出现的咖啡馆，乔伊丝非常喜欢和闺密在这里喝下午茶。
② 《海岛匿影》（*Bergerac*）：英国推理电视剧。

上还是什么信息都找不到，因此他让我感觉更加神秘和兴奋了。要是他来的时候不是骑着重型机车，那我会非常失望的。

明天是周六，周六似乎总是什么都不会发生，对吧？除非你喜欢看比赛，那么周六就应有尽有了。希望我能尽快向伊丽莎白汇报情况，但她似乎心事重重。

尽管完全可以理解她的处境，但寻找杀人犯或海洛因似乎毫无进展，因此我现在是不是该多承担一点儿责任了？

乔伊丝负责指挥？我说不准，我并不喜欢当领头羊，而是更愿意接受指挥。但我喜欢别人听我说话，因此我是不是应该勇敢一点儿？

因为假如伊丽莎白不在，谁来负责呢？

易卜拉欣？

罗恩？

我自己都觉得好笑。总之，只要在伊丽莎白重新出现前不发生大事，就不会有什么问题。而就像我说的，周六永远风平浪静。

我也祝大家做个好梦。

32

有时候唐娜很希望自己不是警察,而是周四推理俱乐部的一员。周四推理俱乐部不需要穿制服,也不需要向白痴行礼,或者担心什么《警察和刑事证据法》,对吧?他们总能破案,要唐娜说,假如允许她用毒品栽赃、拿枪威胁人、伪造死亡和给犯罪嫌疑人下毒,她恐怕也能破案。

今天是她第一次尝试搞清楚这个问题的答案。

严格地说,她不该这么做的,废话,当然不应该。但唐娜感觉遭受了里甘高级调查官的刺激。克里斯是用更坚韧的材料做成的,但唐娜真的很想压里甘和犯罪调查局一头。也许她还想向伊丽莎白证明,她也是能够违反规则的。因此她今天要去探一探多米尼克·霍尔特的底。说真的,能有什么坏处呢?

另外,她还从没去现场看过足球赛呢,这样一来,她在工作的同时,还能和波格丹共处几个小时。

企业包厢里的人多了起来,周六中午的比赛即将开始。温暖的内间有自助餐台和酒吧,外面的滑动门背后有二十个座位，全都正对中场。球场美轮美奂，仿佛翠绿色的环形剧场。用一场足球比赛来破坏一片翠绿让人觉得可惜，然而这就是现实。

唐娜从没执行过卧底任务，现在她也不算是正式在卧底。要是克里斯知道她在干什么，肯定不会轻饶她，因此她必须保守好秘密。克里斯这会儿正和她母亲待在园艺中心，因为她母亲觉得克里斯的公寓缺少氧气。

唐娜以为自己身着正装会很显眼，但到目前为止，走进包厢的每一个人都非常努力地遵守了着装规定——领带，夹克，没有牛仔裤和运动鞋——因此他们全都像是卧底警察。波格丹带给她一瓶英国起泡酒。酒来自本地的酒庄，这里还组织参观品酒活动。波格丹在喝蒸馏水，因为碳酸对牙釉质不好。

"他还没来吗？"波格丹问，扫视四周。

唐娜摇摇头。这个包厢属于马斯格雷夫汽车销售公司，根据内政部的电脑系统显示，这是一家合法经营的真实公司。从统计学角度看，世上肯定还存在那么几家合法经营的企业。

唐娜去拿了个素肉香肠卷。每逢主场比赛，戴夫·马斯格雷夫就会邀请朋友和客户来包厢观战，顺便喝几杯酒，也许还可以谈点生意。天晓得这么大的阵仗花了他多少钱，不过唐娜估计应该物有所值。区区几个香肠卷，不需要卖出很多豪车就能买得起。

唐娜看见戴夫·马斯格雷夫走向他们。

"会社交闲聊吗?"唐娜飞快地问波格丹。

"社交闲聊?那还用说?"波格丹说。

"你确定?我怎么从没听到过?"

"很容易的,"波格丹说,"我在这儿住了很久。说说高尔夫就行。"

戴夫·马斯格雷夫来到他们面前,向波格丹伸出手。他没有看唐娜,也没有和她打招呼。很好,让她在不关注女性和过于关注女性的男人里选,唐娜永远会选前者。另外,她乐于尽可能保持低调。她一直在担心自己逮捕过的什么人突然走进包厢,一眼就认出她来。说到底,这毕竟是一场足球赛。

"你是巴里?"戴夫·马斯格雷夫问波格丹。

"我就是巴里。"波格丹顺着他说。

"尼科说你是个活见鬼的传奇。"

"尼科"是波格丹的朋友,尼古拉斯·莱思布里奇-康斯坦斯。他发明了一种便携式风力涡轮机,挣到的钱让他五十岁就退休了。波格丹为他做过一些事情,仅仅是建筑工程——唐娜这么希望,不过她从来不喜欢刨根问底。尼科很愿意帮他牵线,听到波格丹请他使用假名巴里介绍自己,他连眼睛都没多眨一下。波格丹这个建筑承包商确实非常优秀。

"尼科说,'戴夫是个好样的,'波格丹说,他说你的车好,价钱也好,但高尔夫很差。"

戴夫狂笑起来,用力拍打波格丹的后背。

"哎呀,我喜欢你,巴里!我喜欢你!"

"你喜欢我,我喜欢啤酒!"波格丹说,也用力拍打戴夫的后背。戴夫再次狂笑。

"他说啤酒!好家伙。"

看来波格丹确实会社交闲聊。她为什么要怀疑呢?唐娜再次走向自助餐台,让两个男人去聊他们的。有一盘对虾,但唐娜一直拿不准哪些部位能吃哪些部位不能吃,于是她选了炸鸡块。

"你觉得比分会是多少,巴扎[①]?"戴夫问波格丹。糟糕,波格丹擅长的东西很多,但足球并不是其中之一。

"我猜三比一,"波格丹说,"埃弗顿的防线不稳当,漏了太多的球,现在老家伙太多了。光是维尔贝克和三笘薰他们就吃不消了。要是埃斯图皮尼安首发,比赛可以直接结束。"

昨晚她看《虎胆龙威》的时候,他一直在玩手机,原来他是在研究球经。

---

① 巴扎(Bazza):巴里的昵称。

193

"希望你说得对，巴扎，"戴夫说，"就希望能压利物浦佬一头。哎，这不就来了吗？"

戴夫·马斯格雷夫转身面对房门，唐娜顺着他的视线望过去，见到多姆·霍尔特走了进来，一身昂贵的时髦衣服。总算有人看上去不像卧底警察了。戴夫扔下波格丹，扑向这个更有钱的新猎物。

他们会查到什么还不知道的东西吗？一个人正在欣赏足球比赛时，如果酒精撬开他的嘴巴，他会不会说错话，泄露某些致命的秘密，让她可以拿到能交给克里斯的宝贵情报？希望如此。无论如何，在库尔德什·夏尔马的案子里，多姆·霍尔特已经是板上钉钉的犯罪嫌疑人。只要能证明他有罪，就算不得不呆坐九十分钟看足球赛，那也是值得的。为防过于无聊，她还带了一本书，不过不确定情况允不允许她看书。

她想到了她的上司克里斯，此刻正挽着她母亲的手臂，推着小车穿过园艺中心的灌木丛。原谅我吧，克里斯，总要有人做点出格的事情，而这个人永远不会是你。

33

克里斯喝完了第二杯英国起泡酒。顺便说下，参观酒庄免费赠送两杯酒，接下来你就要花钱买了。

严格地说，克里斯不该来这儿的，但他很想压里甘高级调查官一头。他不该这么小气的。他不该被刺激成这样，而是应该像唐娜一样坚强，然而应该归应该，他还是不由自主地出现在了米奇·麦克斯韦公司所在的工业园。

两杯气泡丰富的葡萄酒，与帕特里斯共度一个下午，然后瞅个合适的机会，找借口溜出去，去停车场对面的苏塞克斯物流公司仓库打探一下情况。要是唐娜知道他在这儿，肯定不会轻饶了他——他应该在园艺中心才对。唐娜和波格丹去黑斯廷斯看画展了。可怜的姑娘，去遭受折磨吧。

尽管布莱顿那家咖啡馆的女店主指认了多姆·霍尔特——周四推理俱乐部的成员也能指认他——但信不信由你，她的证词在法庭上是站不住脚的。他们不可能申请到苏塞克斯物流公司的搜查令，申请一百万年也没用，因此克里斯觉得他恐怕只能自己去看一看了。

说真的，这一点儿也不像他，然而他看够了伊丽莎白和她快乐的伙伴们走不允许他走的捷径。不公平！克里斯下定决心要抢在里甘高级调查官之前解决这个案件——好吧，实话实说，最好也能在周四推理俱乐部之前。要是他找到了海洛因，抓住了杀害库尔德什的凶手，他非常想看看伊丽莎白脸上的表情。另外，无论今天周四推理俱乐部去了哪儿，就算是在掏空的火山里展开枪战，他也知道他们不可能擅自闯进苏塞克斯物流公司。

多姆·霍尔特今天不在，克里斯对此非常确定。布莱顿和埃弗顿正在海边的体育场踢足球赛，多姆·霍尔特这样的超级球迷肯定会坐在某个企业包厢里。克里斯一直想在企业包厢里看足球赛，他在水晶宫见过企业包厢的布置——提供酒水和食物，有舒服的座位和暖气，人们彼此握手。有朝一日也许会的。二十世纪七十年代的英国警察比现在的警察活得轻松太多了，那时候可以公开受贿。他记得他刚进警局时认识的一个老督察，有人请他去温布尔登的皇家包厢看网球比赛，目的是让他弄丢一件至关重要的证据。

苏塞克斯物流公司好像一个人都没有，周末没人值班？克里斯听说了很多米奇·麦克斯韦的事迹，他是多姆·霍尔特的老板，前两天去拜访了周四推理俱乐部，不过他住在赫特福德郡，很少会亲力亲为。

说不定会有一扇窗户忘了关？一扇防火门虚掩着？仓库肯定有警报系统，但克里斯多年来没少关闭过警报系统。要是触发了警报系统，克里斯反正带了他的警用对讲机，这样他可以第一个赶到现场，前来调查非法闯入的案件。

品酒活动结束了，解说员建议在参观酒庄之前，大家不妨去一下洗手间。克里斯以为他们会参观葡萄园，但葡萄园和酒庄是两码事。他今天真是学到了很多。

他望向帕特里斯，朝门的方向摆摆头。她朝他点点头回应。克里斯说明自己的计划时，她表现得超级热心（"我真的要给你把风吗？总算有一次像样的约会了"）。他们神不知鬼不觉地溜出房间，来到外面的寒风中，他握住她的手，拿起来亲了一下。

"准备好当不法之徒了吗，我亲爱的女士？"

"为了你，先生，我永远都会。"帕特里斯说，"唐娜知道了，咱们会性命难保，对吧？"

"她去黑斯廷斯看画展了，"克里斯说，"她会先自杀的。"

34

波格丹攻占了多姆·霍尔特旁边的座位,为此他不得不挤开一个小伙子,但他无论如何都不会让唐娜失望。他把肌肉发达的身躯塞进勉强能容纳自己的座位。他和多姆·霍尔特互相点点头,就像列车上的两个陌生人。波格丹从衣服里面掏出埃弗顿的围巾,披在他健壮的肩膀上。这一招吸引了多姆的注意力。

"你支持埃弗顿?"他问。

"对,埃弗顿,"波格丹说,"还以为只有我一个呢。"

"我也这么以为,"多姆说,向他伸出手,"看来咱俩可以做个伴了。我叫多姆。"

波格丹和多姆握手。手劲挺大,不过并不重要。波格丹和不少坏蛋打过交道,其中一些最糟糕的家伙握起手来格外有力。"我叫巴里,不过不是我的真名。我的真名是波兰语的。"

"我无所谓,"多姆说,"一个波兰老哥怎么会爱上埃弗顿?也太逊了。"

"我爷爷的狱友是个从英国来的杀人犯,那家伙是埃弗顿的狂热球迷。后来他杀了个看守,被枪毙了,所以我爷爷再也没见过他,但我们家从此就成了埃弗顿的支持者。"

多姆点点头。"也不赖,波格丹。这场比赛咱们恐怕机会不大,你说呢?"

"我都不知道我为什么还每个星期看比赛,"波格丹说,"我快被气死了。"

波格丹能感觉到唐娜就坐在多姆·霍尔特背后的座位上,她正在偷听。波格丹说过没这个必要,他保证能记住每一个字,但唐娜,她是个独立自主的新女性。

"你是怎么认识戴夫·马斯格雷夫的?"多姆问。

"我认识一个认识他的人,"波格丹说,"我帮了他一个忙。"

"你是干哪一行的?"

"什么都沾一点儿。"波格丹说。

"咱们又多了一个共同之处嘛,"多姆说,"我也是干这一行的。"

比赛开始,波格丹控制住自己,只和多姆·霍尔特谈场上的情况。"伊沃比一直在找前锋。他们人呢?"

"太对了,哥们儿,太对了。"

他想让唐娜为他感到骄傲。圣诞节过得像一场梦,他们每天很晚起床,看电视上的澳大利亚真人秀,玩桌游每局必输。自从母亲去世后,波格丹就没动过想让别人为他感到骄傲的念头。他喜欢这种感觉。

刚开始十分钟,埃弗顿就被对方打进一球,两个人一起闷闷不乐。第二十五分钟,布莱顿又进一球,他们的注意力开始转移,不再关注比赛。

"你在附近这一片混?"多姆问。

"费尔黑文,"波格丹说,"不过你知道的,我经常跑来跑去。哪儿有活儿,哪儿就有巴里。"

"但你特别想坐在我旁边?"多姆说。他没有看波格丹,而是在翻看手机。

"什么?"波格丹说。

"你直直地走向我。"多姆说。

"这是个好座位,"波格丹说,"你的大衣也很高级。"

多姆还在翻手机。"我猜你其实叫波格丹·扬科夫斯基。"

"我不能骗你,"波格丹说,"真希望我能。你的波兰语发音非常标准。"

"而坐在我们背后的是唐娜·德·弗雷塔斯警员。"多姆在座位上转身,向唐娜伸出手。

"我是多姆·霍尔特,"多姆说,唐娜和他握手,"不过你已经知道了。"

波格丹搞砸了。

"这个安排很有意思，"多姆说，"你和你男朋友？肯特郡的警察平时就是这么办事的？还是说你们在私自行动？"

"只是看一场足球比赛嘛，"唐娜说，"又不犯法。"

"你能说出一个埃弗顿的球员吗？"

"我的天，不能。"唐娜说。为防万一，波格丹昨晚突击培训过她。但是说真的，谁有时间去搞这些呢？"你能说出一个甜心宝贝的成员吗？"

"今天就聊到这儿吧，"多姆·霍尔特起身道，"这次我大人有大量，就这么算了。但要是再让我看见你们俩中的任何一个跟着我，我就去举报。听起来够公平了吧？"

"海洛因在哪儿？"唐娜压低声音问他，"你是真的在找它，还是已经监守自盗了？"

多姆同样压低声音答道："难怪上头不让你们查案子，而是交给了犯罪调查局。你们太业余了。"

布莱顿进了第三个球，周围的人群起欢呼，多姆泄气地坐了下去。

波格丹用手拢住多姆的耳朵。"唐娜很有礼貌。我认识库尔德什·夏尔马，假如是你杀了他，那我就会杀了你。明白吗？"

多姆·霍尔特再次起身，上下打量波格丹。其他人陆续重新坐下，他的视线在波格丹和唐娜之间扫来扫去。

"好好享受比赛吧。"

35

安东尼有个不上门服务的规矩,然而有些规矩就是用来打破的。

伊丽莎白给他倒了一杯茶,然后坐在沙发上,看着安东尼为斯蒂芬理发。真应该先理个发再去见维克托的,还好维克托并不在乎这种事。

"伊丽莎白是怎么骗到你的?"安东尼对斯蒂芬说,"我一直搞不明白。伊丽莎白,你这是把一个克鲁尼①搞到手了。"

"克鲁尼?"斯蒂芬说。

"斯蒂芬,和她生活在一起是个什么感觉?"

斯蒂芬望着镜子里的安东尼。"不好意思,我不太记得你叫什么……"

"安东尼。"安东尼说,修剪斯蒂芬耳朵周围的头发,"和伊丽莎白生活在一起是个什么感觉?"

---

① 乔治·克鲁尼(George Clooney):美国著名演员、导演、编剧,曾获美国电影协会终身成就奖。

"和伊丽莎白？"

"我是说，咱们都喜欢强大的女人，对吧？"安东尼说，"但毕竟也有累的时候，对吧？我是说，咱们都喜欢雪儿①，没错吧，但你愿意和她生活吗？绕着厨房忙活，一两个星期也许还能接受，但你迟早会需要休息一个晚上的。"

斯蒂芬微笑，点点头。"是的，你说得对。"

"斯蒂芬，安东尼一直给你理发的。"伊丽莎白说。周四从维克托那儿回家的一路上，车里很安静。斯蒂芬在睡觉，伊丽莎白和波格丹知道已经没什么好讨论的了。

"是吗？"斯蒂芬说，"好像有印象，记不清名字了。不过肯定是我的问题，脑子没以前管用了。"

"我就是所谓的大众脸，对吧？"安东尼说，梳理斯蒂芬前面的头发，寻找合适的话题切入点，"很容易混进人群。躲警察的时候很管用，找伴侣的时候就是噩梦了。"

"我头发花白得厉害。"斯蒂芬打量镜子里的自己。

"胡说，"安东尼说，"伊丽莎白的头发是花白，你这个叫'有光泽的白金色'。"

"你的手艺可真棒，安东尼，"伊丽莎白说，"他是不是非常英俊？"

"确实很帅，"安东尼赞成道，"你看他的颧骨。斯蒂芬

---

① 雪儿（Cher）：美国著名女演员、流行乐歌手，曾获得奥斯卡金像奖、金球奖、格莱美奖等。

203

小子,你要是去参加布莱顿大游行,连一分钟都待不住,保准会有人把你劫走。"

"你是布莱顿人?"

"朴茨莱德,"安东尼说,"一码事,对吧?"

"你也许认识我的朋友库尔德什?"

"我会留意一下的。"安东尼说。

"秃得像个电灯泡。"斯蒂芬说,放声大笑。

安东尼在镜子里看见斯蒂芬的眼神,跟着哧哧笑。"认识他就没好事,对吧?"

斯蒂芬点点头。"安东尼,你是干什么的?"

"我?发型师。"安东尼说,用手指按住斯蒂芬的左右太阳穴,把他的脑袋转来转去,"你呢?"

"嗯,"斯蒂芬说,"瞎混混。做点园艺,我们有一小块社区农圃。"

"我可太想要一块农圃了,"安东尼说,"做发型是为了什么特殊场合吗?要去跳舞?"

"只是觉得需要剪一剪了。"伊丽莎白说。

"要是你见到库尔德什,替我向他问好,"斯蒂芬说,"就说他是个老坏蛋。"

"我喜欢坏蛋。"安东尼说。

"我也是。"斯蒂芬说。

斯蒂芬现在还记得的朋友只剩下那么几个了,以学校里的朋友为主。伊丽莎白一遍遍听他讲相同的故事，她总在相同的地方大笑，因为斯蒂芬就是有这个本事，他能把同一个故事给你讲一百遍，而每次都能把你逗笑。从他嘴里说出来的语言永远是那么优雅和充满快乐。最近大多数时候，他都难以用合适的字词来表达想法，但这些以前的故事依然完好无损地储藏在他的脑子里，他讲故事时脸上的笑容也同样真诚。斯蒂芬记得库尔德什是因为那是他的最后一次冒险，波格丹和唐娜带着他出去走了一趟，肯定让他感觉自己还活着。

"我以前总在埃德巴斯顿理发，"斯蒂芬说，"知道那儿吗？"

"我这人地理学得很差，"安东尼说，"我以为迪拜在西班牙，怎么都没法相信要飞那么久。"

"理发师叫弗雷迪。别人都叫他青蛙弗雷迪，不知道为什么。"

"舌头长？"安东尼猜测道。

"你说不定猜对了，"斯蒂芬笑道，"那会儿年纪就不小了。现在多半已经死了，你觉得呢？"

"那是什么时候？"安东尼问。

"我的天，一九五五年？差不多吧。"

"那多半是死了，"安东尼说，"不过既然是青蛙，也许是嘎了①?"

斯蒂芬大笑,肩膀在围布底下抽动。伊丽莎白活着就是为了见证这样的时刻。她还能见到多少次?能和斯蒂芬一起坐一坐,感觉非常好。她不想考虑案件,这次就交给其他人吧。无论海洛因在什么地方,都再等一会儿。乔伊丝多半猜到出事了,她总是能猜到,伊丽莎白迟早要找她谈一谈。

安东尼开始收尾,伊丽莎白伸手去手包里拿钱包。比起去见维克托之前,她的包现在稍微重了一点儿。

"别侮辱我,"安东尼说,"帅哥免费。"

伊丽莎白朝镜子里的斯蒂芬微笑,他也朝她微笑。爱意有时候来得就是这么容易。伊丽莎白决定关掉手机。今天离了她,其他人也能过下去。她很想知道乔伊丝和易卜拉欣找萨曼莎·巴恩斯谈得怎么样,但她更愿意把所有注意力都放在斯蒂芬身上,工作并不是一切。

安东尼最后端详了一眼镜子里的斯蒂芬。"好了,够你去显摆了。"

斯蒂芬对着镜子打量自己。"你认不认识一个叫青蛙弗雷迪的家伙?"

"埃德巴斯顿的弗雷迪?"安东尼问。

---

① 原文为 croak,此处为谐音梗,croak 既有蛙叫声之意,也有死亡之意。

"就是他,"斯蒂芬说,"还在蹦跶吗?"

"还很有劲儿呢。"安东尼说。

"青蛙弗雷迪,真是没有叫错的外号啊。"斯蒂芬说。

安东尼用双手按住斯蒂芬的肩膀,亲吻他的头顶。

36

拿着搜查令闯进民宅,这很有趣。

黎明时分的突袭是最好玩的。你在厢式货车的车厢里吃个培根三明治,然后在世界醒来之前冲进去逮捕毒贩。有时候毒贩会从后门逃跑,而你就可以欣赏他们被气喘吁吁的警长用橄榄球擒抱动作撂倒的样子了。

还有一些时候,毒贩们会躲在阁楼里,你只好坐在楼梯口守株待兔,直到他们需要上厕所从阁楼出来为止。

但是,没有搜查令就私闯民宅,那完全是另一件事了。帕特里斯站在停车场的护柱上,酿酒厂的仓库、苏塞克斯物流公司和工业园的大门一览无余。克里斯停下脚步,等待一位穿红衣服的老妇人从视野里消失,而后再开始行动。

他惊讶地发现,已经有人用蛮力推开了窗户。天晓得是多久以前,但一个人必须非常勇敢或非常愚蠢,才会选择闯进这个特定的仓库。克里斯决定不去思考自己是这两者之中的哪一个。这扇窗户通往一个小储物间,里面放满了清洁用品。他们目前还没触发警报。

克里斯慢慢打开房门,发现里面是个开阔的大库房,对面墙边堆满了箱子。箱子里装的是什么?有一台古老得甚至都不是纯平的电视,三张破旧的沙发围着它摆成马蹄形。沙发的使用者这会儿不见踪影。克里斯的脚步声在水泥地上回荡,他呼出的气因为寒冷凝成白雾。

库房一头有一道金属楼梯,上面的木制活动板房构成了夹层办公室。克里斯看见门上有一把挂锁,总算有安保措施了。

克里斯决定暂时不去管墙边的箱子,他径直走向办公室。他会找到什么呢?电话号码?什么都行,说真的,只要是伊丽莎白没有掌握的情报就行,他心想。怎么会变成这样?为了职业尊严,不得不出奇招胜过一个吃养老金的老人?

说不定海洛因就在上面等着他?他岂不是立刻就会成为英雄?

仓库里没人,但他还是蹑手蹑脚地踏上了网格铁板的楼梯。他在拐角平台上看见了烟头,办公室门上似乎沾着干涸的血迹,不过有些日子了——希望薄薄的木板门里不是一具新鲜的尸体。

也许他需要撬锁。会不会终于触发警报?但到目前为止,他还没遇到任何警报系统,这似乎有点奇怪。克里斯试了试挂锁,挂锁应手而开。门没上锁。

克里斯一动不动地站了好一会儿,竖起耳朵搜寻一切动静。办公室悄无声息;库房里只能听见毫无规律的咣咣声,那是寒风在拍打紧闭的装卸台双开门。他按住门把手,轻轻地用右脚外侧顶开房门。

还是没有警报声。

不出意料,克里斯看见了几个文件柜,还有一张木桌的一角。

他走进办公室,看见了整张桌子。桌子后面是一张人体工学高背椅,上面坐着一个人。

这个人是多姆·霍尔特。他的脑门儿中央有个弹孔。

37

"所以我不能打电话到局里,明白吗?"克里斯说,"因为我不该出现在那儿的。"

"懂了,"罗恩说,他和乔伊丝仔细检查多米尼克·霍尔特的尸体,带着普通人假装职业人士的超然气度,"你首先打电话给我们?"

"没错。"克里斯说。

"真的是首先吗?"

"伊丽莎白不接电话。"克里斯说。

"难以置信,帕特里斯给你把风。"乔伊丝说,回到小沙发上,和帕特里斯坐在一起。

"他当作约会来说服我的,我一口答应下来了。"帕特里斯说。

"有点像密室逃脱,"乔伊丝说,"乔安娜为了工作玩过一次,但她惊恐发作,他们只好把她放出来了。因为她有一次在托雷莫利诺斯被困在了电梯里,从此留下了心理阴影。"

"我本来只想待五分钟的,"克里斯说,"翻翻文件,看能不能找到什么电话号码和联系人。"

"这是非法搜查,克里斯,"乔伊丝说,"找到什么了吗?"

"怎么说呢,乔伊丝?"克里斯说,"发现尸体之后,我觉得还是别乱翻为好。"

"业余,"罗恩说,"叫我们来干什么?"

"需要你们帮个忙,"克里斯说,"我需要有人说听见了枪声,然后打电话给我,解释我为什么会出现在这儿。比方说你们来参观酒庄,出来透透气。"

"对警察说谎,"罗恩说,"嗯,伊丽莎白应该很擅长。"

"我们也能很擅长,"乔伊丝说,"咱们并不是离了伊丽莎白就不行。"

"说起来,伊丽莎白呢?"帕特里斯问。

"通常来说,你最好别问。"罗恩说。

"所以有人正在过来的路上吗?"乔伊丝问。

"既然你们已经赶到,那我就要打电话给犯罪调查局的高级调查官了,"克里斯说,"这人叫吉尔·里甘。我要告诉她,我接到一位热心市民的电话,闯进来一看,发现了尸体。"

"会需要多久?"乔伊丝说,"你估计一下?"

"他们全都在费尔黑文,"克里斯说,"二十五分钟?"

乔伊丝看看手表,然后望向文件柜。"时间正好,咱们开始看文件吧。"

"咱们现在不能碰这儿的文件。"克里斯说。

乔伊丝翻个白眼,戴上手套。"伊丽莎白会怎么做?"

"我让你们看文件,你们就会配合我的计划?"克里斯问。

"你不能让我们做任何事情,克里斯,"乔伊丝说,"因为你没资格说允许或不允许。"

"你现在连语气都像伊丽莎白了。"帕特里斯说。

"显然是胡说八道,亲爱的。"乔伊丝说,两个女人一起咻咻笑。

"我们需要一个计划,"罗恩说,"我半个小时前还在家跷着腿看冰壶比赛呢,现在你看看我,身在仓库,还和尸体待在一起。"

"克里斯,打电话给你那个高级调查官的时候记得要呼哧呼哧喘气,"乔伊丝说,"记住,你刚刚发现了一具尸体。"

"而不是私闯民宅后发现了尸体,然后叫两个吃养老金的人来救你。"罗恩补充。

克里斯走出办公室,站在金属楼梯上打电话给吉尔·里甘。乔伊丝转向离她最近的文件柜,拉了一下最上面的抽屉,那抽屉纹丝不动。

"罗恩,戴上手套,看能不能找到钥匙。"

"去哪儿找？"罗恩说。

"他的衣服口袋里，"乔伊丝指着多姆·霍尔特的尸体说，"别闹了，罗恩，用一用你的脑袋。"

罗恩不情不愿地从口袋里掏出自己的驾驶手套。

乔伊丝沿着文件柜走了一圈，拉了一遍抽屉。她转过身，看着罗恩小心翼翼又笨拙地翻多姆·霍尔特的口袋。

"怎么说呢，这事我能做，"帕特里斯说，"你们不会觉得不舒服吧？"

"哈，胡说什么呢！"乔伊丝说，"他玩得正开心呢。他一回家就会去找易卜拉欣炫耀的。"

罗恩发出胜利的欢呼："浑蛋，我找到了！"把一大串钥匙递给乔伊丝后，他压低声音对多姆·霍尔特说："对不起，老弟。"为惊扰他而道歉。

乔伊丝开始轮流试一组细长的小钥匙，克里斯回到房间里，说："他们在路上了。"

一个抽屉开了，然后是第二个，第三个。乔伊丝从文件柜里抽出文件，放在桌子上，小心翼翼地避开血迹，然后开始发号施令。

"帕特里斯，带手机了吧？"

"信不信由你，我还真带了呢。"帕特里斯说。

"我不想催你，但你能给文件拍照吗？能拍多少就拍多少。克里斯，你带罗恩出去。罗恩，你必须看上去脸色苍白,像个受到惊吓的无助老人。"

"我不确定喜不喜欢这个新的你,"罗恩说,"能把以前的乔伊丝还给我们吗?"

乔伊丝动作飞快,感觉像是回到了当护士的时候,而且还是那种一刻不得闲的夜晚,但再忙碌也要把所有事情都做到最好。帕特里斯每拍完一份文件,乔伊丝就把文件恢复成原来的顺序放回原处。在多姆·霍尔特的死亡凝视之下,两个女人配合默契。

乔伊丝掏空最后一个文件柜,待帕特里斯拍完照后又重新装满,然后把钥匙串塞回多姆·霍尔特的衣袋里,对他轻声说了句"谢谢",然后示意帕特里斯跟她一起出去。

下台阶之前,乔伊丝仔细思考了一下:换作伊丽莎白,她还会做什么呢?她有没有遗漏什么?等他们回去,有没有什么事情会气得伊丽莎白翻白眼?一个灵感跳进脑海,她拉着帕特里斯回到办公室,请她从每一个角度拍摄尸体。真是个好点子。

38

加思在乔伊丝的公寓里走了一圈,阿兰尽职地跟着他。只要你知道该怎么查,就能找到任何一个人的住处,而加思知道其中的诀窍。

阿兰时不时朝它的新朋友叫一声,加思会回答"你说得对",或"这个问题嘛,老弟,我不能说我不同意"。

他本来希望乔伊丝在家,然而既然她不在,到处看看也不会有任何坏处。他闻到了烘焙的气味,很像他的巴滕伯格蛋糕,但少了肉桂。

她把家里收拾得井井有条,加思并不吃惊。乔伊丝是一位优雅的女士,加思喜欢她穿衣服的风格,也喜欢她说话的语气。此刻环顾四周,他发现他同样喜欢她的生活方式。加思的祖母——他更喜欢的那个祖母——是多伦多一个艺术品盗窃团伙的首领。正是在她的熏陶下,加思才对这个行当产生了兴趣。她盗窃艺术品,她也钟爱艺术,她把这两个长处都传给了加思。他的另一个祖母住在曼尼托巴省,会看着电视念天气预报。

圣诞节的装饰品还摆在外面。这会带来坏运气的，乔伊丝。加思问阿兰，乔伊丝知不知道这会带来坏运气。阿兰汪汪叫。看来乔伊丝知道，但估计她太喜欢这些破玩意儿了。

加思很想把它们取下来，替乔伊丝保护一下她自己，但他不希望乔伊丝知道他来过。他不希望引起她的恐惧，或者让她感觉到自己的隐私被侵犯了。乔伊丝有很多圣诞卡，说明她有很多朋友，加思并不觉得奇怪。他希望自己也能交上更多的朋友，但他就是搞不懂诀窍。在遇到萨曼莎之前，他一直四处漂泊。

加思打开冰箱，有杏仁奶。乔伊丝倒是懂得与时俱进。

他和萨曼莎刚去见了一个叫康妮·约翰逊的女人。她销售可卡因，他们对她算是久仰大名。他们向她提出了一个商业计划——海洛因交易里似乎能找到某种机会——他们想知道她愿不愿意一起组队。她的社会关系，他们的钱，也许值得大家花点时间聊一聊。

康妮说她会考虑一下，但加思并不买账。他觉得他们恐怕只能自己干了。这其实能有多难呢？

从小到大，加思做过各种各样的事情。他上过艺校，偷过一群野牛，玩过一阵贝斯。他还犯下了加拿大有史以来最大的银行劫案，不过那次不是他一个人——他的表哥保罗帮了些忙，他祖母也帮他洗了大量赃款。

加思还做过一段时间的企业间谍，神不知鬼不觉地闯入过形形色色的地方。他虎背熊腰，因此从小就学会了轻手轻脚。他的个头儿比得上黑熊，但动静和老鼠一样小。无论加思碰过什么，他都会放回原处。

在乔伊丝家里找什么呢？他不知道。要是乔伊丝在家，他会问她什么呢？他也不知道。不过这么多年以来，正是谨慎帮助加思保住了他的小命，他必须确定乔伊丝不是想对他们不利。没人因为调查得太认真而丢掉性命。

他也去伊丽莎白家看了看，但刚好有个发型师在她家，另外她还安装了警报系统，加思从没在最高警戒级别的监狱外见过这样的系统。

这儿没什么可看的，加思很确定了。正要离开的时候，他听见乔伊丝的朋友易卜拉欣敲了敲门，然后隔着送信口和阿兰聊了起来。加思悄无声息地倒了一杯茶，等待他们的交谈结束。他等了好一会儿。

等易卜拉欣走了，加思会洗干净并擦干茶杯，然后在库珀斯切斯走一走，看看他还能瞧见什么。

这地方有挣钱的机会，加思能闻到。这地方也有秘密，然而是什么秘密呢？

另外，他需要想一想康妮·约翰逊的事情。

39

乔伊丝和帕特里斯走下楼梯,来到工业园的院子里,与克里斯和罗恩会合。克里斯一脸紧张,但其实没有必要,因为一切都在掌控之中。

乔伊丝愉快地发现,罗恩按照她的要求,让自己看上去就像一个惊魂未定的无助老人。乔伊丝意识到,他们有时候低估了罗恩,这个人一生中取得过不少成就。他喜欢扮演傻瓜,但他绝对不傻。

第一辆巡逻车冲进工业园的大门,轮胎磨出吱吱嘎嘎的尖啸声。只是一具尸体而已,有必要搞出这样的声音吗?乔伊丝很想知道。

两个便衣警察下车跑了过来。还是那个问题,有必要跑吗?

克里斯抓住其中一个警察的胳膊。"在里面,跟我来。"

另一个警察陪着罗恩、乔伊丝和帕特里斯。他有一肚子问题。"好了,女士们,先生,请冷静一下。能做到吗?"

罗恩哇的一声哭了出来，乔伊丝走过去安慰他，年轻警察显得很尴尬。

"别急，慢慢来，告诉我发生了什么。"

"我们，我的朋友和我——这是罗恩，我是乔伊丝，我们来参观布兰贝尔起泡酒厂，就在那儿。"

"是我儿子送我的礼物，"罗恩哭着说，"优惠券。"

好了，罗恩，别太入戏了。然后乔伊丝意识到，随着她变成伊丽莎白，罗恩不得不变成她。换作是她，肯定会说些关于优惠券的事情。今天每个人都有进步，干得好，罗恩。

"我们很期待的，"乔伊丝说，"但我们迟到了，绕着绕着就迷路了。"

第二辆警车开进院子停下，问话的警察挥挥手，示意新来的人去仓库里。

"我们刚下车，真的才几秒钟，"乔伊丝说，"就听见了枪声。"

"你们确定是枪声吗？"警官问。

"确定。"乔伊丝说。

"但很多声音听起来就像开枪，"警官说，"假如你们在这方面没什么经验的话。"

"我有些经验，"乔伊丝说，"枪声似乎是从我们左边的这栋楼里传出来的，也就是这儿，苏塞克斯物流公司。"

"我明白了，"警官说，"于是你们……"

"哦，罗恩有一个警察的电话号码，我们和他打过交道。"

"哈德森总督察？"

"好小伙子。"罗恩说，逐渐恢复了镇定。他玩得很开心。

"而且很英俊。"乔伊丝说。

"于是我就给克里斯打了电话。"罗恩说。

"哈德森总督察。"乔伊丝说。

"我就说：'哥们儿，我听见了枪声。'他就说：'你确定吗？'我就说：'确定，很确定，快给我飞过来，说不定是个疯子跑出来了。'总之，他是个勇敢的小伙子，立刻冲了过来，一心想保护我们的安全。警察也不都那么糟糕，对吧？"

警察转向帕特里斯。"你呢，夫人？"

"我是克里斯的伴儿，"帕特里斯说，"他们打电话来的时候，我们正在去园艺中心的路上。"

"好的，"警察说，"高级调查官会有更多的问题问你们的。"

就像是听到了召唤，吉尔·里甘高级调查官来了，她的车是一辆豪车，蓝色的警灯只有一点点大。

"好车啊。"罗恩对乔伊丝说。

"你干得很好，罗恩。"乔伊丝说，两个人互相捏了捏对方的手。

"尸体在库房里，长官，"年轻的警察说，"这两个人听见枪声，打电话叫来了哈德森总督察。"

吉尔看看乔伊丝，又看看罗恩。"你们为什么会有哈德森总督察的私人号码？"

乔伊丝还在苦苦寻找答案的时候，罗恩突然又哭了，他把脑袋埋在乔伊丝的肩膀上。乔伊丝对吉尔比着嘴型说"对不起"，后者摇摇头，一个字也没多说就走进了仓库。

"我们还要在这儿待很久吗？"乔伊丝问警官。

"不，不用了，"警官说，"我们会联系你们的，现在你们一定急着回家去了吧？"

比你想象的还要急，乔伊丝心想，我们有很多照片要一一查看呢。

40

易卜拉欣想和伊丽莎白聊一聊他们找萨曼莎·巴恩斯谈话的结果,但伊丽莎白的手机关机了。于是他想带阿兰去转一转,但乔伊丝不在家。易卜拉欣能听见阿兰的叫声,于是一人一狗隔着送信口聊了一会儿,他没有钥匙,因此易卜拉欣的快乐只能到此为止了。罗恩总应该在家吧,他心想,他们俩可以看个电影。然而罗恩同样不在家,他能去哪儿呢?他和保利娜重归于好了?

他拖着沉重的步伐走回家,想到萨曼莎·巴恩斯,想到加思,想到他们一提起海洛因就两眼发亮,易卜拉欣突然想了起来,他还有一个新朋友和一个新项目呢。他不是每时每刻都需要周四推理俱乐部的。

就这样,易卜拉欣和擅长操作电脑、带他们看土耳其跨年晚会的鲍勃·惠特克坐在了一起,他们喝着薄荷茶,玩得颇为开心。他们在做的事情当然很严肃,不过与此同时,给自己找点乐子也没什么不好。易卜拉欣在读他们(扮演默文)与塔季扬娜的最新一次交流,而鲍勃品着他的茶，能从家里出来走走，他似乎很高兴。

默文：*我的爱已经打开，就像在春天的霜冻下长久闭合的花瓣，畏惧赐予它生命的阳光。我的爱已经打开，就像一道伤口，娇嫩而脆弱，需要温柔的呵护。我的爱已经打开，就像森林小屋的大门，期盼你的足音。*

塔季扬娜：*钱还没到账。我亲爱的，你能再转一次吗？*

默文：*钱和这些有什么相关？草场上的一株报春花，瀑布中的一滴泪水。*

塔季扬娜：*银行还没有收到钱。我需要钱买机票。*

默文：*飞向我吧，塔季扬娜。让爱的气息把你带进我的怀抱吧。我去盖特威克机场接你，北航站楼停车非常方便，不过收费标准让人有点吃不消。*

"这一点我完全赞同，"鲍勃说，"上次收了我十五英镑五十便士，而我只停了一个小时。"

塔季扬娜：*我爱你，默文。我必须在接下来的六个小时内收到钱，否则我就会心碎。*

默文：*我会再催一催银行的。但今天是周六，他们一直问我为什么转账。我说是为了爱，他们说他们需要进一步核查。*

塔季扬娜：*就说是用来买车的，别提爱。*

默文：我怎么能不提到爱呢，我亲爱的？因为我的每一次心跳都在高唱你的名字。

塔季扬娜：你就告诉银行是为了买车。还有，请快一点儿，我必须尽快见到你。

默文：要不然我去提现金？

"这是在下饵吗？"鲍勃问。

"没错，"易卜拉欣说，"唐娜的主意。"

塔季扬娜：然后你把现金寄给我？

默文：寄给你？我们的邮政系统在罢工，没法寄。皇家邮政多年来一直系统性地缺乏资金，忠诚的工作人员组织劳工行动也没什么好奇怪的，否则他们能怎么做呢？这是资本主义晚期的恶疾。

塔季扬娜：我能不能请一个朋友去拿现金？一个正好在伦敦的朋友？

默文：一个朋友？那真是太好了。能认识你的朋友，这本身就是美梦成真。我们会谈论你的事情，一直聊到深夜。

塔季扬娜：他没法和你聊很久。他在伦敦有重要的工作，不能打扰他。

默文：你的愿望就是我的命令，我亲爱的。接下来几天我会去取现金，等待你的指示，然后好梦就要开场了。

塔季扬娜：两千八百英镑。

默文：只是一张机票，似乎也太贵了吧？

塔季扬娜：还有税呢。

默文：唉，好像是富兰克林说过，除了生死和交税，生命中没有什么是确定的。人们总把这句话安在王尔德的头上，没错吧？

塔季扬娜：别把死挂在嘴边，我英俊的默文。

默文：这是个睿智的建议，塔季扬娜。

塔季扬娜：我要去工作了。我的朋友会联系你的，然后咱们就可以永远在一起了。那是我的梦想。

默文：当然了，这次真的是王尔德说的——"生命中只有两种悲剧，一种是求之不得，另一种是得偿所愿。"

塔季扬娜：你的朋友似乎懂得很多。送上我的许多个吻。

默文：我也是，可爱的塔季扬娜。

"所以现在咱们只需要等着了。"鲍勃说。

"只需要等着了。"易卜拉欣答道。

鲍勃望向易卜拉欣。"你的文笔很美。"

易卜拉欣耸耸肩。"做我那一行，经常会听到一些关于爱的金句。照葫芦画瓢，没什么难的，很大程度上就是主动放弃逻辑。"

鲍勃点点头。"你不觉得它里面蕴含着真理吗？"

"爱吗？"易卜拉欣思考了一下，"鲍勃，你和我是同一种人。"

"是哪一种人？"鲍勃问。

"属于系统和模块的世界，0和1的世界，这里用二进制指令解释生命。我们也许能够看到爱的优点和缺点，但把这些当作一个客观存在来看待的，是那些诗人。"

"你不是诗人吗？"鲍勃问。

有人急匆匆地敲响了易卜拉欣的房门。

易卜拉欣起身去开门，回来时带着乔伊丝和罗恩。乔伊丝显得很激动。

"你绝对不可能猜到。"乔伊丝说。

罗恩看着鲍勃和易卜拉欣。"你们在恶搞塔季扬娜，都不叫我？"

"你不在家，"易卜拉欣说，"我给你打过电话。"

乔伊丝终于注意到了鲍勃。"你好，电脑鲍勃。"

"叫我鲍勃就行。"电脑鲍勃答道。

"但我以为咱们要一起骗她的。"罗恩说。

"鲍勃和我也是朋友。"易卜拉欣说，"好了，有什么新消息？"

"多米尼克·霍尔特死了。"罗恩说。易卜拉欣轻轻地吹了一声口哨。

"死在一个周六！"乔伊丝补充道。

"多米尼克·霍尔特是谁？"鲍勃问。

"一个毒贩。"罗恩说着摆了摆手。

"你会知道的，"乔伊丝对鲍勃说，"手机上的照片能放到电视屏幕上吗？乔安娜从智利回来的时候就这么做过。"

"当然了，"鲍勃说，"不可能更简单了，做个屏幕共享就行。手机系统是苹果还是安卓的？"

"我不知道，"乔伊丝说，"外壳是黄色的是什么？"

"无所谓。"鲍勃说，"如果是苹果机，打开'设置'，然后进入'控制中心'，你会看见一个叫'屏幕镜像'的选项。假如你的电视也是苹果电视，那就从列表里选一下，应该……"

"不如你过来帮一下我们吧？"乔伊丝说，"除非你特别忙。"

"忙倒是不忙，我也确定我能帮上忙，但你们不介意一个陌生人随便插进来吗？"

"你不是陌生人，"乔伊丝说，"你是电脑鲍勃。"

"来吧，鲍比小子，"罗恩说，"你会和我们合得来的。"

"那就带路吧。"鲍勃说。

"不过先提醒一句，"乔伊丝说，"大部分照片只是文件，但你能接受尸体的照片吗？"

"呃，"鲍勃说，"实话实说，我不知道，以前从没遇到过。"

"你会习惯的。"易卜拉欣说着穿上大衣。

41

开始下雪了,银色的光笼罩着库珀斯切斯。小分队已经集合完毕,连伊丽莎白都因为急促的敲门声,以及即将看到犯罪现场照片的保证叫了起来。她哀叹道:"就不能让我休息一天吗?"

每周六晚上,电视室几乎空无一人,然而在今天这个特殊的日子里,一个名叫奥黛丽的女人(丈夫是个手脚不怎么干净的食品中间商)偏偏坐在电视前面,坚持要在大屏幕电视上看《蒙面歌手》。双方的交涉简短但徒劳。小分队提出可以给钱,但细想起来,他们给出的价码不够高,因为奥黛丽的丈夫在超市采购中饱私囊的数目,可是多到最终导致他被迫提前退休了。易卜拉欣想唤醒奥黛丽的善良天性,却发现他怎么都找不到那玩意儿。奥黛丽一度威胁要报警,对此克里斯答道:"我就是警察。"奥黛丽给了他一个能杀人的眼神,说:"警察会穿T恤?我可不这么认为。"

奥黛丽一只手握着遥控器,就好像那是她母亲的手,而她们正在等红绿灯；她另一只手里是一杯伏特加兑汤力水。总之，她不肯挪窝。

乔伊丝试图向惊骇的伊丽莎白解释《蒙面歌手》的赛制，因此他们耽搁了好一会儿，然后易卜拉欣想看一个装扮成垃圾桶的歌手是不是伊莱恩·佩吉，这又浪费了几分钟。"我能感觉到。"他说，然后就被拖走了。

因此，尽管乔伊丝的公寓对这么多人来说实在太小了，最后他们还是聚集在了这里。乔伊丝、伊丽莎白、罗恩、易卜拉欣（还在嘟囔什么伊莱恩·佩吉）、克里斯、帕特里斯、唐娜、波格丹，以及似乎还沉浸在新奇感之中的电脑鲍勃。波格丹跑了一趟罗恩家，拿来几把椅子。

阿兰忙着巡视领地，确保它得到了应有的注意。电脑鲍勃第一次来乔伊丝家，因此阿兰多给了他一点儿时间，以保证他能上道。

乔伊丝的电视上是一张多姆·霍尔特的正面照，他瘫坐在椅子里，脑门儿中央有个弹孔。

"你说你们要去园艺中心的，"唐娜对母亲说，"结果搞了这一出。"

"我只负责把风，"帕特里斯说，"别那么气呼呼的。"

"如你们所见，"乔伊丝说，"又一具尸体，还是职业杀手。一颗子弹，打穿头部。"

鲍勃犹犹豫豫地举起一只手。

"怎么了，鲍勃？"乔伊丝问。

"什么叫又一具尸体？"

"我们的朋友库尔德什被毒贩打死了。"易卜拉欣说，"阿兰，你别去烦鲍勃了好不好？他们在一条乡间小道上打死了他，因为他偷了他们的海洛因。"

"鲍勃，还有其他问题吗？"伊丽莎白问，"咱们可以继续了吗？"

鲍勃摆了摆手，像是在说"没了，请继续，当我不存在"。

"那么，"乔伊丝说，"是谁杀了他？还有，为什么？"

"肯定是他老板米奇·麦克斯韦，"罗恩说，"多姆弄丢了海洛因，无论是怎么发生的，这都是事实，而米奇无法接受，于是给他脑袋上来了一枪。"

"而且我猜米奇肯定知道该去哪儿找多姆。"乔伊丝说。

"这个猜想有个问题，"克里斯说，"我闯进仓库的时候……"

唐娜翻翻白眼。

"……发现底层的窗户被强行打开了。米奇·麦克斯韦会直接走正门。"

"也许他不希望被人看见。"唐娜说，"说起来，你减肥前无论如何都不可能爬进那扇窗户。你看你给自己找了什么麻烦。"

"我能说说我的想法吗?"乔伊丝说,"易卜拉欣和我去佩特沃斯见萨曼莎·巴恩斯——鲍勃,你去过佩特沃斯吗?"

"呃,没有。"鲍勃说。

"那你必须去看看,"乔伊丝说,"非常美,而且周末时人也不多,我们好好转了一圈。另外,要是你去了,那里有一家很不错的咖啡馆,就在……"

"乔伊丝,你不是要说说你的想法吗?"伊丽莎白说。

"噢,对。"乔伊丝说,"我的天,阿兰,你又不是没见过鞋子。对不起,鲍勃。好的,我们向萨曼莎·巴恩斯提起多姆·霍尔特这个名字的时候,她丈夫也在……"

"加思,"易卜拉欣说,"可以肯定是加拿大人。"

"……两个人都发誓说没听说过他,但他们在撒谎,对吧,易卜拉欣?"

"对。"易卜拉欣赞同道。

"你们怎么能确定呢?"唐娜问。

"我就是能,"乔伊丝说,"就像我知道你和波格丹不是从画展过来的一样。不过这个咱们回头再讨论好了。"

"你们从哪儿过来?"克里斯问。

"去看足球赛了。"波格丹说。

"踢埃弗顿那场?"克里斯问。

"我没注意看球队,"唐娜说,"也许吧。"

"在球场遇到什么有意思的人了吗？"

"所以，可能杀他的人有米奇·麦克斯韦、萨曼莎·巴恩斯和她的加拿大男人，"伊丽莎白打断他们的交谈，"还有谁？"

"米奇·麦克斯韦的下家，"唐娜说，"他们的动机更明显，没错吧？"

乔伊丝点点头。"所以我们才拍了文件的照片。希望我没做错什么，你说呢，伊丽莎白？"

"你做得很对，乔伊丝。"伊丽莎白答道。

乔伊丝的身高顿时长了一英寸。"那么，鲍勃，你能翻到我们拍的文件照片吗？很抱歉，你必须先翻过好几张弹孔的特写。"

鲍勃飞快地往下翻，直到第一批文件出现在电视上。

"我敢打赌，我们能在这里面找到他的下家究竟是谁，"伊丽莎白说，"多亏了乔伊丝。"

"也有我的功劳。"罗恩说。

"真的，"乔伊丝说，"他哭得特别好。"

"干得好，罗恩。"伊丽莎白说，罗恩的身高也长了一英寸。

"我去泡茶，"乔伊丝说，"咱们这个夜晚会很漫长的。"

"我去好了，"易卜拉欣说，"似乎每个人都有事情要做。"

"易卜拉欣，文件似乎是用暗码写成的，"伊丽莎白说，"你在破解暗码方面是个宝贵的天才。我去泡茶吧。"

罗恩和乔伊丝对视一眼，这无疑是破天荒。

"不过我不确定我有没有九个杯子。"乔伊丝说。

"我不是非要留下的。"鲍勃说，但迎接他的是"留下，留下"的群众呼声，而阿兰干脆蜷起身子趴在他的脚上，给一切下了定论。

"我去伊丽莎白家拿杯子，"波格丹说，"顺便和斯蒂芬打个招呼。"

伊丽莎白捏了捏波格丹的手，然后走向厨房。

42

波格丹不怎么喜欢下雪。根据他的多年经验,喜欢雪的只有两种人,一是像英国人这样没怎么见过雪的,二是住在山区附近的。他在波兰见过了太多的雪,但没人滑雪,所以他怎么可能喜欢呢?

他自己开门,走进伊丽莎白和斯蒂芬的公寓。客厅的灯亮着,于是波格丹拐了进去。斯蒂芬站在窗口,望着外面雪花中的暗夜。

"斯蒂芬,"波格丹说,"是我。"

"好老弟,"斯蒂芬说,"出怪事了。"

"好的,"波格丹说,"喝杯茶吗?或者威士忌?看电视?"

"我认识你,"斯蒂芬说,"我和你说过话。"

"我是你的朋友,"波格丹说,"你是我的朋友。前几天咱们还开车出去兜过风。"

"我也这么觉得。"斯蒂芬说,"如果我跟你说件事,你不会觉得我脑子进水了吧?"

"脑子进水?"波格丹没听过这个说法。

"脑子进水,"斯蒂芬说,突然生气了,他从没对波格丹发过火,"就是发疯,神经不正常,我的天!"

"你脑子没进水。"波格丹说,希望有这个说法。

"但是,"斯蒂芬说,"有一只狐狸,它经常来找我。"

"白雪?"

"对,白雪,"斯蒂芬说,"你知道它?耳朵尖是白的。"

"对,我知道,"波格丹说,"一只好狐狸。"

"今晚它没来。"斯蒂芬说。

"因为下雪了,"波格丹说,"它可能找了个暖和的地方躲起来了。"

"胡说,"斯蒂芬说,"狐狸才不会在乎一点儿小雪呢。狐狸什么都不怎么在乎,你了解狐狸吗?"

"不怎么了解。"波格丹说。

"那好,请相信一个了解狐狸的人的话,所以它去哪儿了?"

"也许你和它刚好错过了?"波格丹问。

"我从不会错过它,"斯蒂芬说,"你去问我妻子,她就在附近什么地方。我从不会错过它,我和它从不错过彼此。"

"你要我去找找看?"

"我认为咱们应该一起去找找看,"斯蒂芬说,"我不介意告诉你,我很担心。你有手电筒吗?"

"有。"波格丹说。

"咱们是朋友,对吧?好朋友?"

波格丹点点头。

"我是不是对你太凶了?"斯蒂芬说,"我觉得我好像很凶,我不是存心的。我没想到你会来,明白吗?你不生我的气吧?"

波格丹摇摇头。"没,你对我也并不凶。咱们穿上衣服,外面很冷。"

"早些时候有个留胡子戴帽子的壮汉转来转去,"斯蒂芬说,"这儿在闹各种各样的怪事。"

43

其他人翻看文件，易卜拉欣做他擅长的破解暗码工作，伊丽莎白在厨房听他们的进展。伊丽莎白考虑过打电话找以前共事过的一个女人。她叫卡西娅，很可能是军情六处历史上最优秀的密码专家，如今为一个富翁工作。不过没过多久，她听见易卜拉欣在向乔伊丝解释"你看，A 等于一，B 等于二，等等"，她意识到这次的秘密大概不需要卡西娅来看一眼了。

上天保佑乔伊丝，她的任务完成得太出色了。伊丽莎白最近会需要更多的私人时间，因此这样正好。

伊丽莎白低头看她泡好的茶。乔伊丝说得对，只有八个杯子。然而即便如此，伊丽莎白还是不得不烧了三壶水，而她忘记取出第一批茶包了，因此有几杯茶比另外几杯的颜色深得多。然后她还不小心用了杏仁奶，因为她实在没想到乔伊丝的冰箱里会有这东西。最后，她拿错了糖罐的方向，结果撒了一地。她立刻就清理干净了，因为她记得乔伊丝说过糖会引来蚂蚁。乔伊丝喊了两次"需要帮忙吗"，伊丽莎白两次都说她完全有能力泡茶，谢谢你，乔伊丝。

来数一数伊丽莎白擅长什么、不擅长什么吧。

伊丽莎白用托盘把茶端出去，希望大家都能满意。她知道他们会用嗯嗯啊啊来表示鼓励，但她会集中精神看乔伊丝的眼睛，因为她的眼睛从不撒谎。

文件的加密手法很不专业，易卜拉欣找到了一个隐藏在里面的名字。

"卢卡·布塔奇，伊丽莎白，"乔伊丝说，"不过不知道是不是这么念。"

"我就念布塔奇。"罗恩说。

"别添乱，罗恩。"乔伊丝说。

"我上网搜了搜，"鲍勃说，"纯属给自己找点事做，结果什么都没有。更确切地说，这个名字没有与毒品相关的搜索结果。相关的有意大利的市长、园艺承包商，还有一个伦敦西南部的学生，但没有案底，没被逮捕过，没有犯罪分子。"

"多半是化名。"乔伊丝说。

"多半是化名。"伊丽莎白赞同道。唉，天哪，她跟着乔伊丝说话？够了！现在该重新掌权了。她拍了一下巴掌。"好了，这个卢卡·布塔奇现在是库尔德什谋杀案的新犯罪嫌疑人了，还有多米尼克·霍尔特的死。"

"接下来呢?"唐娜说,看了一圈周围,"我在足球场被揭穿了,然后克里斯撞见一具尸体。我看我们不像你们那么擅长伪装。"

"这样的人本来就少,"伊丽莎白说,"我们需要的是一场峰会。"

"噢,峰会,阿兰!"乔伊丝说。伊丽莎白注意到乔伊丝还没有碰过她泡的茶。

"咱们要把所有人弄到一个房间里,然后看看他们的底牌,"伊丽莎白说,"现在看起来,每个人都在对我们撒谎。米奇·麦克斯韦没有说实话,萨曼莎·巴恩斯和她丈夫没有说实话。克里斯和唐娜,国家犯罪调查局没有对你们说实话。多姆·霍尔特没有对我们说实话,考虑到他脑袋上的弹孔,他会不会还欺骗了其他人?"

"砸烂我的车,就会有这个下场。"罗恩说。

"茶很好喝,伊丽莎白。"乔伊丝说。

"我的天,乔伊丝,你别也跟着骗人。"伊丽莎白说,"好了,咱们先找到这个卢卡·布塔奇。易卜拉欣,我猜你的朋友应该能帮个忙。"

"鲍勃?"易卜拉欣问。

"康妮·约翰逊,"伊丽莎白说,"不过你的回答还挺感人呢。去问问她,我们能在哪儿找到布塔奇,然后咱们邀请他、米奇、萨曼莎和加思下周日过来吃午饭。看咱们能看出点什么来。"

"我几百年没喝过这么好的茶了。"罗恩说，对她举起茶杯。意外之余，伊丽莎白也非常感动。

"我就喜欢咱们大家在一起的时候。"乔伊丝说。

"还有，乔伊丝，"伊丽莎白说，"能在峰会前找到库尔德什藏东西的仓库吗？比方说周一？"

"你真的回过神来了，对吧？"乔伊丝说，"一个令人愉快的改变呢。"

乔伊丝并不是在讽刺她，伊丽莎白知道得很清楚。乔伊丝猜到她家里出事了，很担心她。伊丽莎白一直不擅长面对在乎她的人。

峰会是个好主意，能让所有人都有事可做。等峰会结束，伊丽莎白就可以去处理真正重要的事情了。

想到这儿，伊丽莎白不禁开始思考波格丹去哪儿了。假如出了什么问题，她知道他肯定会打电话。也许他和斯蒂芬在下象棋？这个想法固然让人安心，但现在恐怕不太可能了。也许他们在促膝聊天，斯蒂芬最近不是每次都能认出波格丹来，但他喜欢波格丹的冷静。前几天他靠在波格丹的肩膀上睡着了，波格丹不想惊醒他，因此错过了一堂举重课。

44

两个男人在新鲜的积雪里跋涉，世界只剩下黑白两色，朦胧的路灯勾勒出他们的剪影。脚下是雪，头顶上也是雪。斯蒂芬穿着波格丹在柜子最里面找到的长大衣，戴着羊毛帽子和手套，围了两条围巾，脚下是一双登山靴。波格丹套了一件长袖T恤，难得一次地表现出了怕冷。

小径很滑，因此波格丹抓着斯蒂芬的一只手。手电筒扫过白色的草丛，搜寻白雪的身影。他们在寻找甩来甩去的尾巴、眼睛里的光芒和白色的耳朵尖。

斯蒂芬停下，望向他的右侧，他们离家四十米左右了。花圃前有个小丘，事实上仅仅是雪地中的一个小小隆起。但斯蒂芬松开了波格丹的手，跌跌撞撞地沿着山坡走向那里。波格丹转动手电筒，照亮斯蒂芬前方的地面。斯蒂芬跪下，把一只手放在小丘顶上。波格丹追上了他，看见了斯蒂芬见到的东西。小狐狸趴在雪地里，悄无声息，已经没有了生命。白色的耳朵尖耷拉着，与积雪融为一体。

斯蒂芬望向波格丹，点点头。"死了，我猜是心力衰竭，看起来很安详。"

"可怜的白雪。"波格丹说，在斯蒂芬身旁跪下。斯蒂芬扫掉刚刚落在狐狸毛皮里的冰晶。

斯蒂芬扭头望向他家的窗户。"估计正要来找我，想来和我道个别，但没能坚持下来。"

"我们不总是能有道别的机会。"波格丹说。

"是啊，"斯蒂芬说，"能做到只是因为运气好。对不起，白雪，我的老朋友。"

波格丹点点头，抚摩白雪的毛。"你难过吗？"

斯蒂芬拨弄着白雪的耳朵。"我们总是隔着窗户对视，彼此都知道我们在这个世界上的时间不多了。正是这个让我们走到了一起。我出问题了，你知道吗？"

"你没什么问题，"波格丹说，"伊丽莎白会为白雪难过吗？"

"呃，给个提醒？"

"你妻子，她会难过吗？"

"应该会吧，"斯蒂芬说，"你认识她吗？她是会难过的那种人吗？"

"不完全是，"波格丹说，"但我觉得白雪会让她难过的。"

斯蒂芬站起身，拍掉沾在膝盖上的雪。"你觉得该怎么办？来个全套军队礼仪的葬礼？"

波格丹又点点头。

斯蒂芬用脚尖碰了碰地面。"有挖坑的力气吗？看你的样子应该没问题。"

"嗯，我挖过几个坑。"波格丹说。

"但这儿的土壤到了冬天很难弄，"斯蒂芬说，"感觉像是在凿沥青。"

"明早之前该把它放在哪儿呢？"

"它在这儿会很安全的，"斯蒂芬说，"猎食动物不会在这个天气出来。不过还是把它转个方向，面对我的窗户，让我知道它能看见我。"

波格丹拨动白雪的尸体，把它的脑袋搁在爪子上，面对斯蒂芬和伊丽莎白的家。

斯蒂芬弯下腰，拍拍白雪的脑袋。"现在你安全了，老伙计。很快就会脱离寒冷的苦海，再也不需要提心吊胆地睡觉。认识你很高兴。"

波格丹抬起手放在斯蒂芬的肩膀上，轻轻地捏了一下。

45

克里斯和唐娜问他们能不能和杰森聊两句。他们问得很有礼貌，将心比心，罗恩觉得这不是个坏主意。罗恩问杰森行不行，杰森觉得没什么不行的，因此周一一大早，他们就见面了。

罗恩很高兴能来他儿子家里坐坐。整个地下室改建成了他的安乐窝，有台球桌、点唱机、酒吧和健身器材。罗恩感到很自豪。

拳击帮杰森挣到了大钱，而他也不是傻瓜，他不像有些拳手那样把钱花了个精光。但即便如此，曾经有那么几年，罗恩看得出他的儿子开始在贫困线上挣扎。没有收入，没有工作。但他重新振作了起来，在真人秀节目中建立起了可靠的事业，做做专家评委，甚至偶尔演点戏，钱重新流进他的口袋。杰森努力向上，没有什么能比这个更让罗恩感到自豪的了。另外，他似乎也渐渐安顿下来了。

罗恩、克里斯和唐娜坐在一张纯黑色的沙发上，杰森在房间中央的一块毯子上对着空气练拳，三个人充当观众。

杰森请他们安静几分钟，因此他们谁都不出声。罗恩讨厌保持安静。

杰森一边练拳，一边给自己解说。

"杰森·里奇企图用刺拳激怒托尼·威尔，但他没有上当。托尼·威尔，这个坚韧不拔的汉子，今年四十五岁，突然从石头缝里蹦出来，争夺中量级世界拳王的宝座。今天他打得格外精彩，威尔朝杰森·里奇挥出一记右手重拳。里奇躲开，两位伟大的拳手打得难分难解。钟声敲响……"

杰森放下拳头，拿起一块毛巾裹在肩膀上，走向放在吧台上的笔记本电脑。他望着电脑的摄像头。

"好啊，托尼老弟。是我，杰森·里奇。祝你生日快乐，大个子，打得真不错。你妻子加比告诉我，今天你四十五岁了，还说她爱你爱得如痴如狂。所以，好兄弟，继续闪转腾挪吧，要是被人干翻，就立刻跳起来。加比和孩子们，诺亚和萨斯基亚，叫我好好祝福你，所以祝你今天过得开心，别吃太多蛋糕，明天给我滚回健身房来。好好快活一天吧，老弟，接住杰森给你的和平与爱吧。"

杰森挤了个他招牌式的眼色，按下屏幕上的停止按钮，然后转向他的客人们。

"托尼·威尔是谁？"罗恩说。

"某个老家伙，"杰森说，"不认识。"

"那你还祝他生日快乐，真是好人啊，"罗恩说，"非常感人。好孩子。"

最后一句是对克里斯和唐娜说的。罗恩知道杰森来往的人并不都是光明正大的家伙,但与此同时,他也想提醒克里斯和唐娜记住,杰森是个实诚的好孩子,一个实诚的五十岁好孩子。

"他们付我钱的,老爸。"杰森说,"这个叫'名人寄语',你能花钱请名人说一段话送给你。生日快乐,或者新婚快乐什么的,我刚刚还录了一段祝人离婚快乐的呢。"

"做这个有钱拿?"

"四十九英镑录一段,"杰森说,"所有名人都在做。"

罗恩困惑地摇摇头。"有多少人愿意花这个钱?"

"每天十来个吧,"杰森说,"拳击爱好者多着呢。"

"所以你只需要说'继续闪转腾挪',然后挤个眼色,一天就能挣五百英镑?"唐娜说。

"以前我靠用脑袋接拳头挣钱,"杰森说,"我觉得我有资格挣这个钱。"

"大卫·爱登堡[①]也做这个吗?"罗恩问。

"他恐怕不,老爸,"杰森说,"他靠主业挣的钱比我多。"

"你似乎混得挺不错嘛。"克里斯说,扫视地下室里的

---

① 大卫·爱登堡(David Attenborough):英国主持人,被誉为"世界自然纪录片之父",是主持电视节目职业生涯最长的人。

吧台和台球桌,"说起来,你也许能帮我们搞清楚一两件事情。"

"他们一直说你形迹可疑,杰森,"罗恩说,"只是找不到确定的证据。"

"我们没说他形迹可疑,"唐娜说,"我们只说他认识的每一个人几乎都形迹可疑。"

"人嘛,时不时就要折腾一下,"杰森赞同道,"你们在查什么?"

"听说过海洛因的消息吗?"罗恩说,"我说的是最近。"

"具体点?"杰森问。

"一批海洛因失踪了,"罗恩说,"也许和杀死我们一个朋友的凶手有关系。你认识一个叫多姆·霍尔特的家伙吗?"

"利物浦人?"杰森说,"埃弗顿那场比赛过后被人打穿了头?"

"就是他。"唐娜说。

"听说了一些事情。"杰森说。

杰森的伴侣卡伦把脑袋伸进房间。"我要去买甜菜根和木瓜。哎,罗恩,你好。其他人,你们也好。家里还缺什么吗?"

"你好,亲爱的。"罗恩说。克里斯和唐娜抬手和她打招呼。

"我把藜麦吃完了。"杰森说。

"好的,大宝贝儿。"卡伦说,"我二十分钟就回来。爱你。"

"爱你,亲爱的。"杰森说,卡伦的脑袋缩了回去。

"她住进来了?"罗恩问。

"差不离吧。"杰森说。

"很好。"罗恩说,然后又对克里斯和唐娜说,"好小子,他是个好小子。"

"咱们好像在谈海洛因来着,"克里斯说,"你知道什么?"

"这儿有个大团伙,"杰森说,"他们有一条贩运的大通道,领头的家伙姓麦克斯韦。据说他惹了麻烦,鲨鱼正在绕着他兜圈。"

"什么鲨鱼?"克里斯问。

"其中之一是老爸你的朋友,"杰森说,"康妮·约翰逊,她在找机会。"

"康妮·约翰逊怎么会知道麦克斯韦遇到麻烦了?"唐娜问。

"有个老头儿去监狱里看她,"杰森说,"一两个星期以前的事情,他前脚刚走,她后脚就展开行动了,整个南部海岸都发疯了。但没人知道那个老头儿是谁,所以你别问我。"

"我们知道他是谁。"克里斯说。

"易卜拉欣。"罗恩说。

"我的天,老爸,"杰森笑道,"当然是易卜拉欣了。你和你的老伙伴们掀起了毒品战争。我还是更喜欢以前你写信给市政厅抱怨垃圾箱问题的时候。"

"应该每周清理一次的,"罗恩说,"我交了我的市政税。"

"你说的'展开行动'具体指什么?"克里斯说。

"也没什么,就是她在做小动作,"杰森说,"找麦克斯韦的人谈话,问他们愿不愿意弃船投奔她。"

"除了可卡因贸易,她还想控制海洛因贸易?"克里斯问。

"呃,亚马逊商城也不是只卖书,对吧?"杰森说。

"她找多姆·霍尔特谈过吗?"唐娜问。

"不知道,"杰森说,"这些都只是酒馆里的流言。"

"卢卡·布塔奇呢?"克里斯说,"她找他谈过吗?"

"不认识这个人,"杰森说,"我看我说的已经够多了。我总是忘记你们俩是警察。"

"我也总是忘记,"克里斯说,"都怪你老爸。"

"要是康妮想整一个人,"唐娜问,"她在监狱里也能发号施令吗?"

"很容易,"杰森说,"全世界最简单的事情。"

这句话足够所有人回味很久了。易卜拉欣此刻就和康妮在一起。不过罗恩还有一个问题。"能问你一件事吗？"

"那当然，老爸。"杰森说。

罗恩坐了起来。

"你和卡伦是什么时候拆圣诞节礼物的？"

"吃过早饭就拆，"杰森答道，"否则还能是什么时候？"

"我就知道。"罗恩说。

罗恩看看克里斯，克里斯看看唐娜。罗恩的冤屈平反了。克里斯等了一两秒，然后继续先前的话题。

"假如康妮想杀人，杰森，她会去找谁呢？"克里斯问。

"问得好，"杰森说，起身准备录下一段视频，"过去这几周里，她的神秘访客不止易卜拉欣一个人。还有一个四十来岁的女人——也有可能三十好几快四十岁——去见了她几次。没人认识她，但她散发着危险的味道，而且这话是康妮的狱友说的。"

"没有名字？"克里斯问。

"什么都没有，"杰森答道，"两周前突然冒出来的。你们说的那起杀人案过后不久，明白吗？"

46

易卜拉欣以为监狱里的周一会有什么不一样,但感觉起来和其他日子没什么区别。他猜这就是监狱的意义所在。

尽管他是心理医生,而且肩负着职业使命,但今天易卜拉欣需要从康妮嘴里问出些东西来。伊丽莎白给了他一个任务,他要竭尽全力让她满意。

康妮斜倚在椅背上,手上戴着一块昂贵的新表。

"不知道你有没有听说过一个叫卢卡·布塔奇的人?"他问。

康妮思考着他的问题,掰下一条巧克力,泡在馥芮白咖啡里。"易卜拉欣,你有时候会不会觉得自己不是一个特别出色的心理医生?"

"客观地说,我认为自己水平很高,"易卜拉欣说,"我有没有自我怀疑呢?有。我相不相信自己帮助了很多人呢?是的。我有没有帮助你?"

康妮已经在吃第二条巧克力了。她拿着巧克力指了指他。"我来给你讲一个故事吧。"

"我能做笔记吗?"

"警察会看到你的笔记吗?"

"不会。"

"那就做吧,"康妮说,开始她的讲述,"今天吃午饭的时候,有个姑娘插了我的队……"

"我的天。"易卜拉欣说。

"是啊,我的天。我猜她不知道我是谁,有时候比较年轻的犯人就是会这样。总之,她用胳膊肘挤开我,于是我拍拍她的肩膀说,非常抱歉,但你似乎占了我的位置。"

"这是你的原话吗?"

"并不是,"康妮说,"然后她转过来对我说,对不起,但我从不排队,要是你有问题,那就是想和我作对——同样,不是她的原话。然后,她推了我一把。"

"我的天,"易卜拉欣重复道,"这位年轻的女士,她有名字吗?"

康妮想了想。"斯泰茜,急救员好像是这么叫她的。然后不消说,周围一片死寂。所有人都在看。你看得出她也意识到自己推了不该推的人……"

"她怎么会意识到的?"

"一个看守过来想拉架,我微微一点头,他就走开了,然后对她比着嘴型说'对不起'。我猜她就是在这一刻明白过来的。然后我抡起拳头,她倒在地上。"

"好的，"易卜拉欣说，"这个故事的重点是什么？我不敢说我特别喜欢它。"

"重点是接下来发生的事情，"康妮说，"我看见她倒在油毡地毯上，我卷起袖子，准备教她懂得做人的道理，但就在这时，我的脑海里响起了你的声音。"

"上天哪，"易卜拉欣说，"我说了什么？"

"你叫我倒数五个数，然后想想——你有没有觉得是你在控制自己？这一刻你是不是觉得心平气和？占据上风的是谁，是你还是你的怒气？更合理的做法是什么？"

"我明白了，"易卜拉欣说，"你得到的答案是什么？"

"我可以跪在她的身上继续揍她，但我觉得毫无意义。怎么说呢？给她一拳就够了，我已经表明我的态度了。再往下就是在放纵自我了。"

"而你不再放纵自我，"易卜拉欣说，"至少不再失去理性。"

"而这个姑娘，"康妮说，"我必须夸奖她一句，在监狱里插队是需要勇气的，因此她肯定有点什么问题。她得到了教训，我看得出来，于是我只是从她身上跨过，拿上我的午餐，继续过我美好的一天。而我为自己感到骄傲，我心想'我打赌易卜拉欣也会为我感到骄傲的'。"

"那个姑娘呢？"易卜拉欣问，"她后来怎么样了？"

康妮耸耸肩。"谁知道呢？所以你为我感到骄傲吗？"

"是的,一定程度上吧,"易卜拉欣说,"也算是个进步了,你说呢?"

"我就知道你会的。"康妮笑得很灿烂。

"我在想,会不会有朝一日,你在出第一拳之前也会多想一想?"易卜拉欣说。

"易卜拉欣,她插队啊。"康妮说。

"我没忘记,"易卜拉欣说,"但是,你不假思索、毫不犹豫的第一反应就是立刻诉诸暴力。"

"谢谢,"康妮说,"我的反应确实很快。好了,我来扶你一把,帮你从道德高地走下来吧。你刚才好像在问我卢卡·布塔奇?"

"呃……"易卜拉欣说。

"你看看我,"康妮说,"翅膀折断的小鸟,花钱请你帮我疗伤,领我走出暴力和自我的迷津,在混乱的生活中寻找意义。说起来,这些都是直接引用……"

"我知道。"易卜拉欣很受感动。

"但每次做心理治疗,你都要把我拖回那个充满暴力的世界。你会怎么置人于死地,康妮?你能从牢房里偷东西吗,康妮?而现在呢,你认不认识南部海岸最大的海洛因贩毒头子?"

"确实不合规矩,我承认,"易卜拉欣说,"非常抱歉。"

康妮挥挥手,表示没关系。"我并不在意,你别这么自以为是。我只是希望你偶尔也去照照镜子。你跑到这儿来，坐在一个脆弱的患者面前，打听一个卑鄙罪犯的事情，我能接受。我告诉你我动手打人，只打了一拳，而不是十三四拳，但我跟你实话实说，你似乎一点儿也不感动。"

"我承认我的疏漏。"易卜拉欣说，"但你打了一个年轻女人，拳头相当重，她不得不接受医疗救治，要是说我感动的程度还不够，那么我愿意向你道歉。"

"谢谢。"康妮说，"对，我认识卢卡·布塔奇，知道他是什么人。"

"你有办法联系到他吗？"

"有倒是有，"康妮说，"但你问这个干什么？"

"我们想请他吃个午饭。"易卜拉欣说。

"我印象中他只吃他自己杀的东西。"康妮说。

"周日的牛排自助餐，"易卜拉欣说，"非常好。要是监狱肯放你出门，你一定要来尝尝看，不过你必须保证不杀罗恩。能给我一个卢卡·布塔奇的电话号码吗？"

"我记得咱们好像在做心理治疗来着，"康妮说，"是我付钱请的你，没忘记吧？"

"心理治疗嘛，就像跳舞，"易卜拉欣说，"咱们必须跟着音乐扭动。"

"你真是一肚子鬼话，"康妮说，"算你运气好，我喜欢你。我不能把他的号码给你，不过我可以替你传个话。他的小舅子在这儿工作。"

"在监狱管理局?"

"我知道你想说什么,这儿看起来干净得连苍蝇都站不住,对吧?"

易卜拉欣低头看笔记。该换个话题了。

"伊丽莎白想知道你对周六的杀人案有什么看法。"

康妮掰下了第三条巧克力,不符合她的个性——平时做心理治疗的时候,她只会吃两条,剩下两条带回牢房里去。易卜拉欣的职责就是注意这样的细节。

"被杀的是谁?"康妮问。

"多米尼克·霍尔特,"易卜拉欣说,"你和我们说过的人之一。你今天特别喜欢吃巧克力?"

"呃,"康妮说,"每个人都会有这种日子。"

易卜拉欣的手机振动了一下。正常情况下,达威尔监狱要暂扣所有访客的手机,然而你提一提康妮的名字,他们就不会管你了。他掏出来看了一眼,是唐娜发来的短信。

"最近还有一个人也经常来看你?"易卜拉欣问。

"有好几个人经常来看我,"康妮说,"运动按摩师、塔罗占卜师、西班牙语老师。"

"一个女人,四十岁刚出头,"易卜拉欣说,"几个星期前开始出现的。"

康妮耸耸肩。"有个开花店的时不时来一趟,牢房不装饰一下就会很单调。"

"我看她不像开花店的。"易卜拉欣说。

"那就是个谜呗,"康妮说,"好了,你想问的都问完了,咱们可以做真的心理治疗了吗?"

"你全都告诉我了吗,康妮?"易卜拉欣问,"你知道的一切?"

"你是专家,"康妮说,"你告诉我。"

47

乔伊丝的日记

好了,我们没费什么周折就找到了库尔德什的储物间,不过你别太激动。

伊丽莎白想在所谓的峰会前找到它。她明天还想去找里甘高级调查官聊一聊,我不知道为什么,但我很想搞清楚。

我说的是"我们"找到了它。伊丽莎白想出了一个高明的点子:冒充库尔德什的遗孀,去费尔黑文市政厅问一问。

她演得很像。悲痛的遗孀,搞丢了储物号码,里面全都是家庭照片和纪念品。花了足足五分钟左右,她真的很入戏。费尔黑文市政厅的女人(她叫莱斯莉)时不时地用点头表达同情。伊丽莎白说得天花乱坠,祈求莱斯莉、费尔黑文市政厅和诸神的怜悯。

听到这儿,莱斯莉最后一次同情地点点头,然后告诉伊丽莎白,市政厅不能向她透露储物间在哪儿,因为《数据保护法》禁止他们这么做。

我早就告诉过伊丽莎白会是这样。坐小巴士过来的一路上我都在说你别浪费你的时间了，市政厅什么都不会告诉你的。她说，哼哼，我从克格勃嘴里问出了苏联核导弹的机密，区区一个费尔黑文市政厅恐怕不在话下。然而我知道她错了，见到我的话得到证明，我还挺高兴的呢。我甚至给了伊丽莎白一个"我早就说过了"的眼神，这个眼神总能激怒她。

于是她使出了我常用的小妙招——痛哭流涕。异乎寻常地有说服力，这个我愿意承认，然而她哭之前我应该告诉她这同样是白费力气的。费尔黑文市政厅的莱斯莉依然不为所动。看伊丽莎白哭得伤心，莱斯莉问她要不要喝杯水，然而这就是她让步的极限了。

于是我出马了。

伊丽莎白瘫在塑料椅子上啜泣，而我对莱斯莉说，库尔德什去世了，他的银行账户会被冻结，因此肯定没有支付这个月的租金。莱斯莉立刻来了精神。比起什么《数据保护法》，地方市政厅更在乎的恐怕是钱。

我对她说，我很乐意支付他的欠款。事实上，我觉得这就是我的责任。几分钟后，一份打印的账单就交到了我手上：三十七点六英镑，公租储物间的未结租金，地址是费尔黑文的佩文西路 1772 号。

我对莱斯莉说我很快就会结清欠款，感谢她的办事效率，然后拉着伊丽莎白走出市政厅的双开门，奔向自由的天地。

伊丽莎白对我赞不绝口，我们达成协议，今后克格勃都交给她，而市政厅交给我。每个人各有专长嘛。举例来说，我问没有钥匙咱们怎么进储物间，她哈哈大笑。

我说假如我们要去翻库尔德什的储物间，不如打电话叫上妮娜·米什拉。就算找不到海洛因，也有可能发现某些能带我们找到毒品的线索，而妮娜比我们更有可能知道该往哪儿找。伊丽莎白指责我被妮娜迷得晕头了——也许是真的。我佩服强大的女性。不是健美运动员的那种强大，你明白我在说什么。总而言之，妮娜答应了，约好上午的课结束后就来见我们。

我们慢慢走到佩文西路——其实离市政厅很近。我问伊丽莎白，要是唐娜和波格丹结婚，会不会邀请我们出席，她说："你就不能把注意力放在海洛因上吗，就两秒钟？"

那儿有两排储物间，彼此面对面。亮绿色的卷帘门，每一扇门上都贴着安保告示。有两三个储物间开着门，里面传来敲东西和锯木头的声音。我们沿着中央过道向前走，偶尔为漫步的海鸥让路，直到找到了1772号。

伊丽莎白从包里取出一件东西，我没有看清楚具体形状，只知道很细很长，是金属的，她把它插进储物间的锁眼里，手掌使劲一抖，然后她把卷帘门往上一提，门就开了。

我不知道我应该看到什么,也许是宝藏吧。就是你在迪士尼动画片里见到的场景,金银财宝堆成山。然而储物间里只有一些旧纸板箱堆在墙边,每个箱子上都标着号码。我们刚取下头几个箱子的盖子,妮娜乘坐的出租车就到了。

她戴着一个非常漂亮的发卡。

我们当然没有找到海洛因。假如已经找到了,我肯定会告诉你的,我保证。假如我家饭厅桌上摆着价值十万英镑的海洛因,我才不会唠叨什么发卡和健美运动员呢。

箱子里塞满了各种各样的东西,旧手表,珠宝,甚至有两幅毕加索的版画。伊丽莎白问妮娜能不能给这些东西找个好归宿,但妮娜认为它们有很大一部分很可能来路不正,应该先送到警察局才对,我说我们明天就去。伊丽莎白问那些毕加索版画值不值钱,妮娜拿起来看了看,说造假的痕迹相当明显,伊丽莎白和我不妨每人拿一幅,而我们听从了她的建议。我拿的是一幅鸽子的素描,这会儿就放在壁炉架上。海洛兹希斯有个人会做很漂亮的画框,下次我去的时候会把画带给他。当然了,我会假装这是真迹。赝品大概就是这么蒙混过关的吧?假装是真迹对每个人都好。

对了,澄清一下,前面我的话似乎会让人觉得我喜欢强大的女性,但不喜欢健美运动员。我完全不是这个意思。

练健美不适合我，但我能理解其他人为什么会喜欢。这是一种健康的快乐，是世界上第二好的那种快乐。

现在你大概会认为今天下午我们大失所望，但实际上远非如此。伊丽莎白说储物间是我们的王牌。周日的饭桌上，我们只需要给出存在这么一个储物间的暗示，然后密切监视这儿。受邀的每个人都有找到它的能力，每个人都会想看一看里面的情况。

假如某个人没有去看，那么我们就可以顺理成章地假设海洛因已经落在此人的手里了。

这是伊丽莎白的主意，她邀请妮娜参加周日的峰会，帮助她抛出储物间的暗示。妮娜似乎既害怕又兴奋。要我说，自从认识了伊丽莎白，我就总是这么一个精神状态。

因此，明天我们要去见里甘高级调查官。在周日的午餐前，我们掌握的情报越多，伊丽莎白就会越高兴。不过这会儿她看起来并不怎么高兴。明天有一场葬礼，这场葬礼不太寻常。等我厘清思绪，我会仔细告诉你的。

我问伊丽莎白我们明天和里甘高级调查官的会面约好了吗，她说当然没有，还叫我别担心这个。我还提醒她，小巴士周二不开，她说罗恩会开车送我们，因为他觉得没人带他玩，而且他的轿车也从修车店开回来了。

我能感觉到，本周就是揪出杀害库尔德什的凶手的关键时间，说不定还能找到海洛因呢。伊丽莎白似乎振作起来了，她是不是知道什么了？

阿兰的情绪不好，因为我一整天都在外面。你没法向一条狗解释海洛因和谋杀如何如何。好吧，嗅探犬也许是个例外。阿兰在备用卧室里生闷气，每隔几分钟就叹一口气，所以我知道它在那儿。不过我知道它的气性没么大，我来叫它试试看。

你看，阿兰摇着尾巴跑来了。我的罪过得到了宽恕。

48

"我找里甘高级调查官,谢谢。"伊丽莎白对费尔黑文警察局的前台警官说。

"请问是谁要找她?"前台警官问,她五十岁刚出头。

"就说是伊丽莎白和乔伊丝好了,"伊丽莎白说,"关于多米尼克·霍尔特的命案。"

"你来认罪?"警官问,拨通楼上的电话号码,"有两位女士找里甘高级调查官,伊丽莎白和乔伊丝。与多米尼克·霍尔特的案子有关的情况。"

前台警官等待片刻,然后点点头说:"谢谢,吉姆。"

"很抱歉,她出去了,"警官转向她们,"要么你们留个电话号码?"

"她出去了?"伊丽莎白问。

"恐怕是的,"警官说,"只能等一等再认罪了。"

"呃,真的很奇怪啊,你说呢,乔伊丝?"伊丽莎白指了指乔伊丝,"这位是乔伊丝。"

"确实很奇怪,"乔伊丝说,"我们看着她进来的,那是……"乔伊丝翻开记事本,"十点二十三分,然后我们一直盯着前门,没有看见她出来。"

"他们有车的,"警官说,"而且你们不该监视警察局。"

"哦,我们在公共场所,"伊丽莎白说,"坐在一张公园长椅上。"

"我带了保温杯。"乔伊丝说。

"而且自从她进门,一共只有两辆车开出警察局,两辆车上都没有她,"伊丽莎白说,"现在——乔伊丝,现在几点了?"

"十一点零四分。"乔伊丝说。

"现在是十一点零四分……"

"零五分了。"乔伊丝说。

"我们觉得已经给了里甘高级调查官充足的时间进入工作状态,听取上午的情况汇报。这会儿她很可能正在喝咖啡和读电子邮件。"

"所以我们认为没有比现在更适合的时间了。"乔伊丝补充道。

"对,还有更适合的时间吗?"伊丽莎白说,"因此,麻烦你再打个电话给她,确认没有搞错什么,可以吗?我们很想和她谈一谈。回库珀斯切斯的小巴士是下午三点出发,我们今天还有其他的事情要办呢。"

前台警官起身,把双手放在台面上。

"二位女士,尽管你们的话很有意思,但里甘高级调查官真的不在。这栋楼有不止一个出入口……"

"对,罗恩守在后门门口,"伊丽莎白说,"她真的没有走。"

"我说她走了就是走了,"警官说,"所以假如你愿意留个电话号码,我可以保证交到她手上。另外,我强烈建议你们不要继续监视警察局了,除非特别想被逮捕。"

伊丽莎白掏出手机,对准警官拍了一张照片。

"照片拍摄于十一点零七分。"乔伊丝说。

"你再敢拍,"警官盯着伊丽莎白说,"我就逮捕你。"

伊丽莎白挑起眉毛望向乔伊丝,乔伊丝看看手表,思考了一下,然后轻轻点头。

伊丽莎白又拍了一张。

49

萨义德俯视脚下的群山。河谷这一侧的一切都归他所有，北面的山坡亦然。南面的山坡属于巴基斯坦，萨义德不知道主人姓甚名谁，不过他们从没主动招惹过任何麻烦。你能要求的也就这么多了，最近他的麻烦事已经够多的了。

从周三开始，哈尼夫就断了音信。他在摩尔多瓦打听情况，然后说他要去英国，因此他肯定发现了什么端倪。在水落石出之前，萨义德是高兴不起来的。他当然高兴不起来。他甚至不该上直升机的（这东西有可能会带来厄运），只需要一颗流弹，就能把它从天上打下来。然而另一个选择是开吉普车和骑马六个小时。

他以前没遇到过这样的情况，必须尽快解决问题，他打算再给哈尼夫一周左右的时间。他知道哈尼夫会去追查那批货的下落。但他总不能一个电话打给哈尼夫，然后直接问怎么样了吧。

哈尼夫会找米奇·麦克斯韦聊一聊，米奇·麦克斯韦会找卢卡·布塔奇聊一聊。刚开始当然彬彬有礼，但要是得不到他想要的答案，那就只能不讲礼貌了。萨义德不喜欢被愚弄或被欺骗。愚弄和欺骗之路通往死亡。

假如在他们那边还是一无所获，哈尼夫自然也会受到惩罚，因此他至少会很有动力。

萨义德从敞开的机舱门往下看，见到了很快就会开满罂粟花的田野，他的心情稍微好了一点点。因为人人都知道，鲜红的罂粟花盛开只意味着一件事——利益。

50

吉尔·里甘高级调查官完全不为所动。

"而你,"她指着乔伊丝说,"你去过多米尼克·霍尔特被打死的仓库。"

"是的,"乔伊丝说,"你真好,人们总是忘记我的脸,要么就是不记得在哪儿见过我了。曾经我照顾过的病人在超市遇到我,说……"

"求你了,"吉尔说,"饶了我吧,我应该在带人调查谋杀案才对。"

"但没什么进展,"伊丽莎白说,"不介意我这么说吧?"

"当然介意,"吉尔说,"你们俩有人抓住过杀人犯吗?"

"有啊。"伊丽莎白说。

"不止一个呢。"乔伊丝火上浇油。

"给你们五分钟,"吉尔说,"有什么话就说吧,希望是能让我高兴的话。"

"我能先问一句吗?"伊丽莎白说,"你来这儿干什么?"

"坐在问话室里陪两位大美女聊天?"吉尔说,"我也不知道。"

"不,"伊丽莎白说,"你很清楚我在说什么。国家犯罪调查局为什么会跑来调查库尔德什·夏尔马的案件?"

"这和你有什么关系?"

"我们是纳税人,"伊丽莎白说,"同时也是感兴趣的观察者。"

"你认识哈德森总督察?"吉尔问乔伊丝。

"对,"乔伊丝说,"也认识他的女朋友帕特里斯,你认识她吗?"

"是他叫你们来的,对吧?"

伊丽莎白大笑。"我的天,不是。要是他知道我们在这儿,肯定会吓得面无血色的。"

"欢迎他加入你们。"吉尔嘟囔道。

"好吧,我来说一说我的猜想,"伊丽莎白说,"我认为你对库尔德什本人并没有特别的兴趣,或者至少犯罪调查局没有。我认为你对海洛因有职业上的兴趣。"

"不是一切都非得跟斗篷和匕首有关,"吉尔说,"又不是网飞[①]的电视剧。"

"哦,我以前的生活能让网飞的剧望洋兴叹,"伊丽莎

---

① 网飞(Netflix):美国一个流媒体订阅平台。

白说,"我认为海洛因是犯罪调查局某个重大行动的一部分。你们计划追踪这批货,于是先把它放进国内,然后再动手抓人。我没说错吧?"

"假如你想说的只有这些,那我还是回我的办公室好了。"吉尔说。

"但海洛因失踪了,"伊丽莎白说,"你们在纽黑文有意放进国内的那批海洛因。因此你们的行动被破坏了,而犯罪调查局的名声岌岌可危。不过咱们诚实一点儿,这反正也不是第一次了。不止如此,还死了一个无辜受牵连的人。好吧,我所谓的'无辜',主要因为他是我们的朋友。我相信你那时没听说过库尔德什·夏尔马的名字,而且也没意识到他是被卷入案件的。因此,尽管我确定你也想解决他的案件,但我认为你更想找到那批海洛因。"

"好了,"吉尔说,"你们的时间应该到了。"

"然后多姆·霍尔特也死了,"伊丽莎白说,"我在想,他会不会是你的内线?但被什么人发现了?"

"你是谁?"吉尔说。

"总算有个上心的问题了,"伊丽莎白说,"我呢,是一个能帮你的人。"

"怎么帮我?"

"我们能帮你找到海洛因,"伊丽莎白说,"乔伊丝,你说对不对?"

"我们以前找到过钻石。"乔伊丝帮腔道。

"要是你们知道海洛因的下落,但不……"

伊丽莎白用手势示意吉尔先别说话。"海洛因不在我们手上,里甘高级调查官,当然不可能在。但我愿意和你打个赌,我们离它比你近得多。另外,我想找到杀死我们朋友的凶手,因此我希望你能诚实地告诉我,谁在为你做事。你在保护他们内部的什么人?是多姆·霍尔特吗?"

"我没保护任何人。"吉尔说。

"噢,"伊丽莎白说,"所以你策划了一场行动,却没有内线帮忙?也不是不可能。我们一九六八年在布达佩斯就是这么做的,不过非常抱歉,我不相信你的话。"

"布达佩斯是什么……"

"乔伊丝要念四个名字给你听,"伊丽莎白说,"其中一个为你做事,我们能根据你的反应判断这个人是谁。只需要一点儿最轻微的脸部肌肉抽动就行。"

"够了,"吉尔说,"你们当这儿是马戏团吗?"

"米奇·麦克斯韦。"乔伊丝说。

吉尔起身要走。"对不起了,女士们。"

"卢卡·布塔奇。"乔伊丝说。

"她的发音没问题吧,吉尔?"伊丽莎白问。

"萨曼莎·巴恩斯。"乔伊丝说。

"我去叫个警员来带你们走。"吉尔说。

"多米尼克·霍尔特。"乔伊丝说。

吉尔在门口停下了。"再让我见到你们俩,最好是因为你们找到了我要的海洛因。"

"海洛因,太对了。"伊丽莎白说,吉尔摔门而去。

伊丽莎白扭头对乔伊丝说:"她很厉害。"

"她对这四个名字好像完全没有反应。"乔伊丝说。

"有两个可能性,"伊丽莎白说,"要么她是个反社会变态……"

"哇。"乔伊丝说。

"但我不这么认为,"伊丽莎白说,"她在来见咱们之前重新涂了口红。她想给我们留下一个好印象。"

"我觉得反社会变态也会涂口红的。"乔伊丝说。

"另一个可能性,乔伊丝,"伊丽莎白说,"她没有反应是因为黑帮里没有犯罪调查局的内线。"

"那他们为什么来这儿?"

"也许因为犯罪调查局里面有黑帮的内线?"

51

过去这几年里，库珀斯切斯的餐厅见证过许多不寻常的事情。它目睹了一名最高法院的前法官，在等香蕉太妃派的时候突然去世；它目睹过一场争吵，这场争吵过于激烈，最终导致一位八十九岁的女士与和她结婚六十八年的丈夫离婚；它甚至目睹过一次公开的求婚，当时闹得沸沸扬扬，随后被悄然遗忘，因为当事人其实是个有妇之夫。它还目睹过庆典、守灵和新恋情，目睹过儿女、孙子孙女和曾孙辈轮番登场，甚至还有一场百岁生日派对——结果还报了警，因为某些意外事件。

但它从未见证过像今天这么稀奇的一伙人，此刻他们围坐在包间里的一张餐桌前。他们是全英国最挣钱的两名海洛因走私商，一位身家数百万英镑的古董交易商和她壮硕的加拿大丈夫，肯特大学的一位历史考古学教授，一名浑身刺青的波兰包工头，而聚会的召集人坐在桌首，他们分别是前护士、前间谍、前工会组织者和偶尔还在执业的心理医生。商谈的话题是他们能在哪儿找到一批海洛因。

众人已经做过自我介绍。侍者送来食物，时不时地打断交谈，每逢这样的时刻，他们就会假装自己是一个协调委员会的成员，正在讨论一场夏日慈善晚会。

"我们每个人都有自己的出席理由，"伊丽莎白说，"米奇，有人偷走了你的海洛因，而你的副手被枪杀了。当然了，也有可能是你打死了多姆·霍尔特……"

"不是我。"米奇·麦克斯韦说。

"反正有人干了。"卢卡·布塔奇说。

"好的，咱们今天碰头就是为了坦诚地讨论这些问题。"易卜拉欣说。

"卢卡，"伊丽莎白说，"你最近在经济方面也遭受了重创，因此你是有嫌疑的，无论是海洛因失踪案还是枪杀……"

女招待来送食物，伊丽莎白吞下了后面的话。

"还要一个给孩子们玩的海绵城堡，"乔伊丝说，三个年轻的女招待为他们上开胃菜，"收费相当合理。我们可以向每个人收五十便士。"

"两英镑。"萨曼莎·巴恩斯说。

"一英镑五十便士，"米奇·麦克斯韦说，"别傻了。两英镑？"

"请不要用这种语气和我妻子说话。"加思说，向女招待点点头，表示感谢。

"关键是不能穿鞋进海绵城堡,"易卜拉欣说,"即便有保险,我们也必须……"

最后一个女招待刚出去,伊丽莎白就继续道:"还是枪杀多姆·霍尔特。"

"我没有不杀过任何人。①"卢卡说。

"这是双重否定,"易卜拉欣说,"最好……"

罗恩按住易卜拉欣的胳膊。"别说了,哥们儿,他是个大毒枭。"

易卜拉欣点点头,吃起了他的水牛奶酪。

"萨曼莎和加思,"伊丽莎白说,"之所以邀请你们,原因不止一个:首先,你们是这个领域的专家;其次,你们对乔伊丝和易卜拉欣撒谎说从没听说过多米尼克·霍尔特。"

"我们撒谎了?"萨曼莎说,"谁说的?"

"乔伊丝和易卜拉欣说的,对我来说,这就足够了。"

"你们肯定撒谎了,非常抱歉。"乔伊丝说,"哎呀,真希望我也点了对虾,你们那份看上去很好吃。"

"而最重要的,你的手机设置了代码777拦截,这是非常罕见的做法,因此我们猜库尔德什在遇害前的那个下午给你打过电话。"

"我敢打赌,米奇和卢卡也设置了。"萨曼莎说。

---

① 原文是:"I didn't shoot no one."卢卡想用双重否定句强调自己没杀过人,但欲盖弥彰般地说了个病句。

277

两个男人摇头。"我们根本就不用手机。"米奇说。

"所以我们希望你能来，萨曼莎，"伊丽莎白说，"但我好奇的是你为什么会接受邀请。这个小小的碰头会对你有什么意义呢？"

"真是个好问题，"萨曼莎说，"咱们都能坦诚以对吗？"

"就咱们这一桌撒谎精和骗子手能做到的极限？是的。"伊丽莎白答道。

"有价值十万英镑的海洛因下落不明，而我敢打赌……"萨曼莎说，"我们可以摆摊卖果酱和酸辣酱。"

女招待又进来了。

"甚至可以比一比，选出最好的果酱，"乔伊丝说，"找个当地名人当裁判。我们认识一位新闻播音员。"

女招待把一壶水放在桌上，转身离开。

"我敢打赌，在座的某个人会找到这批毒品，"萨曼莎说，"加思和我想坐下来听你们怎么说，看能不能捡到有关海洛因下落的线索。"

"然后据为己有，"加思说，"只是找点乐子——对我们来说，算不上什么大钱。不过我认为今天在座的就属我们最聪明，因此我想碰碰运气。"

"我上中学的时候测过智商。"易卜拉欣说，"我……"

罗恩再次按住老朋友的手臂。"易卜，就让他以为他是最聪明的好了，正中咱们的下怀。"

"但我就是最聪明的。"加思说。

易卜拉欣还想说什么，罗恩甩给他一个眼神。

"之所以邀请妮娜，是因为她是我们确切地知道的最后一个与库尔德什交谈过的人，因此自然是一名犯罪嫌疑人。我们能证明这一点，非常抱歉，亲爱的。"

"没关系，"妮娜说，"要是你们把我排除在外，我反而会觉得低人一等呢。"

"叫上波格丹是为了防止你们之中有人企图干掉我们，"伊丽莎白说，"虽说我有枪，但你们人多势众，因此还是安全第一为好。"

"我现在很饿，"波格丹说，"而且我认识库尔德什。"

"你们四个又有什么故事？"萨曼莎·巴恩斯说，"你们为什么叫我们来？这事情和你们有什么关系？"

"和我们的关系在于，"伊丽莎白说，"有人杀害了我丈夫的朋友，我愿意赌很大一笔钱，这个人就在这张桌子旁。"

"所以我们打算坐着听你们说，"乔伊丝说，"吃完一顿丰盛的午餐，看看会不会有人暴露自己。"

"无论这个人有多么聪明。"易卜拉欣补充道，眼睛并没有在看特定的某个人。

"假如你们找到了海洛因，"伊丽莎白说，"那就拿走好了，我们完全不在乎。好了，咱们从头说起吧。易卜拉欣？"

易卜拉欣取出一个文件夹。"麦克斯韦先生，咱们就从你开始好了。海洛因的来源是哪儿？阿富汗？"

又是女招待。

"还有啤酒帐篷，"罗恩说，"找本地的啤酒厂，看能不能要到折扣。"

主菜来了。

52

哈尼夫住的酒店叫凯莱奇，位于伦敦市中心，他的房间在最顶层。最顶层只有一套客房，配私人管家、游泳池和三角钢琴。哈尼夫是旱鸭子，也不会弹钢琴，但两者的图片放在 Instagram 上相当好看。

这是他最喜欢的酒店，理由很多。地段不可能更好了，离邦德街和萨维尔街的商店很近，离科克街的画廊也不远。酒吧和餐馆是典型的伦敦风格，气氛轻松，同时不失优雅，最出类拔萃的还是工作人员的守口如瓶。当然价钱贵得能吓死人。哈尼夫天生健忘，把左轮手枪和八千英镑现金扔在床上，自己下楼吃早饭去了。等他回到楼上，发现清洁工把两者整整齐齐地收在了床头柜的抽屉里。连锁旅馆可不会提供这样的服务。

他联系过了米奇·麦克斯韦，向后者下了最后通牒。月底之前找到那批货，否则就等死吧。他请米奇把同样的话转告了卢卡·布塔奇。截止日期可以再早一点儿的，但哈尼夫想在伦敦享受两个星期的生活。自从大学毕业，他就没再来过伦敦，而且他还想去温布利看一个摇滚乐队的演唱会。要是他马上干掉米奇和卢卡，就必须立刻离开，而多给他们几天时间也不会有任何坏处。哈尼夫没见过卢卡·布塔奇，而卡塔尔世界杯的时候，他和米奇在国际足联的企业包厢里见过面，两个人相谈甚欢。米奇信誓旦旦地保证一切都在控制之中，因此哈尼夫认为自己不需要干掉米奇。

这次整个走私计划都是哈尼夫的主意，萨义德对事情的进展非常不满意。假如最终找不到他们的货，那么哈尼夫肯定要干掉米奇和卢卡，然而等他回到阿富汗，没人能保证萨义德不会干掉他。不过，这就是游戏规则，也是他能挣钱的原因。今天下午他要去按摩，至少有一个小时左右是远离烦恼的。

今晚在梅费尔有个派对——周日晚上的夜宴。组织者是他在伊顿公学时的一个老朋友，他很高兴地在网上见到哈尼夫来了伦敦，虽说哈尼夫弹钢琴的照片让他小小地吃了一惊。

见几个老朋友当然很好，他可以听听他们的近况，对自己的近况就避重就轻，比如问有没有人想游个泳。

哈尼夫扭动肩膀——有块发僵的肌肉怎么都缓解不了，希望按摩师能创造奇迹。

他非常希望这个计划能够成功。哈尼夫真的不想再干掉其他人了，当然也不愿意被干掉。他的最后期限是这个月底。

总而言之，要是有谁能找到装海洛因的盒子，那就太好了。要是去欣赏演唱会之前不需要干掉任何人，那就最好不过了。

53

吃主菜和甜点的时候,他们讨论和剖析整个案件。侍者送来咖啡的时候,他们正在争辩是要租一顶大帐篷还是应该相信八月的英国天气。

"库尔德什死了我才知道有这么一个人。"米奇·麦克斯韦说。

"我也是,"卢卡·布塔奇说,"对我们来说,他只是凑巧开了一家古董店。"

"你们总是有竞争对手的吧?"罗恩说,"南部海岸这么大,不可能只有你们一伙人在卖海洛因吧?"

"老实说,"米奇说,"要是这儿突然有人出手海洛因,我们肯定会听到风声。你可以去问你的朋友康妮·约翰逊是不是这样。"

"她可不是我的朋友。"罗恩说。

伊丽莎白问:"萨曼莎、加思,你们还是否认库尔德什联系过你们吗?"

"我倒是希望他联系了我们,"萨曼莎说,"那样的话,我们可以做个轻松愉快的交易,而且我也不会干掉他。"

"加思?"

"我也许会干掉他,为了消灭线索,但我没有。"

"我有个想法,"萨曼莎说,"不知道会不会有用?"

"请说。"伊丽莎白说。

"装海洛因的盒子是什么样的?"萨曼莎问,"我认为海洛因不会一直留在盒子里,因此盒子多半会有个去处。说不定它有朝一日会在什么人的店里冒出来呢?那不就能查到凶手了吗?"

"这个可能性太低了。"妮娜说。

米奇大笑。"说得好。稍等一下,我给你看,但我不认为会有人把它卖给古董店。"

易卜拉欣抢过话头。"我们还没有讨论过多米尼克·霍尔特的死呢。是谁干的?还有为什么?"

米奇在手机相册里找到了盒子的照片,然后把手机放在桌上滑到萨曼莎面前。萨曼莎摘掉眼镜,把手机举到眼前。"你们真的把价值十万英镑的海洛因装在这么一个东西里?太没有格调了。"

她把手机递给加思,加思做了个鬼脸。"也许会出现在旧货商店里。不过是个好主意,宝贝儿。留神一下。"他把手机放回桌上滑回米奇面前。

"反正不在他的储物间里。"妮娜说。这句话是伊丽莎白教她说的。

"他的什么里?"米奇说。

"哦,他管他古董店的里屋叫储物间,"伊丽莎白说,"我们翻了一遍。"

"没人会管里屋叫储物间,"卢卡说,"你的意思是库尔德什租了个储物间?"

"对不起。"妮娜对伊丽莎白说,音调依然无懈可击。

"好吧,"伊丽莎白说,"是的,库尔德什有个公租的储物间,不过,我不会告诉你们它在哪儿……"

加思举起一只手。

"不,加思,就算你威胁要我的命也不行。"

对于这个局面,大家似乎都不高兴——正中伊丽莎白的下怀。

"但总而言之,"伊丽莎白说,"我想在隆森高级调查官之前找到这批海洛因。"

"里甘。"卢卡说。

"对不起,我记错了。"伊丽莎白说,"毫无疑问,假如在座各位都说了实话,那就不会碰到任何问题,因为咱们有一个共同的目标。大家可以齐心协力,一起寻找海洛因和杀人凶手,无论那是一个还是几个人。"

"但假如有人没说实话……"易卜拉欣接过话头。

"那么就迟早会爆发流血事件,"罗恩说,"当然,如果我们合作共赢也许可以一起骑驴游玩,不过现在还能骑驴吗?还是说已经被禁止了?"

女招待进来收拾咖啡杯,午餐即将结束。

其他人纷纷告辞,去搞各自的阴谋诡计——伊丽莎白对这一点深信不疑。妮娜·米什拉起身准备离开时问:"现在呢?"

"现在就看谁能活过下一周了。"伊丽莎白答道。

54

乔伊丝的日记

我们昨天和几个非常不讨人喜欢的家伙共进午餐,但饭桌上充满了乐趣。我们租了个包间,你看得出来,这让某些人非常眼红。上厕所的时候我听见有人低声说:"她以为她是什么人?"

来的有米奇·麦克斯韦,海洛因贩子;卢卡·布塔奇,也是海洛因贩子,听名字应该是意大利人,实际上并不是;还有萨曼莎和加思,我们到佩特沃斯去见的就是他们。萨曼莎贴了一下我的面颊,而加思进来就问:"阿兰呢?"我说它趴在我家里的暖气前面打盹儿呢,他说:"这可不是我想要的。"妮娜·米什拉也来了,对库珀斯切斯赞不绝口。虽说是冬天,但今天阳光灿烂,我不得不承认这儿看上去很美。妮娜已经在计划三十五年以后搬进来了。

我们一无所获,但这本来就是今天吃饭的目标。伊丽莎白只是想把所有人叫到一起,然后打草看能不能惊蛇。

按照一般人的说法是"放长线钓大鱼",但伊丽莎白的说法是"看接下来谁会做掉谁"。

我觉得似乎是每个人都知道一部分情况，但没人知道完整的事实，我猜这也正是伊丽莎白的倚仗。

所以现在我们只能等待。让他们彼此撕咬，看看会有什么秘密从他们的口袋里掉出来。

吃完饭，伊丽莎白告诉我，她要消失几天，无法联系的那种消失。她说她有事情要处理，也许她说的是真的。

她的事情不是我的事情，而且每个人偶尔都需要一点儿隐私，尤其是在这儿。我们有时候会过多地进入彼此的生活，我知道并不是人人都喜欢这样，不过我喜欢。我喜欢身边有其他人，我喜欢聊天，并不介意究竟聊什么。

但伊丽莎白不一样，我已经学会了尊重她的意见，给她一点儿空间，克制窥探的冲动。然而话虽如此，前几天我从窗口看见发型师安东尼走进她家，而安东尼一直向我们强调，他从不上门服务，因此肯定是出什么事了。晚些去商店的时候，我可以走观景路线，看看她家的窗帘有没有拉上。这个细节就足以泄露一些真相了。

安东尼为什么要去伊丽莎白家呢？我了解伊丽莎白，她说不定要去白金汉宫，觐见国王，获颁勋章。特工总是能得到这样的待遇，护士可就没有了。但我发誓，要是她不告诉我一声就去见查尔斯国王，那我肯定会有很多话想说给她听。格里的一个朋友曾经受邀去白金汉宫参加一场花园派对，他是扶轮社还是什么组织的负责人，为一家临终关怀医院筹集了一笔款项。但他没有去，因为他要打高尔夫。你能想象吗？

我觉得王后和我应该能合得来，她身上有很多地方让我想起了伊丽莎白，而且似乎更平易近人。

但没有了伊丽莎白的指挥，我发现我有点无所事事，而我不擅长应付这样的状态。我可以在家里转几圈，搂着阿兰看一集《淘宝记》①。但我迟早必须做点什么，而且要拉着另一个人和我一起做。要是格里还在，那就简单了：我可以帮他做纵横字谜，或者对他说说我对某些事情的看法。我常常对阿兰说我对某些事情的看法，效果倒是还不错，直到发现自己究竟在干什么。

也许我可以去找易卜拉欣和罗恩，参加几天他们的反"杀猪盘"计划？我能从女性的视角看问题。不过，罗恩说易卜拉欣很会写信，他的文字能让"码头工人脸红"。

他们同样知道伊丽莎白会暂时失联，因此见到我也不会吃惊。我可以烤点什么带给他们吃。

也许我也该去看看默文？不知道他这几天怎么样，我们最近有点躲着对方，连遛狗的路线都特地错开。有时候阿兰看见默文的狗狗罗茜从窗外经过，就会立刻丧失理智。它满地打滚儿，亮出肚皮。实话实说，有时候它会让我想

---

① 《淘宝记》(*Bargain Hunt*)：英国古董淘宝节目。

起我自己。

这会儿我正在往窗外看，我能看见安东尼把车停在了一个访客车位上。我知道你在想什么——我对天发誓，我并不傻。我知道他为什么会去伊丽莎白家。

前两天我们给白雪举行了葬礼——发生的事情太多，我忘记说了。白雪就是白耳朵尖的那只狐狸，我们睡觉的时候，这儿由它统治。波格丹给白雪挖了个墓穴，"很深，这样它就不会被打扰了"。波格丹最近挖的墓穴不止这一个，所以他对此略知一二。我本来希望去世后火化遗体，看着波格丹挖墓穴是能让我改变想法的少数几件事情之一。

上周末，波格丹和斯蒂芬发现了白雪的遗体。现在它躺在一个可生物降解的柳条筐里，人们把白花放在上面。

来的人出奇地多。我们都以为白雪是我们几个人的小秘密，然而随着葬礼的通知贴在告示板上，半个社区的人都来向它告别了。人们给它起了各种各样的名字：好运、毛团、月光，等等。"白雪"这个名字是斯蒂芬起的。我一直叫它"狐狸先生"，看来我有点缺乏想象力。乔安娜总是这么说我。

有个从拉斯金苑搬来的丧偶不久的女人叫它"哈罗德"，我们唱赞美诗，把它放进墓穴的时候，她和其他许多人一起哭了。

言归正传，我想说的是，斯蒂芬出现在了悼念者的行列之中，这是天晓得多久以来他第一次公开露面。

他和伊丽莎白手挽手走到公共农圃，斯蒂芬向大家问好。每个人都是"老伙计""老朋友"或"头儿"。易卜拉欣拥抱他，斯蒂芬愉快地笑着叫他库尔德什。

罗恩一本正经地和他握手，他向来讨厌拥抱。斯蒂芬看了一眼罗恩的文身，说："西汉姆联的球迷？我得帮你盯着点。"听他这么说，罗恩也拥抱了他。来到我面前的时候，他说："这不是乔伊丝吗？你好。"

总而言之，感觉像是伊丽莎白在给我们一个道别的机会。拥抱他的时候，我当然不愿放手了。

而你也能猜到，斯蒂芬的头发理得无懈可击。

所以，你看，我不完全是个傻瓜。我心底里其实知道安东尼是去见斯蒂芬的。伊丽莎白要"消失"几天是因为他们要送斯蒂芬去一个能让他得到妥善照看的养老院。她终于决定放手了。她几个月前就该这么做的，她自己也知道，然而一个人但凡还有一根救命稻草能抓，就是无论如何都不肯放手的。不知道是什么让她改变了主意。斯蒂芬还有能力和她商量吗？

安东尼的手艺真是没话说。伊丽莎白希望斯蒂芬能以最佳状态露面。无论他接下来要去哪儿，伊丽莎白都希望他能给大家留下一个好印象，让人们明白他有多么不寻常和她有多么爱他。

我不知道他们分开后要怎么过。斯蒂芬即将步入一个新天地，但其实他的世界早就封闭起来了。伊丽莎白全身心地爱他，他也全身心地爱她，而她的这一切都被夺走了。

希望她能在附近给他找到一个地方，她可以经常去看他。相信他们俩会在力所能及的范围内好好讨论这件事，爱永远能找到沟通的语言。伊丽莎白没有来向我求助或咨询，我完全理解她的心情。切身体验告诉我，悲伤是无法分担的。

我无从想象伊丽莎白在经历怎样的煎熬。也许她觉得斯蒂芬已经不在了，也许这就是他们的现状。但那是他们两个人的事情，我只知道我会全心全意地支持她，我能给她的也只有这么多了。

人们常说时间能抚平伤口，那只是一句空话。假如有人真的说了实话，谁还会放下心里的创伤，再次拥抱爱情呢？有些日子想到格里，我还是会难过得痛彻心扉。有些日子？不，是每一天，而我最好的朋友才刚刚走上这条路。

所以请原谅我吧，哪怕只是仅仅几分钟，我也更愿意想象伊丽莎白要去白金汉宫觐见国王。

55

罗恩在等待门铃响。他对时间的估计可以准确到秒。

伊丽莎白要离开几天,因此罗恩知道来找他的肯定是乔伊丝。她无所事事,而且很可能带来了蛋糕。他让易卜拉欣和电脑鲍勃继续做他们的事情,自己走去开电子锁让她从楼下大门进来。

"肯定是乔伊丝,鲍勃,而且肯定带了蛋糕,"易卜拉欣说,"我敢保证。"

"伊丽莎白到底去哪儿了?"罗恩问易卜拉欣,他打开门,等乔伊丝上楼。

易卜拉欣耸耸肩。"去哪儿重操旧业了?"

乔伊丝爬完最后一段楼梯,手里拿着一个餐盒。阿兰跟在她背后,闻来闻去,好像在探险。

"椰子和树莓的。"她说,拿起餐盒递给罗恩,"小伙子们,大家好。"

鲍勃起身迎接她走进公寓。

"快坐下,鲍勃,别管我。"乔伊丝说。

"喝茶吗?"罗恩问。

"有牛奶吗?"

"没有。"罗恩承认道。

"那有茶吗?"

罗恩想了想。"没有,茶叶喝完了。好像有拉格啤酒。"

"我去给自己倒杯水吧。"乔伊丝说着走进罗恩家的厨房,扭头问他们,"塔季扬娜怎么样了?"

"我们按照唐娜的建议写了信。"易卜拉欣说。

"她没叫我们写一首十五行的情诗。"罗恩说。

"我加上了自己的理解,"易卜拉欣承认道,"但诱饵已经放出去了,希望他们会一脚踩进陷阱。"

乔伊丝回到房间里,把一把餐椅拖到桌子前,在鲍勃和易卜拉欣身旁坐下。"鲍勃,玩得开心吗?"

鲍勃想了想。"我觉得应该算是开心吧。不过我只是技术人员,苦活儿都交给了易卜拉欣,包括写诗什么的。但无线网络偶尔会断,所以我也不是完全没用,因此我觉得挺好玩的。"

"我们还讨论世界大事。"罗恩说。

"嗯,对,我们讨论世界大事。"鲍勃附和道。

"来,罗恩,给我说说鲍勃是怎么看这个世界的,一句就行,"乔伊丝说,"既然你们聊了那么多。"

罗恩想了想。"他……喜欢电脑?"

乔伊丝转身去看电脑屏幕。易卜拉欣已经开始打字了。"所以现在是什么情况?"

"我们答应了再给他们两千八百英镑,"易卜拉欣说,"但我们对塔季扬娜说,银行不允许我们把钱转给她。银行把这笔申请列为可疑款项。"

"我买沙发的时候他们就是这么做的,"乔伊丝说,"我在给厂家银行转账时大费周折。"

"所以我们问她在英国有没有熟人可以来一趟,我们直接给他现金,然后他把钱拿给她。"

"她的同谋?"乔伊丝说。

"我们约个地方见面,"罗恩说,"一个大活人出现,我们把钱给他,唐娜带着弟兄们一拥而上,逮捕对方。"

"所以是塔季扬娜的朋友,而不是她本人。"乔伊丝说。

"塔季扬娜根本不存在。"易卜拉欣说。

"哦,对。"乔伊丝说。

"我正在和塔季扬娜的这个朋友网聊,"易卜拉欣说,"他叫杰里米。最后一个音是两个 m。"

他们继续交谈,乔伊丝读着屏幕上的文字。

杰里米:你拿到现金了吗?

默文:多给我说说塔季扬娜,你认识她多久了?她的眼睛真的有照片上那么蓝和清澈吗?你不会被吸引得无法自拔吗?

杰里米：我周三可以自由支配时间。

默文：我们没人是真正自由的，杰里米，我们每个人都有自己的锁链。你的名字很不寻常，是不是有个什么故事？

杰里米：你周三有时间吗？

默文：你会亲手把钱交给塔季扬娜吗？假如是那样，我太嫉妒你了。我必须再等一个星期才能看到她的面容，呼吸她的气息。

杰里米：最好在伦敦。伦敦，周三。

默文：很抱歉，杰里米，我做不到。我的行动能力受到限制，伦敦对我来说非常困难。同时也很吵闹，你不觉得吗？你怎么能忍受下去呢，杰里米？我猜你大概还年轻，城市的刺激能让你兴奋。只能麻烦你来我这儿了。

对方好一会儿都没有回复。

"要是他跑到库珀斯切斯来，结果被警察带走，肯定会很好玩。"乔伊丝说，"电子报这下有东西可以写了。"

"我希望能让默文和他见一面，"易卜拉欣说，"给整件事做个了结。他怎么样？"

"还没去见他。"乔伊丝说。

"阿兰肯定很想罗茜吧？"

阿兰听见自己和罗茜出现在同一句话里，立刻就地打滚儿，亮出肚皮。罗恩享受起了这份殊荣。

"你对昨天的峰会怎么看？"罗恩问乔伊丝。

"我不相信米奇，不相信卢卡，不相信萨曼莎，也不相信加思，"乔伊丝说，"不过他很有那种粗犷美。"

"我注意到你们租了个包间，"鲍勃说，"餐厅里的所有人都在议论。"

"但是，我也认为，"乔伊丝说，"假如海洛因在他们中的某个人手上，或者他们中的某个人知道海洛因的下落，那这个人就不会接受邀请了。我认为他们都在寻找线索。"

"库尔德什呢？"

"我认为凶手就坐在那张餐桌旁，"乔伊丝说，"至少是他们之中的一个人。"

"那我见过的那个男人呢？"鲍勃说，"脑袋被打穿的多米尼克？"

"凶手有可能是他们之中的任何一个人，"罗恩说，"狗咬狗，常有的事。谁在乎呢？"

"谢谢，罗恩，"易卜拉欣说，"伊丽莎白不在的时候，你的智慧特别有帮助。"

"说起来，乔伊丝，她到底去哪儿了？"

"你和我一样清楚她去哪儿了，"乔伊丝说，"我看见你拥抱斯蒂芬来着。"

"是啊，"罗恩说，盯着啤酒瓶上的标签，而不是乔伊丝,"咱们不能帮她做点什么吗?"

"没什么可做的,"易卜拉欣说,"她知道咱们会支持她。"

电脑屏幕上出现了一条新信息。

杰里米:好吧,我来找你。你确定你准备好现金了?

默文:你可真好,杰里米,谢谢你肯跑这么一趟。人们常常不愿意体谅比他们年纪大的人,我感觉到了你的善良和体贴。你愿意留下吃顿饭吗?我很想多了解一下你。也许等塔季扬娜来了,咱们能成为好朋友呢!

"他们难道没注意到你说话越来越不像默文吗?"乔伊丝问。

"他们离钱只有一步之遥,什么都愿意相信,"易卜拉欣说,"这就叫以其人之道还治其人之身。把你最想要的东西举在你眼前晃。默文想要爱,他们想要默文的钱。"

杰里米:我没法留下吃饭,我来了就要走。你的钱是现金,对吧?

默文:是的。整整两千八百英镑。这钱我花得心甘情愿。

杰里米:不够,现在要五千了,因为还有其他费用。

默文:我没有五千英镑啊。

杰里米:去借。否则的话,我就没法来,塔季扬娜会

生咱们的气的。

默文：天哪，可不能惹她生气。你什么时候来？

杰里米：明天。

"不行，"乔伊丝说，"必须等伊丽莎白回来。逮捕坏蛋能帮她改善心情。"

默文：下周。本周我的命根子要做手术。

易卜拉欣望向乔伊丝。"我连'命根子'都说出口了，那就是没的商量了。任何男人都不会想争论下去的。"

杰里米：好吧，那就下周三。我们有你的地址。

默文：一言为定。很盼望见到你，杰里米。

乔伊丝拍了拍手，吵醒了阿兰。"好极了！接下来做什么？"

"咱们喝一杯威士忌，看两局斯诺克，"罗恩说，"我们俩都喜欢的运动只有这一项。"

"但我开始喜欢飞镖了。"易卜拉欣说。

"那就飞镖。"罗恩从善如流。

"要么我留下？"乔伊丝说，"咱们可以好好聊一聊。"

"要是咱们看斯诺克，"易卜拉欣说，"那就只会聊斯诺克了。马克·塞尔比领先多少分，肖恩·墨菲的这个安全球做得是不是特别出色。其他的话题不可能插进来。"

"要么我去遛阿兰，"乔伊丝说，"鲍勃，愿意陪我转转吗？"

"我，呃……"鲍勃想说什么，但说不出来。

"鲍勃,你也喜欢斯诺克?"罗恩说。

"是的,"鲍勃说,"我正想回家去看比赛呢。"

"愿意和两个朋友一起看吗?"

"呃,那当然了,非常乐意。"鲍勃说,高兴得像个放学后被朋友邀请去家里玩的孩子。

"不许聊斯诺克之外的东西。"罗恩说。

"正合我意。"鲍勃说。

乔伊丝起身,阿兰在地毯上追自己的尾巴。

"阿兰啊,你是不可能追到的。"罗恩说。

"这就是生活的真相,对吧?"乔伊丝说着穿上大衣,"有些东西永远可望而不可即。爱,钱,阿兰的尾巴,海洛因。每个人都想要他们没有的东西,要是得不到就会发疯。"

"是啊。"罗恩说着打开电视,找到播斯诺克比赛的频道。

"每天夜里都是这样。我梦见格里。我知道我再也见不到他了,但我就是没法让自己不去想他。"

易卜拉欣和罗恩一起望向乔伊丝,然后对视一眼。易卜拉欣微微点头,罗恩翻了翻白眼。

"好吧,你可以留下,想聊什么就聊什么。"

"真的吗,你确定?"乔伊丝嘴里这么说,但大衣已经脱掉了一半。

56

妮娜·米什拉并不真的喜欢她的工作，尤其不喜欢它的薪水。昨天她从心底里感受到了这个事实，因为她和毒贩还有赝品制作者坐在同一张餐桌前，她一举一动都格外小心，就怕把东西洒在礼服上，这样第二天还能把衣服叠好，送回名品时装店里退掉。

说真的，太不公平了。这份工作当然也有她喜欢的地方。她喜欢阅读，喜欢蜷在一张沙发椅里，钻研美索不达米亚的两性政治，这部分很有乐趣。她也喜欢旅行，土耳其、约旦、伊拉克，她走遍了这些地方。和研讨会上认识的同侪鬼混，这部分也让她很高兴。除了薪水，她尤其不喜欢的是教学。更确切地说，是学生。

此刻就有这么一个典型的问题学生坐在她面前，他二十岁左右，无疑是个一年级学生，叫汤姆或者萨姆，也可能是乔希。他穿一件涅槃乐队的T恤，不过他出生的时候，乐队主唱科特·柯本早就去世好几年了。

他们在讨论一篇他没有写的论文——《罗马艺术与历

史记忆的人为操纵》。

"至少你还喜欢那些阅读材料吧？"妮娜问。

"不。"小伙子说。

"我明白了，"妮娜说，"没什么要补充的了？不喜欢的理由？"

"无聊，"小伙子说，"不是我的研究领域。"

"但你上的这门课叫'古典学、考古学与古代文明'，那你认为你的研究领域是什么？"

"我只想说，我每年付九千英镑学费，不是为了读一帮学者重写的罗马历史。"

"那九千英镑应该是你父母付的吧？"

"别企图滥用教师权力羞辱我，"汤姆或萨姆或乔希说，"我可以投诉你的。"

"噢，"妮娜说，"看来你是不打算在近期完成你的小论文了？"

"去看我的档案，"小伙子说，"我不需要写小论文。"

"好的，"妮娜说，"那你认为你为什么要来上大学？你期待学到什么和怎么学？"

"你要通过经验来学习，"小伙子说，听这世故的语气，你会觉得他是一个厌倦了向傻瓜解释各种事情的大贤者，"你要通过与真实世界的互动来学习。书本是给废物……"

有人敲响了办公室的门，完全无视挂在外面的"正在谈话，请勿打扰"牌子。妮娜正要赶走这位尚未露面的来访者，这时门开了，走进来的不是别人，正是加思，她刚刚在周日的午宴上见过这个来自加拿大的彪形大汉。

"对不起，这是单独会谈。"妮娜说，"你叫加思，对吧？"

"我有事找你，"加思说，"现在就要和你谈。我肯敲门都算你运气好了。"

"我在教育学生呢，"妮娜说，然后看看那个小伙子，"算是吧。"

加思耸耸肩。

"所以你必须等着。我们正在讨论罗马艺术。"

"我不想等，"加思说，"我没有耐心。"

"很可能是多动症。"小伙子说，显然很高兴房间里多了个男人。

加思望向小伙子，像是这才注意到他。"你穿涅槃的T恤？"

小伙子认真地点点头。"对，他们是我的菜。"

"你最喜欢他们哪首歌？"

"少年灵魂……"

"你敢说《少年灵魂的气味》，我就把你从窗口扔出去。"

小伙子显然没那么高兴房间里多了个男人了。

"加思,我在教育他呢。"妮娜说。

"我也是。"加思说。

"呃……"小伙子说。

"一个最简单的问题,"加思说,"涅槃是有史以来第四伟大的乐队。请说出他们最好的一首歌。"

"出卖世界的……呃。"

"要是你想说《出卖世界的男人》,那就给我再想一想,"加思说,"那是翻唱鲍伊的。等咱们谈完涅槃,可以再来谈一谈鲍伊。"

"放过他吧,加思,"妮娜说,"他是个孩子,而且是个由我看管的孩子。"

"我不是孩子了。"小伙子说。

"你到底要不要我帮你说话?"妮娜说,"咱们今天就到此为止好吧?既然你没写小论文,我也没什么好和你谈的了。"

"乐意之至。"小伙子以最快的速度站起来。

"等一等,你没写小论文?"加思问。

"放过他吧,加思。"妮娜说。

"关于什么的?我说的是小论文。"

"罗马艺术还是其他什么。"小伙子说。

"而你没写?懒得动脑子?"

"我……我只是……只是不……不感兴趣。"

加思咆哮起来，捶打胸膛。小伙子本能地躲到了妮娜身旁，她用手臂护住他。

"你不感兴趣？对罗马艺术？你是发疯了对吧？你在这个美丽的房间里，和这位聪明的女士谈罗马艺术，而你不感兴趣。你不感兴趣？再过三年，你就要滚出校门去找工作了！你知道上班是什么吗？可怕！恐怖！你觉得等你上班了，还能有机会谈罗马艺术吗？还有机会读书吗？你对什么感兴趣？"

"我在短视频网站开了个账号。"小伙子说。

"继续说，"加思说，"我对短视频网站感兴趣，我正在考虑开个账号呢。你的账号是干什么的？"

"我们做……快餐点评。"小伙子说。

"哦，我喜欢，"加思说，"快餐点评。坎特伯雷最好吃的汉堡包？"

"牦牛小馆。"小伙子说。

"记住了，"加思说，"我会去看看的。好了，现在我要和米什拉小姐说几句话，所以只好请你滚蛋了。"

小伙子不需要他说第二遍，立刻撒腿跑向房门。加思抬起一条壮硕的手臂拦住他。"你走之前记住三件事。第一，要是论文到下个星期还没写好，我就宰了你。我说到做到。不是'要是你不收拾房间你老妈就会宰了你'的那种宰了你，而是真的宰了你，你信不信？"

小伙子连忙点头。

"很好，孩子，不要浪费这个机会，我向你发誓。第二，要是你告诉任何人我威胁了你，我同样宰了你。明白了？一个字都不许说出去。"

"知道了。"小伙子说。

"知道了就好。每次有人对加拿大人撒谎，上帝都会掉眼泪。第三，涅槃最好的歌是《银》或《心形盒子》。明白了？"

"明白了。"小伙子说。

"我在一个叫Mudhoney的乐团弹过贝斯，参加过两次巡演。听说过他们吗？"加思说。

"好像听说过。"小伙子硬着头皮说。

"很好，你去查一查，我也会去看你的社交主页的。走你的吧，小子。"

加思揉了揉小伙子的头发，看着他落荒而逃，然后转身对着妮娜。

"好孩子。好了，妮娜，储物间在哪儿？"

"你吓坏他了，加思，"妮娜说，"他只是个孩子啊。"

"我无所谓，"加思说，"同样，不是'我无所谓咱们看什么电影'的无所谓，而是真正的无所谓，我再怎么强调都不过分。储物间在哪儿？"

"不知道。"妮娜说。

"算了吧,"加思说,"你是想要痛快还是痛苦?我向你保证,痛快点对你对我都好。"

妮娜必须以最快的速度思考。她最关心的问题是谁杀害了库尔德什,她该怎么应对此刻的局面呢?这个人是会帮助还是会阻碍他们?这正是伊丽莎白想要的结果,把所有人引上错误的轨道,看能掀起什么样的风浪。她做出了决定。

"假如我告诉你……"她开口道。

"先这么假设好了。"加思答道。

"对我有什么好处?"

加思大笑。"这不是明摆着的吗?我不把你从窗口扔出去。"

"加思,你一开口就威胁说要把别人从窗口扔出去,"妮娜说,"我觉得你并没有真的做过这种事情。"

"你还是再想一下吧,"加思说,"好了,储物间在哪儿?"

"要是你找到了,我要一成。"妮娜说。

"什么的一成?海洛因?"

"我才不沾什么海洛因呢,"妮娜说,"但等你卖掉了,我要一成的利润。"

"呃,"加思考虑了一下,"但你们肯定已经搜过一遍储物间了。我猜海洛因不在那儿,对吧?"

"我不知道我应该找什么,"妮娜说,"也许你的运气更好。"

"这不是运气不运气的事情。"加思说,"你必须持之以恒。"

"另外,伊丽莎白那伙人,他们信任我。不管他们告诉我什么,我都可以告诉你。"

"你为什么不去和他们谈条件?"

"他们找到海洛因不会拿去卖,明白吗?"妮娜说,"因此也没有钱可以分。"

"是啊,那帮老可爱会直接交给警察。好吧,我答应你。"加思说,"储物间在哪儿?然后我要去试一试牦牛小馆。你说他们为什么不叫它'牦牛老家'呢?"

加思显然真的想知道这个问题的答案,妮娜停下来想了想。"很抱歉,我不知道。你还是去问店里的人吧。"

"我会的,"加思说,"相信我,我会的。"

妮娜把写好的地址递给他。这是个好主意,还是个馊主意呢?她确定事实很快就会告诉她答案。

57

唐娜喝了一口咖啡,把短信念出来。

不急,但假如你要结婚,会办一个盛大的婚礼吗?你觉得你会请多少人?昨天我在电影里看见警察在停车场朝人开枪,立刻想到了你。

"乔伊丝发来的?"克里斯问。

唐娜点点头。昨天午餐过后,伊丽莎白请他们来这儿监视储物间。"看看能发现什么。"她是这么说的。

"你怎么回答?"

"我说我没打算结婚,而上头还不允许我带枪,"唐娜说,"她说真是太可惜了,因为两者都很适合你。"

克里斯拿起望远镜看了一会儿,然后又放下。"没事,所以你不打算结婚?"

"还有几个心愿没完成,"唐娜说,"没去过印度,没跳过飞机。还有,没真的揍过人。"

"好吧,先去完成这些,"克里斯说,"心里有这么多牵挂,你是不可能想要结婚的。"

"你肯定有个遗愿清单吧?"唐娜问。

克里斯想了想。"嗯,我还没看过《泰坦尼克号》。我很想去布鲁日玩一趟。不过这两件事似乎都可以和你老妈一起做。"

"她是个幸运的女人。"唐娜说。现在轮到她拿起望远镜飞快地扫视一圈了。

"什么都没有,"她说,"咱们会不会在浪费时间?坐在山坡上守株待兔等毒贩?"

"伊丽莎白说他们会来的,"克里斯说,"那他们就会来的。"

"你真的中了她的邪,对不对?"

"对,"克里斯说,"我选择接受。"

唐娜和克里斯把车停在山坡上的高处,从这儿能俯瞰费尔黑文海滨的那一排储物间。他们曾经在同一个地方监视过康妮·约翰逊的办公室。康妮如今把办公室设在达威尔监狱的牢房里,传闻她和以前一样忙碌。

他们玩忽职守的这段时间里,博耐顿的马匹失窃案还在继续,盗贼的活动范围已经扩大到了皮斯马什。没有一匹马是安全的,人们群情激愤。

不过,克里斯和唐娜已经差不多知道了幕后黑手的身份:一个叫安格斯·古奇的男人,他在巴特尔附近经营一家马厩,名字底下有长长一串前科。他按需偷马,然后把马运往全国各地。他开一辆奥迪TT，看来这门生意有利可图。

他们花了近一天解决这个案子，也掌握了足以逮捕他的证据。但他们在拖时间，为的是假装忙碌，方便他们和周四推理俱乐部一起寻找海洛因。他没有杀马，因此他们可以允许他再多偷几匹，反正用不了多久，那些马就会回到真正的主人身边了。

假如里甘高级调查官知道了他们在干什么，肯定会立刻采取惩戒措施，但克里斯和唐娜这几天在局里表现得格外乖巧，不但绕着她走，而且不惹任何麻烦。因此她投桃报李，也乐得不管他们。不管里甘高级调查官在烦恼什么，肯定都和克里斯和唐娜无关，因此他们就有了一定程度上的自由。

假如她跑来问他们为什么监视这个储物间（事实上她没有问，作为一名警察，她出奇地缺乏好奇心），他们会说他们在调查一条线报：费尔黑文有个人突然获得了一大批马鞍。

"有人来了。"唐娜说，把望远镜举在眼前。她把望远镜递给克里斯，让他也看一看她看见的东西。

米奇·麦克斯韦走在储物间的中央过道上，左看看，右看看，手里拿着一张纸。他在1772号门前停下，试了试卷帘门。门纹丝不动。他从大衣里掏出一块金属片，插进锁眼,使劲一捅。微弱的哐当声响一直传到了山坡顶上,但门还是没有开。他又试了一次。

"这是有诀窍的。"唐娜说。

试到第五次,锁簧终于弹开了,米奇拉起卷帘门。

"咱们可以把米奇从名单上划掉了,"克里斯说,"要是他知道海洛因的下落,就不会来这儿找了。我发短信给老大。"

"老大?"唐娜问。

"伊丽莎白。"克里斯说。

"我可真傻,"唐娜说,"游海泳如何了?"

"去了一次,"克里斯说,"冻死我了。是的,我知道水会很凉,但这也太夸张了,所以我决定先学个小号玩玩。"

米奇无疑在储物间里忙着找海洛因,不过克里斯和唐娜可以先把结论告诉他:海洛因不在那儿。

"查到萨曼莎·巴恩斯的情况了吗?"唐娜问。

"我打了个电话给奇切斯特刑事调查局,"克里斯说,"说我们在查马匹失窃案,顺便提了下她的名字。他们说她非常有礼貌,从没被抓住过小辫子。"

"以前和毒品扯上过关系吗?"

"他们说她和各种犯罪都扯上过关系。但接电话的督察说偷马是新鲜事,他要加在清单上。"

克里斯又举起了望远镜。"可怜的米奇,没人可以信任。"

"真是太可耻了,"唐娜说,"连毒贩都开始丧失信任感。伊丽莎白回你短信了吗?"

克里斯看了一眼手机。"连已读都没有。她到底在干什么?"

"你呢?"唐娜说,"打算结婚吗?"

"我保证,你会是第二个知道的。"克里斯说。

一辆黑色路虎揽胜沿着储物间之间的通道缓缓驶来,在1772号门口停下。

58

伊丽莎白不可能想到米奇会这么精明,因为在这个晴朗的周一下午,他就已经钻进了储物间,此刻正忙着翻看一个个纸板箱。妮娜·米什拉提到储物间的时候,米奇注意到了伊丽莎白的表情,他断定这儿肯定藏着什么东西。

费尔黑文市政厅的一名资料管理员吸海洛因成瘾,他非常乐意向米奇提供这个地址。然而事后米奇告诉他,由于某些预料之外的情况,他手头同样没有海洛因,这让管理员有点恼火。

哈尼夫已经到英国了,命令米奇必须在月底前找到海洛因。米奇向他保证,他一定能在这个月把海洛因找回来。

假如多姆确实是他贩毒链条上的薄弱环节,那么多姆的死就应该能让海洛因的下落变得更明晰。就算米奇找不到毒品,或许哈尼夫也能谅解他一些?不过他一定能找到的,他就是知道。

米奇从一个箱子里拿起一块泰格豪雅古董表,揣进自己的口袋。浪费可耻,节约光荣。

随着金属摩擦的刺耳声响，卷帘门被拉开了，米奇拔出手枪。卢卡·布塔奇的身影钻进储物间，米奇把枪塞回腰间。

"还在想你要多久才能来呢，"米奇说，"怎么找到的？"

"在你车上安了追踪器，"卢卡说，"找到什么了吗？"

"几块好表，"米奇说，"但没有海洛因。"

"还有其他人来过吗？那个加拿大人？"

"要是他来过，这儿也未免太整洁了。"米奇说，"看他的模样，不是特别爱干净的那种人。"

卢卡一屁股坐在一摞纸箱上，点了支烟。"到底在哪儿呢？"

"你什么消息都没听到吗？我还是不太放心康妮·约翰逊。"

"就那么——"卢卡伸开手指，比了个一股烟散开的手势，"消失了，无影无踪。你知道的，米奇，到了一定的时候，我只能另外找供货商了。你不能总是出这种事。"

"我知道，"米奇说，"能问你一件事吗？你必须老实回答我。"

"取决于你问什么了，"卢卡说，"说说看。"

"好的，我在问我的老哥们儿约翰－卢克·巴特沃思，"米奇说，"而不是卢卡·布塔奇。你有没有联系过阿富汗人？"

卢卡摇摇头。"我不认识什么阿富汗人，也不想认识他们——那是你的工作。"

"好的，"米奇说，"你确定？"

"当然，"卢卡说，"我不想沾上那种麻烦。为什么问这个？"

"他们派了个人过来。"米奇说。

"来这儿？"

"嗯。"

"但他们从不亲自来这儿，对吧？"

"我明白，"米奇说，"他们想见一见咱们。"

"老天哪，"卢卡说，"他们来干什么？"

"我猜咱们会知道的，"米奇说，"但假如咱们能在他们露面前找到海洛因，情况就会变得很简单，而海洛因不在这个储物间里。"

"我们对加拿大人知道多少？那个叫加思的。"

"不够多，"米奇说，"不过我们了解他的妻子，光是她一个人就够难应付的了。"

米奇能感觉到衣袋里那块手表的重量，拿它当礼物来欢迎哈尼夫倒是很合适。要是哈尼夫想杀他，那就让他杀吧，但送块手表总不会有任何坏处。

另外，哈尼夫飞了几千英里来见他，说不定还有一个和这件事完全无关的理由呢。

米奇跟着卢卡走出储物间，冬季的海风迎面而来。

两个人愉快地朝山坡高处挥挥手，向盯着他们的警察告别。

59

萨曼莎·巴恩斯下周要在佩特沃斯妇女协会举办讲座，主题是假货和赝品，还有怎么识别骗局。讲这些太容易了，她有大量事实可供列举。

最关键的一点——举例来说，假如你要买班克斯的作品，那你就需要一个名叫"害虫控制办公室"的组织提供的真迹证明。他们的真迹证明是钉在作品上的半张十英镑钞票，另外半张钞票存放在组织手上。假如你见到的作品缺少这个证明，那它就是赝品。无论在什么情况下，都不要买进。

这是个非常巧妙的真迹确定机制，今天萨曼莎花了一个下午剪开伪造的十英镑钞票，钉在伪造的徽章信纸上，为她在阁楼上喷绘的班克斯赝品制作假证明。假如她的买家非要去查，就会发现他们买到了赝品；但假如你花了一万英镑买了一幅带有真迹证明的班克斯签名作品，你还会坚持要去追根究底吗？不，你只会给它装上画框，然后挂在客厅里，供你的朋友们欣赏和赞叹。等你要转手卖出的时候，下一个买家多半也不会查得太仔细。以此类推。假如有人回来找她麻烦，她会很干脆地退货退款，但迄今为止，她已经卖出了几千幅伪造的班克斯、毕加索、洛里斯、赫斯特和艾敏作品，除了有一次送货员把康定斯基扔在了一家人的花园围墙上（全额退款），还从没有谁来找过她的麻烦。

这是没有受害者的犯罪。她和加思即将犯下的罪行也一样。

她在等加思回来，等待他们的计划顺利实施。库珀斯切斯的午餐会改变了一切。真正的一切。

想一想，他们险些决定不去。她不得不费尽唇舌才说服加思相信也许值得一去。"吃午饭？和几个半截入土的老家伙？"但她说服了他，两个人对此都很庆幸。加思在回家的车上说："你说你是对的，宝贝儿，那你就是对的。"

萨曼莎明白，从局外人的眼光来看，他们的关系也许很奇怪——一位端庄的英国淑女，一个浑身是毛、少言寡语的加拿大壮汉，而且还比她小二十岁。然而从他用枪指着她的那一刻起，两个人就都知道了，在他们之间燃起的那种情感是爱。从那天开始，烈火铺就了他们走过的道路。萨曼莎有她的智慧和技能，加思有他的头脑和手段。有时候，她会看着他们账户上的数字放声大笑。附近地区的慈善机构都因为他们而受益良多，不过萨曼莎知道捐出去的钱只是他们收入的九牛一毛。她反正不用交税，做点慈善也算尽了点义务。每次她向当地一家新的机构捐出一笔新的款项时，加思就会翻着白眼说她感情用事。加思只向巴特西猫狗之家捐钱，其他的一概不给。去年他给了他们七十万英镑。

萨曼莎在考虑她的下一步行动。

她不怎么看得起米奇·麦克斯韦和卢卡·布塔奇。贩毒是个竞争激烈的行当，因此他们应该很擅长他们的本职工作，然而在寻找海洛因这件事上，她就信不过这两位的实力了。伊丽莎白才是真正的行家，还有她的那帮老伙伴。等他们找到毒品，萨曼莎和加思就可以黄雀在后了。妮娜说漏了嘴，众人这才知道储物间的存在，那儿会是他们的出发点，加思今天出去找储物间了。伊丽莎白·贝斯特知道储物间在哪儿，大学教授也知道，因此加思用不了多久就能查到。盒子也许真的不在那儿，但她敢打赌，那儿肯定有些什么线索可供追查，老太太多半有所遗漏。米奇和卢卡也知道了储物间的存在，对吧？这样的话，他们也会去找它在哪儿，等他们找到了，就会把那儿翻个底朝天，搜寻他们的海洛因。加思会确保让他们赢下这一局，加思从不让她失望。

他们明天会开车去储物间，路上可以听个真实犯罪播客。他们正在听冰球运动员死在飞机厕所里的案子,这个案子讲了十四集呢。

萨曼莎开始读一篇讲格雷森·佩里[①]的文章,这位艺术家偶尔会出现在电视上。他的作品很值钱,但看起来很难伪造。她确定她能找到其他人来代工,但她更喜欢自己动手伪造,利润更高,环节更少。达明安·赫斯特是她的心头最爱,既因为她觉得他的作品美不胜收,也因为她发现他的作品特别容易伪造。

楼下的门吱嘎一声开了。肯定是加思回来了,这样的话,今天就到此为止吧。她站起来,伸个懒腰,听着加思上楼,他的脚步声比平时更轻。他在减肥?她希望没有。是他壮硕的身躯把她留在了尘世间,否则她就会飘上天去和威廉团聚。

萨曼莎走出阁楼,沿着狭窄的楼梯往下走,来到宽阔的大楼梯口。这道楼梯造价高达十五万英镑,由大理石和樱桃木建造,还有少许象牙——但千万别说出去。她大声说:"加思,我在楼上。"

但就算加思回应了,萨曼莎也没有听见,因为一记重击落在她的后脑勺上,砸得她从楼梯上滚了下去。枝形大

[①] 格雷森·佩里(Grayson Perry):英国男性艺术家,在创作时习惯装扮成名叫"克莱尔"的女孩,以陶器为材质,创作以"克莱尔"为主题的陶瓷绘画装饰作品。

吊灯的上千个光点,这是她最后见到的景象。她一直梦想有朝一日她会飘上天去和威廉团聚,然而她死前最后感觉到的却是坠落,往下,往下,往下。

60

窗帘拉上了，暖气打开了，留声机在放德沃夏克的曲子。他们就是这么约定的。

事情办完了。事情？怎么可能是这么平凡的一个词呢？总而言之，没有回头路了。两个人都很确定。

他们谈了几个小时，一会儿笑，一会儿哭，但都明白到了这一刻，欢笑和泪水其实是一码事。他身穿正装，看上去很帅。波格丹在离开前给他们拍了一张合影，告辞时他拥抱斯蒂芬，对他说爱他。斯蒂芬对波格丹说别冒傻气了。波格丹在走之前也拥抱了伊丽莎白，问她是否确定要这么做。

确定吗？当然不。她再也不会对任何事情下确定的结论了。确定是年轻人和特工的专利，而她既不年轻，也不是特工了。

但他们有约在先，斯蒂芬很明确要亲自注射药物，他坚持这么做。假如迫不得已，伊丽莎白也会为他注射药物。

"你看，咱们好像一直错了，"斯蒂芬说，脑袋搁在伊丽莎白的膝头,"你还不明白吗?"

"我不会吃惊的,"伊丽莎白说,"咱们做错的事情可太多了,对吧?"

"是啊,"斯蒂芬赞同道,声音非常平静,"一针见血,我的老姑娘。咱们都以为时间是沿着一条直线往前走的,因此匆匆忙忙地想赶上它的脚步。快点,快点,不能落后。但你看,时间并不是这么走的。时间在咱们周围盘旋,一切都永远是现在。我们做过的事情、爱过的人、伤害过的人,他们依然全都在我们的身边。"

伊丽莎白抚摩他的头发。

"这就是我逐渐领悟到的道理,"斯蒂芬说,"我的记忆就像琥珀,清澈透亮而真实,但新的每一天都像沙堡似的面临崩塌,我什么也留不住。"

注射是个精细的技术活儿,谈不上创伤,谈不上平静,也谈不上磨难,只是个技术活儿。只是你做了一辈子的日常任务中的又一件日常任务。

"它向我展示了人生是个谎言,"斯蒂芬说,"时间是个谎言。我做过的一切和我经历过的一切,都是共同存在的。但我们还是只会去想刚刚发生或即将发生的事情,觉得它才是最重要的事情。我的记忆不是记忆,我的现在不是现在,一切都是一体的。伊丽莎白,那个人?"

"哪个人?"伊丽莎白问。

"那个波兰人。"

"波格丹。"伊丽莎白说。

"对,就是那个小伙子,"斯蒂芬说,"他不是——请原谅我,也许太显而易见或者咱们已经讨论过了——他不是我儿子,对吧?"

"对,不是。"

"我也觉得不是。他是波兰人,"斯蒂芬说,"但生活这东西,并不是每件事都合情合理,对吧?"

伊丽莎白不得不同意。"是啊,不是每件事都合情合理。"

"我想问他来着,但无论他是或者不是,我都会觉得很荒谬。你有朋友吗?"

"有。"伊丽莎白说,"以前没有,但现在有了。"

"好朋友?"斯蒂芬问,"在危机出现时能依靠的好朋友?"

"我认为是的。"

"现在算是一场危机吗?你认为呢?"

"嗯,"伊丽莎白说,"人生就是一场危机,对吧?"

"有道理,"斯蒂芬说,"所以死亡能有什么不同呢?你的朋友,他们知道咱们在干什么吗?"

"不知道,"伊丽莎白说,"这是咱们的私事。"

"他们能理解吗?"

"也许吧,"伊丽莎白说,"不一定会同意,但我认为他们会理解的。"

"想象一下,要是咱们从没相遇过,"斯蒂芬说,"你想象一下。"

"但咱们相遇了。"伊丽莎白说,从他肩头的衣服上拈起一片绒毛。

"想象一下我会错过什么,"斯蒂芬说,"能帮我照看一下农圃吗?"

"你没有农圃。"伊丽莎白说。

"种萝卜的那块。"斯蒂芬说。

他们每天散步都会路过那儿,斯蒂芬会看着萝卜说:"挖出来。老天在上,应该种玫瑰的。"

"我会帮你好好照看的。"伊丽莎白说。

"我知道你会的,"斯蒂芬说,"说起来,巴格达有一家博物馆。咱们一起去过吗?"

"没有,我亲爱的。"伊丽莎白说。想象一下,还有那么多地方,但他们再也不可能一起去了。

"我把名字写给你了。"斯蒂芬说,"在我的书桌上。那儿有六千年前的古物,你能想象吗?你能在陶器上看见指纹,还有划痕,那是因为有个孩子跑进来,害得制作者分神了。这些人还活着,你能明白吗?死者都是活着的。我们之所以说一个人'死'了,是因为我们需要一个词来形容这种状态，但'死'仅仅意味着时间对于这个人来说停止流动了。你明白吗？人是不会真的死去的。"

伊丽莎白亲吻他的头顶，想要吸入他的气息。

"我明白，"伊丽莎白说，"但无论怎么说，今晚我睡觉的时候，你不会握着我的手了。这就是我明白的一切。"

"你难住我了，"斯蒂芬说，"这话我答不上来。"

"悲伤是不需要回答的，和爱一样，"伊丽莎白说，"因为它不是提问。"

"家里还有牛奶吗？"斯蒂芬说，"客人会想要喝茶的。"

"牛奶就留给我操心吧。"伊丽莎白说。

"我不知道我们为什么会活在天地间，"斯蒂芬说，"说真的，我不知道。但非要我回答这个问题的话，我会从我有多么爱你开始。我确定答案就藏在这里面的某个地方，非常确定。冰箱里还有半盒牛奶，但肯定不够。有时候我会忘记我爱你，你知道吗？"

"当然。"伊丽莎白说。

"我很高兴现在我想起来了，"斯蒂芬说，"我很高兴我再也不可能忘记了。"

斯蒂芬的眼皮开始变得沉重，就像维克托说的。就像她和斯蒂芬讨论过的——他们最后一次读那封信的时候，尽最大努力讨论过这件事。

"你困了？"伊丽莎白问。

"有点，"斯蒂芬说，"今天很忙，对吧？"

"是的，斯蒂芬，是的。"

"忙，但很快乐。"斯蒂芬说，"我爱你，伊丽莎白。对这一切我都很抱歉。但你见过我最好的一面，对吧？我不总是像现在这样，对吧？"

"好得就像一个美梦。"伊丽莎白说。斯蒂芬在清醒的时候是果决的，他此刻清楚地知道自己的比赛已经结束了。

"你的朋友，他们会好好照看你的，对吧？"

"他们会尽他们所能的。"伊丽莎白说。他们会思考如果换成他们是斯蒂芬，会做出什么样的决定。伊丽莎白会怎么选择呢？她不知道，但斯蒂芬非常确定。

"乔伊丝，"斯蒂芬说，"乔伊丝是你的朋友。"

"对。"

"告诉库尔德什我很快就去找他。这个周末好了，要是他在的话。"

"我会告诉他的，我亲爱的。"

"我要闭会儿眼睛了。"斯蒂芬说。

"好的，"伊丽莎白说，"你确实应该休息了。"

斯蒂芬闭上了眼睛，声音里充满睡意。

"说一说咱们第一次见面的故事吧，"斯蒂芬说，"那是我最喜欢的故事。"

也是伊丽莎白最喜欢的故事。

"有一次我看见了一个英俊的男人,"伊丽莎白说,"我知道我爱上他了。于是我在一家书店的门口故意把手套扔在地上,他捡起来拿给我,就此改变了我的人生。"

"他很英俊?"

"太英俊了。"伊丽莎白说,泪水淌成了小河,"你不可能相信的那种英俊。另外,知道吗?斯蒂芬,那一天并没有改变我的人生,而是开启了我的人生。"

"那位老兄,听起来是个好运气的浑蛋,"斯蒂芬半梦半醒道,"你会在梦中想我吗?"

"我会的,你也要在梦中想我。"伊丽莎白说。

"谢谢,"斯蒂芬轻轻叹息,"谢谢你让我睡觉,我需要的就是这个。"

"我知道,亲爱的。"伊丽莎白说,抚摸着他的头发,直到他停止呼吸。

61

乔伊丝的日记

唉,我不知道该说什么和做什么,所以就让我写下来好了,倾吐一下我的心事。

救护车是下午五点左右来的。没有鸣笛,光是这个细节就能说明问题了。

你会思考救护车要去哪儿,这是顺理成章的。不用着急,迟早有一天,救护车会来接你,而其他人会站在旁边看,他们会交头接耳。生活就是这个样子。殡仪馆来的是一辆白色的加长面包车,库珀斯切斯的居民对它也不陌生。

斯蒂芬去世了,伊丽莎白和他一起上了救护车。等我想明白发生了什么,就以最快速度跑下楼。我赶到的时候,刚好看见他的遗体被抬走。伊丽莎白跟着上了救护车,她和我对视的一瞬间,朝我点点头。她看上去像个鬼魂,说是完全换了个人也行。我向她伸出手,她紧紧握住。

我说她不在的时候,我会帮她把家收拾干净的,她说谢谢,说那样就再好不过了。我问没有受苦吧,她说对斯蒂芬来说没有。

我看见罗恩跑向我们，膝盖和髋部都在妨碍他的脚步。他显得异常苍老。伊丽莎白在他来到我们身旁前关上了救护车的车门。

罗恩搂住我，目送救护车缓缓离开。我早该知道的，对吧？我早该知道伊丽莎白和斯蒂芬打算干什么的。要是我真的知道，我会说什么呢？换成是你，你会说什么？

没什么可说的，但我还是想说些什么。

我很清楚，我做不出这样的选择。假如我是伊丽莎白，格里是斯蒂芬，我会想方设法抓住他不放。在一个好养老院里给他找个好房间，每天去看他，而他从熟悉我变成认识我，不认识我，再到形同陌路。我会见证这一切，直到他生命的尽头。我的爱不会允许其他的结果。我有好几个熟人的另一半在养老院里慢慢等死，就连你最恨的敌人你都不会希望他们有这样的结局。但就这么结束，在终点之前主动放弃？那不是我可能会做出的决定。只要爱还活着，我就不可能选择主动杀死它。

但我说的其实是我的爱，明白吗？假如我的爱还活着，而格里已经失去了生命的意义，假如我只是考虑自己看着他和拥抱他能获得的快乐，这是一种会比他的快乐持续得更久的快乐吗？而与此同时，我一想到每天晚上他会一个人入睡，每天早晨他会一个人醒来，内心就充满了惶恐和困惑。

说真的，我无法下结论。尽管老年痴呆症会竭尽所能折磨我们，但它无法夺走每一个人的快乐和爱。人们依然会微笑和大笑，然而，也免不了痛苦的哀号。英国法律还未支持安乐死，但两年前库珀斯切斯进行过一场关于安乐死的大辩论，人们吵得很激烈，各有各的道理，出发点都是体贴和善意，也都说得非常感人。我不记得伊丽莎白有没有发言。我只就自己在医院临终病房的经验说了几句，还说有些时候，我们会在最后时刻提高药物的用量，以减轻病痛的折磨。

但斯蒂芬还没有走到尽头，对吧？也许不同的人对"终点"的定义不一样？

他们做这个决定之前一定经过了深思熟虑。想象一下他们的谈话吧。人们通常会去瑞士向尊严机构[①]寻求帮助，美国也有两三家了。你必须有能力（身心两方面）表达你的意愿，还要有能力长途跋涉，所以你不能等到最后一刻才去，而这又是另一种残酷了。我查过这些东西，作为一名老人，我当然查过。到了我这把年纪，说自己连一眼都没看过的人都是在撒谎。

伊丽莎白和斯蒂芬无疑不需要尊严机构，无论伊丽莎白想要什么，她都有办法搞到手。救护车来的时候，一名家庭医生刚好离开，我从没在这附近见过这个医生。

我经常开玩笑说伊丽莎白铁石心肠，有时候她确实如

[①] 国外提供安乐死服务的慈善机构。在我国，安乐死是不合法的，属故意杀人罪。

此，但这次不一样。我相信等她准备好了，会把事情告诉我们，但做决定的肯定是斯蒂芬，对吧？他一直是个坚强和有主见的男人。我认为他不能忍受自己身上发生的变故。他的生活正在一步步失控，他必须在他还能做些什么的时候采取行动。

我应该预见到的，伊丽莎白向周四推理俱乐部请了几天假，安东尼上门来理发。我早该知道伊丽莎白和斯蒂芬不会分开，斯蒂芬不可能接受让伊丽莎白照顾他，听凭老年痴呆症一点儿一点儿碾碎他的头脑；他不会允许让伊丽莎白看着他经历接下来的一切。有些人拥有不一样的人生信条。而我一直过于胆怯，不敢破坏规则。

但我能理解。假如格里央求我，我应该也会同意。我不愿向自己承认，但我会同意的。爱可以有许多不一样的含义，对吧？爱弥足珍贵不等于它不能铁石心肠。

我看见伊丽莎白坐在救护车里，跑过去握住她的手，那是爱。我看见罗恩尽其所能跑向她，那是爱。易卜拉欣替我带阿兰出去遛了半个小时，那同样是爱。

我在烤牧羊人派，等我去伊丽莎白家的时候，会把它放进她的冰箱。我了解伊丽莎白，知道她家肯定会一尘不染，但推着吸尘器走一遍也不会有任何坏处，也许还可以帮她点支蜡烛。

我会想念斯蒂芬的，我已经在想念以前的他了。也许这就是伊丽莎白的感受。另外，最重要的，这应该正是斯蒂芬本人的感受。他肯定每天都想念以前的自己。

我会希望斯蒂芬和伊丽莎白这么做吗？不。

我会想要有人为我这么做吗？不。

我会哭着喊着抓住我还拥有的每一秒的生命不放手。我会想要演完整场戏，是好是坏就是另一码事了。

我知道罗恩和易卜拉欣今晚会待在一起，我也知道他们肯定会欢迎我也去坐坐，但我需要时间来思考，关于格里和斯蒂芬，关于伊丽莎白和爱。

我要回想斯蒂芬前几天和我们道别的情形。一位自豪的丈夫，看上去那么英俊，他的笑容像平时一样绽放魔力。斯蒂芬希望人们记住他的这个样子，老天也给他开了绿灯，对吧？

这也将会是他留在我记忆中的模样。斯蒂芬给这个世界的遗言是"你好，头儿""你好，老伙计"。在冬日的阳光下，鸟儿在头顶歌唱，爱包围着他。

62

山坡高处传来施工的噪声,山下的村庄里,人们忙着各自的事情。狗在追逐打闹,送货卡车在卸货。邮递员在送信。

但冷冰冰的阳光无法带来暖意,死亡像锁子甲似的笼罩了库珀斯切斯。

今天是周四,现在是上午十一点,但拼图室里没人。

艺术史课的学生们像平时一样把椅子收了起来,等待中午的法语会话课开始。星星点点的灰尘在空气中沉浮。周四推理俱乐部今天不见踪影,少了他们,库珀斯切斯像是多了一个回音袅袅的大窟窿。

罗恩在给保利娜发短信,身体的每个细胞都在希望着她能回复。乔伊丝替伊丽莎白买了些东西,回来后放在她家门口。她按了门铃,但没人应门。易卜拉欣坐在他家里,盯着墙上油画里的帆船。

伊丽莎白呢?此刻她不存在于我们的这个时空之中。她不在任何地方,也没有在做任何事。波格丹在照看她。

乔伊丝关掉电视,那里面没有她想看的东西。阿兰趴在她的脚边,看着她掉眼泪。易卜拉欣觉得自己应该出去走走,但他没有,而是一直盯着墙上的画。罗恩收到了一条短信,是供电公司发来的。

还有一起谋杀案没有揭开谜底,但那不是今天要做的事情。时间线、照片、推测和计划都只能等一等了。也许永远也破不了?也许死神用他最新的诡计战胜了所有人?现在谁还有心思想要战斗?

他们依然拥有彼此,但今天不行。未来还会有欢笑、揶揄、争吵和爱,但今天没有。这个周四诸事不宜。

外部世界的浪涛在他们周围汹涌激荡,而这个周四只属于斯蒂芬。

63

乔伊丝的日记

　　火葬仪式在坦布里奇韦尔斯举行。我们排成一小队前往那里。灵车在最前面，随后是伊丽莎白，然后是殡仪馆的车子，波格丹和我坐在车上。再之后是罗恩开的轿车，车上除了罗恩，还有保利娜和易卜拉欣。再次见到保利娜，真是个惊喜。最后是克里斯、唐娜和帕特里斯，他们在克里斯的新车上。我不确定这辆车是什么牌子，总之车是银色的，因此挺适合这个场合。

　　我以为火葬场会聚集很多人，然而停车的时候，只有四个人迎接我们，他们三男一女，看上去和我们一样老。他们轮流拥抱伊丽莎白，然后向我们自我介绍。其中的女士叫玛丽安，还有一位非常英俊的男士叫威尔弗雷德，不过另外两个名字我没怎么听清楚。威尔弗雷德大概是波兰人，因为他和波格丹聊了好一会儿，他是在中东什么地方认识斯蒂芬的——我没搞明白所有的细节。玛丽安是在大学里认识斯蒂芬的。你一眼就能看出来，他们曾经是恋人。

　　所以斯蒂芬的伙伴就剩下这么多了，也可能伊丽莎白觉得必须邀请的只有这几个人。要我说，伊丽莎白非必要不会发出更多邀请函。

就火葬场而言，这儿算是挺令人愉快的。天很蓝，阳光灿烂。波格丹、唐娜和克里斯上前抬棺，第四个人是殡仪馆的一名工作人员。不过在最后一刻，罗恩拍了拍他的肩膀，把他换了下来。

我们先走进礼堂，我挽着伊丽莎白的手臂。虽说时间和场合都不对，但我还是对她说她很适合穿黑色。事实上也的确是这样，换了是我，一身黑只会把我吞没。我戴了一枚漂亮的太阳胸针，我认为斯蒂芬肯定会喜欢，它给我增添了一丁点儿活力。我注意到威尔弗雷德在打量它。

这种地方总是尽其所能地给你温和与平静的感觉，让你觉得它就像一个茧，外部世界无法对它造成影响。然而等你看见一道门上方的"消防通道"标牌，喧嚣的现实世界就在这扇门后。另外，有人把一支没盖笔帽的旧圆珠笔落在了长凳上。

灵柩放好之后，波格丹过来在伊丽莎白的另一侧坐下。他哭了，但伊丽莎白没有。唐娜坐在他们背后，不时抬起胳膊，捏一下他的肩膀，只是为了告诉他她陪着他呢。我用同样的方法安慰伊丽莎白，但没人安慰我。

主持追思仪式的是一位优雅的年轻女士，她讲了几件斯蒂芬的逸事（易卜拉欣搜集起来的），念了几段《圣经》，我知道这是必不可少的环节。我参加过很多葬礼了，送别过很多人步入黑暗的幽谷，我的葬礼一定要办得开朗一些。我难以忍受庄严肃穆，不过这大概也是有必要的。格里的葬礼上，只有在牧师说到上帝如何仁慈和宽容时，我才暂时停止了哭泣。

我竭力想象伊丽莎白的感受——我知道她在斯蒂芬的去世中扮演了什么角色，但我希望她能更多地去想她在斯蒂芬的生活中扮演的角色。听完一首我没听过的赞美诗，古典音乐响起，灵柩慢慢移走。这首曲子很陌生——我没在广告或其他地方听到过，不过斯蒂芬非常喜欢听音乐，这一定是他喜欢的曲子。伊丽莎白终于哭了，波格丹搂着她的肩膀，我搂着她的腰，但我看得出来，她根本没有感觉到我们的存在。

我扭头看了一眼，罗恩和保利娜的眼泪都像是决了堤。易卜拉欣垂着头，两眼紧闭。再往后面看，我注意到玛丽安已经走了。

我们一致同意去我家喝杯酒，吃点东西——没必要租个房间，把伊丽莎白摆在那儿供大家观赏。斯蒂芬的朋友们没有和我们一起回来，他们在火葬场与我们道别。玛丽安其实没走，而是坐在外面的长凳上哭。威尔弗雷德过去安慰她。每个人都有自己的故事，对吧？要是你跟着玛丽安或威尔弗雷德回家，谁知道你会发现什么呢！

我把斯蒂芬的照片摆在吃饭的桌子上。照片里的他抽着雪茄，像是正在说笑。我点了几支蜡烛，波格丹拿出棋盘，摆出斯蒂芬最后一次获胜的棋局。他想解释给我听，但我告诉他，我有我的蜡烛就行了。

我们喝了些克里斯带来的英国起泡酒。酒是帕特里斯买的，而且就是在发现多米尼克·霍尔特的尸体之后，"因为参观者有七折的优惠价"。她这话说到了我的心坎上。

点心是在超市买的。

我把收音机调到古典频道——效果不错，除了广告。

重要的是我们要让伊丽莎白知道，我们都在这儿陪着她，她有一伙朋友。"我们"不仅包括周四推理俱乐部的成员，还有一路走来遇到的很多人。不用说，首先是波格丹，还有唐娜，克里斯和帕特里斯，保利娜现在似乎也是固定角色了，连电脑鲍勃都来吊唁了。默文没来，尽管我对他说我们会很欢迎他的，但他的回答是"我又不认识他"。

克里斯有事情要宣布，但你看得出他似乎不太拿得准。有那么一会儿，我以为他要求婚了，但我觉得现在似乎不合时宜。他没有求婚，而是告诉我们萨曼莎·巴恩斯被谋杀了，然后请我们务必保密。他说他知道今天不适合讨论这些事，但他还是觉得我们会希望早点知道。

伊丽莎白选择在这时告辞，接下来的一段时间，她不想调查任何案子。波格丹送她回家，一去就是一个多小时。

我们聊了聊斯蒂芬，又聊了几句萨曼莎·巴恩斯，但兴致不高，因为没了伊丽莎白，聊这些又有什么意义呢？唐娜和男生们聊了聊默文和塔季扬娜的案子，他们玩得挺开心。无论你怎么过，生活都在继续。它就像一辆推土机。

晚上九点左右，大家都走了，我开始洗漱。等待我们所有人的都会是漫长的不眠之夜。

我想打电话给乔安娜，我知道时间很晚了，不过我们的作息时间并不一致。有一次我周六上午九点打电话给她，结果被她数落了一通，而我已经起床三个小时了。希望她会接电话，我只想听她说说这一天过得好不好，拉拉家常。也许聊几句她父亲。

阿兰知道我很难过，它趴在我的椅子旁边，爪子搭在我的脚上，保护我不继续受到伤害。

64

罗恩搂着保利娜。

他很想保利娜,于是发短信给她。保利娜也很想他,但没有回他的短信。他很想保利娜,于是继续发短信,这次说了个马打板球的笑话。保利娜很想她,被他的短信逗乐了,但还是没有回复他。他很想保利娜,于是尽管他知道不应该,但还是给她打了电话。保利娜很想他,但没有接电话。

他还是很想她,于是发短信讲述今天的葬礼,讲述他的感受,说他爱她,很想她。于是她请了一天病假,换上黑衣服,开车来到库珀斯切斯,敲开他的房门,亲吻他,说他不能系西汉姆联的领带去参加葬礼,他说他没有其他的领带,她只好让步了。他说他太喜欢她穿一身黑的俏模样了,她说现在可不是说这种话的时候,然后握住他的手,再也不肯松开。

"你觉得能有人睡得着吗?"罗恩问。

"不,"保利娜说,"伊丽莎白在哭,乔伊丝在烤东西,易卜拉欣在外面散步,假装他在想别的事情。"

"斯蒂芬和伊丽莎白，你认为他们做了正确的选择吗？"

"罗尼①，这种事没有对错可言，"保利娜说，"假如这就是他们想要的。除了自己，他们没有伤害任何人，而每个人都有权伤害自己。"

"比方说明明不应该，但还是一直给前任发短信？"罗恩说。

"协助伴侣结束生命和给前任发短信恐怕不是一码事。"保利娜说，"另外，我也不是你的前任。"

"不是？"罗恩问。

"当然不是，"保利娜说，"咱们都是怪人，罗尼，不过也许这样也挺好。"

"我才不是呢，"罗恩说，"你走遍全世界也找不到比我……"

保利娜用手指按住他的嘴唇。"闭嘴吧！你就是个怪人，所以你的伙伴们都爱你，罗尼。你是个可爱、高大、强壮的怪人。"

"好吧，但你不是怪人。"罗恩说。

"我和你在一起了，对吧？我可没看见有理智的女人排着队要和你在一起。"保利娜说。

罗恩笑了，随即觉得愧疚。"咱们该怎么安慰伊丽

---

① 罗尼（Ronnie）：罗恩的昵称。

莎白？"

"给她一点儿时间，"保利娜说，"陪着她，给她时间。她需要几个星期来……"

罗恩的手机响了，他望向保利娜，保利娜点点头，示意他快接。手机屏幕上显示来电者正是莉齐[1]。

---

[1] 莉齐（Lizzie）：伊丽莎白的昵称。

65

易卜拉欣睡不着,他知道肯定会这样。他知道他会彻夜难以入睡,他知道他会想什么。

他渴望而又触不到的爱人。

他在村子里散步时看到罗恩的窗户亮着柔和的灯光,保利娜在他家,易卜拉欣为此感到欣慰。罗恩今晚需要的正是陪伴。罗恩假装他什么都不缺,不需要任何人。这让易卜拉欣想到了谁来着?

乔伊丝家也亮着灯,她有阿兰陪着她。深更半夜不睡觉,阿兰会喜出望外。她会在电视上看个什么节目的重播,但脑子里全是格里。也许她今晚会和乔安娜通个电话,他希望乔安娜能理解她母亲为什么想和她聊天。

我们会在死亡的日子里亲手掂量与爱的关系,缅怀过去,恐惧未来。回想爱带来的欢乐和我们付出的代价,我们在感恩的同时也会祈求慈悲。这就是乔伊丝为什么会想念格里,罗恩和保利娜为什么会彼此拥抱,一个孤独的埃及老人为什么会半夜在库珀斯切斯漫步,想着他的爱人,想着他的另一段人生。

有朝一日，他或许会说起他的爱人，但也有可能不会。这道闸门一旦打开，就再也关不上了，易卜拉欣不知道自己的心脏够不够强大，能不能接受那份冲击。另外，他能说给谁听呢？伊丽莎白？好吧，她现在应该能理解了。罗恩？得到一个笨拙的拥抱？乔伊丝？万一他在她的眼睛里看见了怜悯怎么办？易卜拉欣不确定自己承不承受得住。

当然了，还有一户人家也亮着灯——伊丽莎白家。接下来的许多个夜晚，她家都会亮着灯。她已经有了太多的黑暗。

易卜拉欣想到盒子，装满了海洛因的盒子，它引起了一连串的麻烦。他所爱之人长眠的盒子，它承载着无边的痛楚。他们大概要放弃追查海洛因的下落了。毒品在谁手上？谁是知情人？谁杀害了库尔德什？无论是谁，凶手都要逍遥法外了。

但他所爱之人长眠的盒子，他敢打开它吗？他敢说出那个故事吗？

死亡的日子也是爱的日子。易卜拉欣对这两者都很了解了。也许现在他该……

他的手机响了。

66

凌晨三点,波格丹在唐娜的怀抱里流泪。

为他做的事情流泪,为他失去的朋友流泪。

为了伊丽莎白,他装出勇敢和坚强的模样。除了葬礼的时候,他没有在她面前掉过眼泪。他只是默默倾听,做一个好帮手。

一周前,他和斯蒂芬下了最后一盘棋。其实算不上真正的下棋,波格丹提出教斯蒂芬下象棋,斯蒂芬也接受了。"一直想试试看来着。"

波格丹本来希望,等他向斯蒂芬演示了棋子的走法,斯蒂芬就会想起来象棋是怎么下的,但斯蒂芬只是不停地摇头。"完全搞不懂,小同志。"不过他们还是坐在棋盘的两端,两个人谈天说地,波格丹假装一切正常。斯蒂芬一向知道他和波格丹在一起是安全的,尽管有时候他甚至不确定波格丹究竟是谁,而波格丹也总能在斯蒂芬身上找到安全感。

斯蒂芬把计划告诉了他。其实伊丽莎白已经跟他说过了,但他还是想听斯蒂芬自己说出来,特别是听到他的决心。斯蒂芬对钝刀子割肉不感兴趣，他不愿慢慢坠入虚无。他想拥有控制权，波格丹不愿剥夺他的这个权利。

葬礼上，波格丹坐在伊丽莎白身旁，他很高兴自己这么做了。唐娜坐在他背后，与他心灵相连，他也很高兴她这么做了。

唐娜吻掉他的眼泪。

"说点别的给我听听，"波格丹说，用说话来止住泪水，"唱个摇篮曲吧。"

唐娜把脑袋埋在他的肩膀上，轻声说："萨曼莎·巴恩斯遭到了钝器的打击，但是从楼梯上掉下去摔死的。"

"谢谢。"波格丹说，眼皮开始合拢。

"加思下落不明，"她继续道，"因此要么是他干的，要么是他在躲凶手。"

"但为什么要杀她呢？"波格丹说，"除非海洛因在她手上。你觉得是这样吗？"

"谁知道呢？"唐娜说，"米奇·麦克斯韦和卢卡·布塔奇都去过储物间，结果白跑一趟，所以有可能是他们去找了她？加思没去过储物间，所以也许海洛因在他手上？"

"呃，"波格丹说，"但我不觉得伊丽莎白有心情继续查下去。"

"她需要大量的时间，"唐娜说，"你觉得她和斯蒂芬的死有关系吗？你觉得她会不会……你明白我在说什么。"

"不可能。"波格丹说,"那是犯法的。"

"别逗了,"唐娜说,"那是伊丽莎白啊,而且我也不怪她,就算和她有关系,你也能理解。犯不犯法对她来说毫无意义。"

"她协助斯蒂芬自杀是犯法的,"波格丹说,"其他人知情不报也是犯法的。假如我知道,那么我就犯法了,假如你知道,那么你也犯法了。"

"我懂你的意思,"唐娜说,"但就当是我在讲故事好了,你会帮她吗?"

"为了伊丽莎白,我会帮忙,为了斯蒂芬,我也会帮忙。"波格丹说。

"就知道你会的。"唐娜说。

"所以你认为毒品有可能在加思手上?他一来二去不知道怎么就找到了?"

"我认为值得查一查,"唐娜说,"我觉得你说得对,伊丽莎白要休息一下,所以咱们自己来把案子查清楚,你觉得好不好?当作礼物送给她?"

"这个礼物很不寻常。"波格丹说。

"而她是个不寻常的女人。"唐娜说。

"你真的认为你能找……"

凌晨三点一刻,波格丹放在床头柜上的手机开始振动。他望向唐娜,唐娜点点头,示意他快接电话。手机屏幕显示来电者是伊丽莎白。

"伊丽莎白,"波格丹说,"你还好吗?需要我?"

"对,需要你,"伊丽莎白说,"唐娜和你在一起吗?"

"是的。"波格丹说。

"也带上她,"伊丽莎白说,"我知道海洛因在哪儿了。"

67

她还有可能睡觉吗？伊丽莎白躺在床上，思考一颗破碎的心怎么还能跳得这么快。

凌晨两点五十五分。上过夜班或每晚失眠的人都会告诉你，三点到四点的那一个小时是最漫长的。孤独蛮不讲理地完全占据上风，钟表的每一声嘀嗒都会带来痛苦。

她不得不那么做，这是她反复劝说自己的话。斯蒂芬下了命令，而伊丽莎白知道该如何执行命令。这是正确的选择，没有任何痛苦，斯蒂芬完全控制了他的命运，他是一个重视尊严的人，也配得上那份尊严，这样的死法给了他最后的尊严。

维克托和斯蒂芬谈过之后，把结果告诉了她：我们取得了一致意见，斯蒂芬知道他想要的是什么。

维克托给了她一小盒药物，她懒得问他是从哪儿搞来的，她只想知道会不会很快且无痛。还有，是的，无法查验，这是最终的现实问题。斯蒂芬当然不希望她进监狱，而且实话实说，英国的绝大多数法院也不会想送她进监狱。

但他们别无选择,因为袖手旁观依然会让伊丽莎白成为同谋,英国法律劝人向善,"汝不可杀人"。

家庭医生是情报局的老朋友,伊丽莎白给他时间和地点,他如约赶至。无论谁去查证,他的资格都无懈可击——说不定真会有人去查,谁也说不准——填写死亡时间和死因,拥抱和安慰遗孀,然后他就走了。他们没必要去瑞士,伊丽莎白没必要带斯蒂芬离开他的家。

就这样,斯蒂芬的痛苦结束了。他不再受困于凝滞的头脑,同时还要被一阵阵的清醒折磨,就像即将溺死的人浮上水面,然后再次被波涛吞噬。他不会继续走下坡路了。从现在开始,伊丽莎白只能一个人走她的下坡路了。剩下的痛苦全都是她一个人的,对此她很高兴,她活该承受这一切,感觉像是惩罚。

对什么的惩罚?因为她协助斯蒂芬自杀?是这样吗?不,伊丽莎白对这件事没有愧疚感。她从心底里知道那么做是为了爱,乔伊丝也会知道她是为了爱。不过,她为什么要在乎乔伊丝怎么想呢?

惩罚的是她一生中做过的其他事情,她在她漫长的职业生涯中毫不犹豫地做过的一切,她签字执行的所有命令,她点头通过的所有决定。她在为她的罪孽付出代价。上天把斯蒂芬赐给她,然后作为惩罚,又把他从她身边夺走。她会找维克托聊一聊她的想法,他会感同身受的。她从事的职业，无论理由多么崇高，都没有崇高到能成为漠视生命的借口。日复一日，一个任务接着一个任务，铲除世间的邪恶？等最后一个魔鬼咽气？开什么玩笑？新的魔鬼总是会源源不断地冒出来，就像春天里的水仙花。

所以那一切都是为了什么呢？泼洒了那么多鲜血。

斯蒂芬太好了，她堕落的灵魂配不上他，宇宙知道这件事，于是夺走了他。

但斯蒂芬是了解她的，对吧？他看清楚了她的本质和身份，对吧？而斯蒂芬还是选择了她，对吧？斯蒂芬造就了现在的她，这是不争的事实——他把支离破碎的她重新粘在了一起。

而此刻她躺在床上，被打回原形，胶水失去了效力。

以后的生活该怎么过？生活还有可能继续下去吗？她听见一辆车在遥远的道路上开过，为什么还会有人在开车？还有什么地方值得去吗？门厅的挂钟为什么还在嘀嗒走动？它难道不知道时间已经在几天前停止了吗？

去葬礼的车上，乔伊丝坐在她的身旁，她们没有交谈，因为没有什么可说的。车开到一半，伊丽莎白望向车窗外，看见一个母亲捡起从婴儿车里掉出来的毛绒玩具，她险些笑出声来，因为生活竟然还敢继续下去。他们难道不知道吗？他们难道没有听说吗？一切都改变了，一切！然而什么都没有改变。没有！日子还是老样子。灵车经过一个路口时,等红绿灯的老人脱帽致哀,但除此之外,主街依然如故。两种截然不同的现实怎么能够并存呢?

也许斯蒂芬关于时间的看法是正确的?车窗外,时间在向前走,它从不停歇,连一个步点都没有踩错。但车里,时间已经掉头,正在往回走。

对她来说,比起以后她将要一个人过的生活,她与斯蒂芬共同度过的日子更有意义,而且永远会是这样。她知道她会用更多的时间来缅怀过往,而世界向前飞驰,她会被世界抛在身后,离这世间越来越远。到了某个时候,你看老相册的次数会比看新闻还要多。你会选择与时间决裂,让它去做它该做的事情,而你做你自己的事情。你会停止跟着鼓点跳舞。

她在乔伊丝身上见到了这样的未来。尽管她总是忙忙碌碌,看上去充满活力,但有一部分的她,而且是最重要的那一部分,把自己关了起来。那个部分的乔伊丝永远待在一间整洁的客厅里,格里跷着腿,幼小的乔安娜在拆礼物,小脸笑成了一朵花。

伊丽莎白以前完全不能理解,什么是"生活在过去",但现在她突然理解得极为透彻。伊丽莎白一直觉得自己的过去非常黑暗,充满了抑郁——家庭、学校、不得不妥协的危险工作,还有离婚。然而,三天前,斯蒂芬成为她的过去,而那是她会选择生活的地方。

来参加葬礼的朋友不是很多,她只是召集了几个至交好友。要是库尔德什没死,他大概也会来的吧?过去这几个星期里,斯蒂芬总是把他挂在嘴边。

伊丽莎白重新打开床头灯,她睡不着,要不出去走一走?现在没人会看见她,没人会跑过来安慰她。她想到自己说不定能碰到白雪在巡视它的领地,但随即想了起来,可怜的白雪。伊丽莎白又哭了,为了白雪,也为了库尔德什。她想为斯蒂芬流泪,但她忍住了,因为那会是另一个量级的哭泣。

可怜的小狐狸,埋在农圃旁边,紧挨着斯蒂芬在他最后那几天里格外迷恋的萝卜地。他从来不擅长园艺,那只是他的头脑和他开的另一个玩笑。

她能想象他……

伊丽莎白从来都不知道灵感究竟是从哪儿来的——一个念头突然出现,照亮了先前的黑暗,解释了所有的疑惑。她能想到的最接近的描述是这样的:两个截然不同的念头相互撞击,在刹那间理解了彼此,于是就产生了灵感。

斯蒂芬在最后那几天里经常提到库尔德什:"最近见过他。"斯蒂芬提到农圃和萝卜:"保证你会照看好那块农圃。"

哎呀,我聪明的男人,伊丽莎白心想,尽管自己身处于浓雾之中,他还是为我点了一盏灯。

尽管伊丽莎白早就离开了情报局,但她还是拥有一些特定的保护措施——紧急按钮、热线电话,以防她的过去爬出来找她的麻烦。而此刻她突然意识到,她几乎可以肯定自己也有一个无法追查的电话号码,代码777。

她太蠢了!库尔德什那天下午打的第二个电话是她家的固定电话,打给了她英俊的斯蒂芬。

斯蒂芬现在是伊丽莎白的过去了,也许有朝一日她能找到办法忍受这个事实。但是,在接下来的几天里,斯蒂芬或许依然是她的未来。

伊丽莎白心想,这会儿打电话给波格丹是不是太晚了。然后她想了起来,时间已经停止走动,波格丹多半和她一样睡不着,于是决定去打电话。

不过,为了确定一下,她还是先穿上鞋子和大衣,爬上山坡。她撬开农圃工具棚的门锁,感谢罗恩,有一把崭新的铁铲在等着她。

第三部分

家是你最好的归宿

68

大约二十分钟前，乔伊丝接到了召集电话，这会儿她裹着厚厚的冬衣爬上了山坡。迎接她的是伊丽莎白和波格丹，回头望去，她看见易卜拉欣、罗恩和保利娜也在走向他们。

"希望我没有吵醒你。"伊丽莎白说。

"你知道你没有，"乔伊丝说，"我在一边看《古董名人游全国》一边哭。波格丹，你真的应该穿件外衣的。"

"波格丹认为穿外衣是软弱的表现。"伊丽莎白说。

"对。"波格丹赞同道。

"要是早知道，我就带个保温杯了，"乔伊丝说，易卜拉欣、罗恩和保利娜来到了他们身边，"我能回去一趟吗？"

"美好的凌晨，正适合做这种事。"罗恩说，上前拥抱伊丽莎白。伊丽莎白不情愿地接受了。

"别养成习惯了。"伊丽莎白说，挣脱他的怀抱，"谢谢大家能来。"

"你那么说之后，"乔伊丝说，"我还以为咱们已经放弃找海洛因了呢。"

"我自己也一样,"伊丽莎白说,"但我睡不着——你能想象的,满脑子都是斯蒂芬。"

"当然了,"乔伊丝说,"我也一样。呃,我是说斯蒂芬和格里。"

"过往的一切在我的脑子里奔腾,其中的幸福对我来说全部是惩罚。然后我想到了库尔德什,"伊丽莎白说,"要是他能来参加葬礼该有多好。还有,斯蒂芬最近总是提到他。"

乔伊丝注意到罗恩看了一眼波格丹,也开始脱上衣。他可不愿在男子气概这方面输给任何人。

伊丽莎白说了下去:"但然后,我的思绪就拐进了形形色色的分岔路,猜想斯蒂芬为什么总是提到他的各种可能性。他说他最近见过库尔德什,我们都以为他在说他和波格丹还有唐娜去古董店的那次。"

"不是吗?"波格丹问。

"我突然想到,"伊丽莎白说,"也许是我疏忽了,斯蒂芬会不会在更近的最近见过库尔德什?"

"你想说什么?"罗恩问,假装没有冻得发抖。

"斯蒂芬会不会在圣诞节之后见过库尔德什?"

"库尔德什带着海洛因失踪后?"乔伊丝说。

"嗯,我们知道库尔德什遇到了麻烦,"伊丽莎白说,

"他打电话告诉了妮娜。假如妮娜帮不了他,他接下来会打给谁?"

"斯蒂芬。"易卜拉欣说。

"当时的库尔德什进退两难,"伊丽莎白说,"一批毒品落到了他手上,他自作聪明,决定占为己有。"

"需要找一个他信得过的帮手?"唐娜说。

"正是如此,"伊丽莎白说,"一个老搭档,一个他最近见过的人,一个他能完全信任的人,一个住得非常偏僻的人。"

"但斯蒂芬会一口回绝他的。"乔伊丝说。

"也许他确实会,"伊丽莎白说,"但我不这么认为。我认为二十七日我们带着唐娜去找默文的时候,库尔德什过来了。两个老家伙,一批值钱的毒品,身后的麻烦紧追不舍。把盒子藏在哪儿能比藏在库珀斯切斯更安全呢?"

"我们找到白雪的时候,"波格丹说,"斯蒂芬说这儿的土地硬得像石头,很难挖。我当时没有多想。"

"他叫我替他照看一块农圃,但他根本没有种过地,"伊丽莎白说,"还说了一遍又一遍。库尔德什和农圃,库尔德什和农圃。"

"所以毒品就埋在这儿?"唐娜说,"这是你的推测?"

"我们很快就会知道的。"伊丽莎白说,"波格丹,能帮个忙吗?"

波格丹拿起崭新的铁铲开始挖地,尽量接近萝卜。

"需要帮忙吗,波格丹?"罗恩问。

"我没问题。罗恩,"波格丹说,"谢谢。"

波格丹继续挖地,金属刮过坚硬的泥土,易卜拉欣像小学生似的举起手。"不好意思,"易卜拉欣说,"也许是我太笨,但我不明白,斯蒂芬为什么要帮库尔德什?"

"他们是老朋友了,对吧?"罗恩说,"就像我会帮你一样。"

"假如我在埋海洛因,你也会帮我吗?"易卜拉欣问,"你难道不会说'别把海洛因埋起来,易卜拉欣'?不会说'拿去找警察,易卜拉欣'?不会说'还给黑帮,免得他们杀了你,易卜拉欣'?"

"呃,我肯定不会叫你拿去找警察。"罗恩说。

"说得好。"保利娜说。

"不过我明白你的意思,"罗恩说,"他为什么会答应,莉齐?掺和毒品的事情,这可不像斯蒂芬。"

"有可能是因为友谊,罗恩。"伊丽莎白说,"也有可能是有勇无谋。但最有可能的是,他并不明白库尔德什要他做的事情代表着什么。"

这话让众人安静了一会儿,黑暗的山坡上只能听见波格丹挖土的声音,还有罗恩重新穿上外衣的窸窸窣窣声。

波格丹的铁铲碰到了一个硬东西。"找到了。"他说,拨开那个东西周围的松散泥土,然后跪下,从洞里掏出一个方方正正的丑陋小盒子放在地上。

"斯蒂芬,你个老浑蛋。"罗恩说。

盒盖上有个小小的搭扣,众人盯着它看了好一会儿。

乔伊丝最终觉得外面太冷,不能再耗下去了。她在盒子前跪下,抬头看着其他人。"我来蹚这个雷吧?"

众人点头,乔伊丝把手指放在搭扣底下,轻轻一用力,盒盖缓缓打开。她确定盒子里会是空的——她不知道为什么,但她就是很确定——她抬起盒盖。

盒子不是空的,而是装满了白色粉末。

"确定是海洛因吗?"罗恩说,"不会是洗衣粉吧?"

保利娜弯下腰,掏出钥匙,割开塑料袋。她润湿指尖,蘸了一点儿粉末,然后舔了舔。

"是海洛因。"她说。

"还好有你在,保利娜。"伊丽莎白说。

"十万英镑的海洛因。"罗恩说。

"已经害死了好几个人。"易卜拉欣说,扫视四周,像是在寻找树丛里的狙击手。

乔伊丝合上盒盖,把盒子夹在胳膊底下。"我能说几句吗?很正式的那种。"

其他人示意演讲台交给她了。乔伊丝不确定该怎么表达内心的想法,但她还是想说点什么。

"换作平时,应该由伊丽莎白带领大家,但这次我不能允许。伊丽莎白有更重要的事情要处理,因此就由我继续带领大家了,请原谅我,伊丽莎白,但这是我的立场……波格丹,麻烦你穿件上衣好不好……所有人都在找的东西已经落在了咱们手上,这个小盒子,让所有人为它大开杀戒。库尔德什、多米尼克·霍尔特、萨曼莎·巴恩斯,天晓得还有谁要葬身于此。没人知道它在咱们手上,这么一来,咱们就占据了非常有利的位置。"

"说得很好,"易卜拉欣说,"非常像伊丽莎白。"

"谢谢夸奖,"乔伊丝说,"所以我建议这么做。伊丽莎白,你尽量少出力,一切都交给我们了。至于咱们其他人,还睡得着的就回去补个觉,然后尽快放出风声,说我们找到了海洛因。不提在哪儿找到的,也不提它在哪儿,只说在我们手上。接下来就等着吧。"

"等他们也来干掉咱们?"罗恩说,"确实很像伊丽莎白。"

"完全正确,"乔伊丝说,"咱们等着看谁会来杀咱们。咱们用海洛因设个陷阱,看它能不能把杀害库尔德什的凶手引出来[①]。没人能说得准,对吧?我们必须推动事态的发展。"

乔伊丝用自己平生最严厉的目光扫视众人,她不接受

---

① 原文"see if it leads us to whomever murdered Kuldesh",其中"whomever"应为"whoever",乔伊丝因紧张口误了。

反对意见。"这是我们献给斯蒂芬的礼物,可以吗,伊丽莎白?"

伊丽莎白朝她的好朋友点点头。"是'找到杀害库尔德什的凶手'[①],除此之外,都是对的。"

---
① 此句是伊丽莎白纠正乔伊丝在上句中的单词错误。

69

克里斯从没召开过晚宴。不过,周日中午吃蔬菜咖喱,这算是晚宴吗?

"把暖气关小一点儿。"帕特里斯对克里斯说,然后为乔伊丝斟酒。

克里斯认为这就是晚宴了,算是吧。唐娜和波格丹,乔伊丝和易卜拉欣,克里斯和帕特里斯。海洛因找到了——当然能找到了,克里斯凭什么会怀疑呢——现在他们需要做的只是用它钓出杀人凶手,这简直易如反掌。

"我在WhatsApp[①]建了个群,就叫'谁杀害了库尔德什'。"易卜拉欣说,"你们当然都被拉进群里了。我现在无纸办公了,所以通过电子表格向你们发送情况说明,你们可以在手机上看到。"

"你知道吗?为了制造手机,他们在开采钴矿。"帕特里斯说。

[①] WhatsApp:一款通信应用程序,可即时发送和接收信息、照片、音频和视频文件。

"谢谢，"易卜拉欣说，"一次打好一场仗就行了。"

不同的手机发出不同的提示音。

"罗恩和伊丽莎白也在群里，"易卜拉欣说，"不过我觉得咱们目前别太依靠伊丽莎白了。你说呢，波格丹？"

"我说，"波格丹答道，"是的。"

"罗恩太固执，拒绝了解 WhatsApp 是怎么用的。"易卜拉欣继续道。

唐娜在手机上打开附件。"'谁死了？'哇，一上来就这么刺激。"

"谢谢，"易卜拉欣说，"谁死了？库尔德什死了，多米尼克·霍尔特死了，萨曼莎·巴恩斯死了。唐娜说，那个叫伦尼的人也死了。"

"他是米奇的手下，"唐娜说，"在阿姆斯特丹被干掉了。我昨天在咖啡机旁边，听一个犯罪调查局团队的人跟我显摆时说的。"

"我来把他加到死亡名单里。"易卜拉欣说，"咖喱闻起来很诱人，克里斯。"

"确定不需要我帮忙吗？"乔伊丝说。

"该切的都切好了，该削的都削好了，该炖的都炖上了。"克里斯在灶台前说，"你们喝你们的酒，聊你们的毒品凶杀案吧。"

"好了，我把伦尼加在'谁死了？'里面了。"易卜拉欣说。

"那么,谁还活着呢?"波格丹看着手机屏幕说。

"米奇·麦克斯韦还活着。"易卜拉欣说,"卢卡·布塔奇还活着,加思应该也活着,但自从他妻子被杀,就没人再见过他。我认为'谁活着?'名单里的某个人杀死了'谁死了?'名单里的至少一部分人。咱们应该把妮娜·米什拉和琼乔·梅勒也放进'谁活着?'名单,因为他们从一开始就卷入了这个案子。乔伊丝,你为什么不看手机?"

"我打不开电子表格,"乔伊丝说,"不过我保证我都听懂了。妮娜·米什拉会是个非常迷人的杀人犯,但琼乔·梅勒也许有点次?现在还能说人'次'吗?"

"是不是应该把经常去监狱见康妮·约翰逊的中年女人也加进去?"唐娜说。

"饭来了。"克里斯说,把一锅热气腾腾的咖喱端到桌上。这张桌子多年以来一直不受待见,总是堆满了外卖菜单和旧报纸,偶尔还会有犯罪现场的照片。现在你看看它,体面的人们坐在桌边,手里拿着刀叉,正在往盘子里舀米饭。克里斯的进步是多么惊人哪,不过他也注意到,有一张萨曼莎·巴恩斯尸体的放大照片摆在秋葵旁边,所以有些东西并没有改变。

"非常好吃——就蔬菜而言。"唐娜说。

"真的很好吃,"乔伊丝说,"罗恩肯定不喜欢。"

"他今天去哪儿了?"帕特里斯问。

"和保利娜去芳疗馆了。"易卜拉欣说。

"所以他们和好了?"帕特里斯说,"他俩这一天天的,就像在演《爱情岛》[①]。"

"《爱情岛》的波兰版叫《爱情山》,"波格丹说,"有一次还冻死了一个人呢。"

"自己来,多吃点。"克里斯说,这是他一直想说的台词。大家聊得很起劲,素咖喱也着实不赖。唐娜说得对:大家根本吃不出来那是茄子。

"盗马贼后来怎么样了?"乔伊丝说。

"这是我们碰到过的最困难的案子,"唐娜说,"我们到处都去看过了,找不到马。"

"海洛因在哪儿?纯粹出于好奇问一句。"克里斯说。

"一个安全的地方。"乔伊丝说。

"通常来说,乔伊丝,那就是你家的茶壶里。"唐娜说。

"茶壶放不下,"乔伊丝说,"所以在微波炉里。"

"不会还在盒子里吧?"波格丹说,"太脏了。"

"当然不,我好好洗了一遍那个盒子,正适合装我水槽底下的那些零碎。"

"浪费可耻,节约光荣。"易卜拉欣说,"克里斯,你知

[①] 《爱情岛》(*Love Island*):一档恋爱真人秀,几名单身人士来到一个小岛共同生活一段时间,各自寻找自己的伴侣。

道吗？茄子其实是一种水果，美国佬叫它 eggplant，因为最早的茄子是白色卵形的。"

"我还真的不知道呢。"克里斯说。

"我发你一篇文章。"易卜拉欣说，"唐娜，咱们的塔季扬娜计划也要更新一下了，我觉得情况有突破了。"

每个人的手机再次发出不同的提示音，是群消息。克里斯看了一眼，是罗恩发的，天晓得为什么，是一张熊猫戴帽子的照片。他们看见易卜拉欣在写回复，发进群里："谢谢，罗恩。"

"你们怎么让所有人知道海洛因在你们手上？你们打算怎么设陷阱？"帕特里斯问。

大家似乎都过得很开心，克里斯心想，真的聊得很起劲，所以今天的宴会可以算是成功吗？他觉得可以。

"非常简单，"易卜拉欣说，"明天我又要去见康妮·约翰逊了。我会告诉她我们找到了毒品，还会叫她绝对不能说出去。"

"然后就等她告诉所有人好了，"乔伊丝说，"帕特里斯，再来一点儿你的那个酒倒是也不错。然后咱们等着看，会不会有人来杀我们。"

70

这次易卜拉欣表现得更有职业精神,他为康妮做完了整一个小时的心理治疗,让她的钱花得物有所值。他们探讨了痛苦,探讨了人们想逃避某些东西,却往往会把自己扭曲成它的模样。

告辞的时候,易卜拉欣扔下了"炸弹"。

"你们就这么挖到了?"康妮问,"价值十万英镑的货?"

"是的,人们说它价值十万,"易卜拉欣说,"不过我不怎么了解市场行情。"

"有多重?"康妮问。

"1.2公斤,"易卜拉欣说,"乔伊丝的厨房秤称的。"

"1.2公斤,阿富汗直发,"康妮说着心算了一下,"十一万英镑左右。没稀释过吧?"

"不知道,"易卜拉欣说,"我可以问问保利娜。"

"有多白?"康妮问。

"非常白。"易卜拉欣说。

"那就很可能是纯的,"康妮说,"等拆家①稀释完,估计就值四十万英镑了。"

"我以为你只了解可卡因呢。"易卜拉欣说。

"渔夫也需要知道薯条的价钱,"康妮说,"你们打算怎么处理?"

"不知道,"易卜拉欣说,"换作是你会怎么处理?"

"卖掉呗,"康妮说,"易卜拉欣,我是毒贩。"

"呃,对,"易卜拉欣说,"但假如你是我们,你会怎么做?"

"易卜拉欣啊,最简单的办法当然是交给警察,"康妮说,"但你们这帮人从来都不走寻常路,对吧?"

易卜拉欣点点头。"是的,我们是这么看的,假如交给警方,他们能帮我们找到杀害库尔德什的凶手,那就这么做好了。但我认为乔伊丝和伊丽莎白不怎么信任里甘高级调查官,她们觉得也许我们更适合去查明真相。"

"你们比之前更接近凶手了吗?"康妮问。

"嗯,米奇·麦克斯韦和卢卡·布塔奇还在找海洛因,"易卜拉欣说,"他们看上去很着急。"

"海洛因就是有这个本事。"康妮说。

"而萨曼莎·巴恩斯也被谋杀了,她丈夫加思下落不明,

---

① 拆家:毒品分销商。

搞不好也死了。不过他不像很容易被干掉的那种人，所以应该还是下落不明。"

"他们知道海洛因落到你们手上了吗？"

"我们没告诉过任何人，"易卜拉欣说，"我们还在策划下一步的行动。"

"那好，反正我是不会告诉他们的。"康妮说。

"那我就指望你了，康妮。"易卜拉欣说，"我认为咱们是彼此信任的。"

"不过我能以我的专业身份，说一说看法吗？"康妮问。

"请讲，"易卜拉欣说，"你知道的，我鼓励咱们坦诚交换意见。"

"从大局来看，"康妮说，"1.2公斤海洛因并不多。"

"放在乔伊丝的微波炉里看上去可真不少。"易卜拉欣说。

"我只是想让你明白，"康妮说，"米奇和卢卡不会为了区区1.2公斤海洛因杀人。"

"但还是死了很多人。"易卜拉欣说。

"太多了，"康妮说，"每个人都在疑神疑鬼，连阿富汗人都来了一个。背后或许还有更大的事情，或者更大的人物——记住我的话。"

"但这些并不能回答最重要的问题：库尔德什是谁杀的？"

"嗯，那是你们的任务，不是我的。你知道，我挺忙的。"康妮说，"不过库尔德什偷了英格兰南部最大的两个毒贩的东西，一天过后，他被打死了。凶手并不难猜，对吧？"

"所以你认为是卢卡或米奇杀了库尔德什？把他骗到乡村小道上，然后一枪打死了他？"

"换作是我，就会这么做——没有不尊敬你朋友的意思。"康妮说。

"但到底是他们中间的哪一个呢？"易卜拉欣说。

康妮走到门口，为易卜拉欣开门。"要我说，多半是最后一个死的。你觉得呢？"

"康妮，他们俩都还活着呢。"易卜拉欣说。

"嗯，看他们还能活多久吧。"

"不送我出去吗？"易卜拉欣问。

"我就待在这儿了，"康妮说，"还约了别人呢。"

易卜拉欣出门的时候，康妮拍了拍他的胳膊。她以前从没这么做过。这是个非常亲昵的动作，非常不像康妮会做的事。这代表着什么呢？我信任你？我关心你？我感谢你？无论是什么，都可以算是一种进步。

易卜拉欣回到自由的高墙之外，开车回家的路上，他会思考一下这个问题。

上车的时候，他注意到一个中年女人走进了监狱。

71

从多层停车场的屋顶望出去，英吉利海峡延伸到无穷远的地方，风景美不胜收。可以把这儿改建成公寓楼，米奇心想，看见了前方的两辆车。房地产开发，他应该转战这个行业。贿赂几个本地议员，这一行里没人会企图干掉你，你还有资格选择配色方案呢。等这个烂摊子收拾干净，他要好好考虑一下这个可能性，不过前提是他能活下来。

米奇把他的黑色路虎揽胜停在卢卡的黑色路虎揽胜旁边。卢卡的路虎揽胜旁停着一辆黄色的菲亚特 Uno 小轿车，加思正艰难地从车里钻出来。他看上去像是在车里过的夜。

"朋友，你是在车里过的夜吗？"米奇问。

"对，"加思说，双臂举过头顶，伸了个懒腰，"谢谢你们能来。"

"你发短信给我，里面有我家的地址，说我不来你就用燃烧弹烧了我的家。"米奇说，拍掉衣服上的香肠卷碎渣。

"你扔砖头砸碎了我家前窗。"卢卡说。

"好吧，总之，你们都来了。"加思说，"这才是重点。"

他们站在费尔黑文的高处,俯视这里的街道,寒风凛冽。加思想从他们身上得到什么?他是不是得到了和他们一样的情报?

"你妻子的事情我很抱歉。"卢卡说。

米奇一脸"加思的妻子怎么了"的表情,加思看起来也一脸困惑。

"你说什么?"加思问。

"你妻子的事情我很抱歉。"卢卡重复道。

"他妻子怎么了?"米奇问。

"被人杀了。"加思说。

"我的天。"米奇说。还要死多少人?希望别再死了。至少希望他别死。"抱歉,朋友。"

"她是你杀的?"加思问米奇。

"当然不是。"米奇说。

"那你抱歉个什么劲?说正事吧,我听说海洛因就在那个老人村,你们也听说了吧?"

"是的。"卢卡说。

米奇点点头,昨晚康妮·约翰逊的一名手下把消息带给了他。

"所以咱们该怎么把东西弄到手,但不需要杀了他们?"加思问。

"很有礼貌地问他们要?"卢卡建议道。

"或者做个交易。"米奇说。想象一下,手里拿着毒品去见哈尼夫?好吧,毒品肯定要装在袋子里,但这也只是想象。就算必须花钱买通四个吃养老金的家伙,那就花钱好了,他宁可破产也不想死。把毒品交给哈尼夫,握手,道歉,然后金盆洗手,直接改行去搞房地产开发,或者起泡酒生意。

"我从不做交易。"卢卡说。

"你们看这样好不好?"加思问,"我的建议是这样的。你们俩去凑个二十万英镑,然后咱们一起去库珀斯切斯,带着枪和一箱现金。他们把海洛因交出来,你们给他们十万,咱们转身走人。"

"另外十万呢?"卢卡问。

"那是我的,"加思说,"支付我帮助你们的酬劳,还有我的精神损失费。"

"我来告诉你应该怎么做吧,"卢卡说,"米奇和我去他们那儿,掏出枪挥舞一通,然后拿着海洛因走人。什么都不给他们,也什么都不给你。你觉得如何?"

"我不建议你这么做。"加思说。

卢卡大笑。"加思,我们是毒贩。你是一个昏了头的古董贩子,所以你就滚回家去,处理好你妻子的事,卖你的破钟去吧。"

米奇不太拿得准目前的局面。加思似乎并不简单,绝不是一个普普通通的古董贩子。另外,米奇和村里的那几位老人打过交道,他们不像是能被吓住或脑子不好使的那种人。

"加思,"米奇说,"我们给你五万,给他们五万。不用枪。"

卢卡摇摇头。"得了吧,米奇。咱们干掉他,自己去。"

"别再杀人了,"米奇说,"算我求你了。"

他们听见底下的街上远远地传来警笛声。三个人像猫鼬似的静止不动,直到警笛声逐渐远去消失,他们才继续交谈。

"最后一个了,我保证。"卢卡说,掏出别在后腰的手枪,指着加思。

英式橄榄球界有过一位名叫乔纳·洛穆的伟大球员,他来自新西兰,是毛利人,用他的块头和速度改写了比赛的规则。以前没人见过他这样的角色。他是个庞然大物,就像超大号的坦克,但动作又是那么优雅和迅猛。加思扑向卢卡,拦腰抱住他,把他扔出了停车场屋顶的护栏,这一刻米奇想到的正是乔纳·洛穆。随之而来的是震惊和漫长的死寂,然后是远远的一声巨响和汽车警报器的哀鸣。米奇瞪着加思。加思抬起手整理自己的头发。

"他怎么知道我妻子死了?"加思问。

"什么?"米奇说。他还想说些其他的话,但从嗓子眼儿里只挤出了这两个字。

"他怎么知道我妻子死了?"加思重复道,"只有警察和凶手知道。"

"所以是他……"米奇说。

"他杀了我妻子,而我爱她,"加思说,"我知道我不像情感充沛的那种人,但我真的爱她。"

"我明白了,"米奇好不容易才镇定了一点点,"现在怎么办?"

"有大约七分钟的时间供咱们逃跑,"加思说,"开你的车。"

"去哪儿?"米奇问。

"库珀斯切斯,"加思说,"看能不能把你的海洛因弄回来。"

"别杀人,"米奇说,"我是认真的。死的人够多了。"

"我什么都没法保证,"加思说,"但只要他们肯配合,就不会有事的。"

米奇听见底下传来了人们的尖叫声,打心底里觉得恶心。为什么他认识的人在一个一个死去?他到底做错了什么?

老天哪,快让这一切结束吧。求求你,让我活着脱身吧。

72

易卜拉欣知道现在只能耐心等待了。肯定会有人来库珀斯切斯找海洛因,每一辆开进社区铁门的陌生车辆都有可能载着死神。

所以今天找点事情帮他们分分心,倒是也不错。

塔季扬娜的朋友"杰里米"今晚要来取钱,更确切地说,他以为他要来取钱。说真的,他恐怕要大吃一惊了。乔伊丝为他准备好了一个计划,她越来越习惯于制订计划的角色了。

傍晚六点半,所有人在乔伊丝家集合。唐娜已经来了,正在享受乔伊丝的款待。因此,假如今天有人想来抢走海洛因,他们至少能在人数方面占据上风。

易卜拉欣请鲍勃过来的时间稍微早了一点儿,他也不明白为什么。好吧,实话实说,也许他是明白的。时间会证明一切。

"鲍勃,你觉得我们怎么样?"易卜拉欣问他,倒了两杯薄荷茶。

"我一直觉得我就是学不会看人,"鲍勃说,"我从来都不擅长和别人相处。每个人对我来说都是一个谜。"

"真正的灵魂都是不可知的。"易卜拉欣说。

"这话是谁说的?"鲍勃问。

"我、弗洛伊德、荣格,还有其他很多人,"易卜拉欣说,"所以我才喜爱我的工作。你能够了解的东西永远有限,我们对彼此来说永远遥不可及。"

"确实如此。"鲍勃赞同道。

"我认识一个女人,"易卜拉欣说,"她贩卖可卡因,弹弹手指就能干掉碍事的人。然而这个周一,她像情人似的拍了拍我的胳膊。"

"我觉得这恐怕没法粉饰杀人的罪过吧,"鲍勃说,"还是说我搞错了?"

"没有,我的天,当然没有。"易卜拉欣说,"而今天她送给我一束漂亮的花,就在水槽里。"

"我喜欢花,"鲍勃说,"但从没考虑过要买给自己,这会让我觉得傻乎乎的。有一次,这是几年前的事了,我买了些兰花,付钱的时候我说是买给我妻子的。我也不知道为什么,总之,最后我把花留在火车上了。"

"过去这几个星期,鲍勃,"易卜拉欣说,"和你一起做事让我非常高兴。"

"除了刚开始,"鲍勃说,"我觉得我也没帮什么忙。"

"但你过得很开心,对吧?"

"你别说,还真的是呢。"鲍勃说着喝下第一口茶,"平时我只是在网上玩问答游戏,要么就是读些乱七八糟的东西,要么就是等着吃饭,塔季扬娜让我有别的事情可以去做。我觉得我一个人待得太久了。"

易卜拉欣点点头。"能有的选是件好事,对吧?"

"还有我喜欢看斯诺克,"鲍勃说,"我甚至也喜欢回答乔伊丝的问题。"

此刻像是个好时机,对吧?是不是?易卜拉欣觉得,人恐怕永远也等不到一个百分之百的好时机。

"知道吗,鲍勃?我二十岁的时候是个医学生。"

"我怎么可能知道?"鲍勃说,"那会儿我是工程师,在我父亲工作的厂子里做事。"

"噢,我能想象,"易卜拉欣说,"多说一点儿?"

"不行,易卜拉欣,"鲍勃说,"你先多说说你自己。"

"你确定?"

"咱们有半个多小时呢。"鲍勃说。

"那就听我说吧。"易卜拉欣说着回到他的座位上。他选择不从正面看鲍勃,而是望着墙上的帆船油画,多年来他带着这幅画从一间办公室搬到另一间。"我从前住在伯爵宫,知道那是哪儿吗?"

"知道,伦敦的学生区。"鲍勃说。

"是的,"易卜拉欣说,"我没什么钱,不过我拿到的奖学金帮我渡过了难关。我经常学习一整个白天,晚上回家睡觉。我的房间很小,卧室和起居室是同一个房间。那应该是一九六三年。"

"披头士。"[①] 鲍勃说。

"对,披头士。"易卜拉欣说,"我的英语很好,我在中学里学过。我和其他学生相处得也挺好,我喜欢吃咖啡馆的饭,有时候会去听爵士乐——只要不收钱。"

"听起来很惬意嘛。"鲍勃说,"我能拿块饼干吃吗?"

"请随意。"易卜拉欣说,朝盘子指了指,"一天晚上,我认识了一个叫马立厄斯的人。"

"好的。"鲍勃说,随即啃起一块巧克力威化饼。

"马立厄斯喜欢爵士乐,没我那么喜欢,但还算爱听,我在克伦威尔路旁边的一家酒吧认识的马立厄斯。那家店叫红樱桃。"

"嗯哼。"鲍勃说。

"早就没有了,"易卜拉欣说,"现在那儿是一家超市。"

"就像咱们熟悉的一切。"鲍勃说。

"我总是一个人坐着,"易卜拉欣说,"我会带上报纸,尽管多半是已经读过的,但这么一来,我一个人坐着就不

---

① 1963年,"披头士狂热"横扫英伦三岛。

会觉得太尴尬了。马立厄斯坐在隔壁的桌子旁,同样带着报纸。咱们是不是该出发去乔伊丝家了?"

鲍勃看看手表。"咱们的时间还很充足。"

易卜拉欣点点头。"是的,我也这么觉得。我后来发现,马立厄斯是德国人,但看外表你是不可能猜到的。要说马立厄斯像哪个国家的人,那就是芬兰人。马立厄斯对我说的第一句话是'我猜你已经读过那份报纸了',我回复的第一句话是'抱歉,我的记性不好',不过马立厄斯请我喝了一杯。当时我其实不怎么喝酒,不过我还是要了一杯啤酒,因为人应该入乡随俗,对吧?"

"是的,"鲍勃说,"大家会喜欢这样的人。"

"我花了很久才喝完,"易卜拉欣说,"马立厄斯喝得非常快。不过,也许只是一般人的快,你明白我的意思。"

"相比较而言。"鲍勃说。

"对,"易卜拉欣说,"我们聊了起来,马立厄斯说自己在帝国学院学化学,那所学校也在伦敦。"

"我知道,"鲍勃说,伸手去拿第二块饼干,"一块永远不过瘾,对吧?"

"糖和脂肪的组合,"易卜拉欣说,"能让咱们丧失理智。然后爵士乐队开始演奏,是个四重奏,音乐非常柔和,技法很老到,于是我开始听,马立厄斯也开始听,然后不知不觉间,我们就在一起听了。"

"听起来很快乐嘛。"鲍勃说。

"确实非常快乐,"易卜拉欣说,"这个词用得好。我都想不出在此之前,我有没有和别人一起做过这么快乐的事情。马立厄斯去洗手间的时候,我喝完杯子里剩下的啤酒。等马立厄斯回来,我已经买好了两杯啤酒,马立厄斯说谢谢,问我有没有在伯爵宫地铁站旁边的那家意大利馆子吃过饭。我没有吃过,不过我说我吃过,因为我不确定我该怎么回答,马立厄斯说等四重奏完了,我们不妨去那儿吃个饭,我说我有约了,马立厄斯说取消好了。"

"你真的有约了?"

"那会儿我没跟任何人约会过,"易卜拉欣说,"于是我叫了海鲜意面,马立厄斯要了一样的。"

"然后呢?"鲍勃问。

"问得好,"易卜拉欣说,"每个故事都必定有它的'然后呢'。马立厄斯说要送我回家,我们互道晚安时,马立厄斯说要是我感兴趣,下周同一时间我们还可以一起去那家酒吧。"

"那你感兴趣吗?"

"当然,"易卜拉欣说,"所以下周我又去了,还是带着报纸,你明白吧?以防尴尬。"

鲍勃点点头:"嗯。"

"这次我要了一杯葡萄酒,"易卜拉欣说,"因为我觉得我应该坦诚一点儿。还是同一个四重奏,我们去了同一家餐馆,我们聊德国,聊埃及,聊我们为什么离家千万里,我说了说我父亲,我以前从没这么做过,后来也没有过,而马立厄斯的手在桌子底下握住了我的手。那时候我觉得自己必须非常谨慎。"

"是的。"鲍勃说。

"过了一个月左右,我们一起搬进了一套两居室的公寓,"易卜拉欣说,"在哈默史密斯。知道那地方吗?"

"知道。"鲍勃说。

"马立厄斯找了份工作,骑车为一家报社送报,我在一家伞店打工,这样就能付得起房租了。我们继续念书。后来有一份好工作在等马立厄斯,拜耳——一家化工企业,也许现在也还是。马立厄斯非常强势,同时又很脆弱,而我袒露了内心,我曾经以为那是不可能做到的。鲍勃,我有时候会说很多关于爱的胡话,但那时候我们真的彼此坦诚。我好像从没把这件事告诉过任何人。"

"是啊,"鲍勃说,"是啊。"

"马立厄斯的学业快要结束了,"易卜拉欣望着墙上的帆船,"但那份工作的地点在曼彻斯特,因此我们必须做出决定,是继续还是分手。要我说,我们的未来并不乐观。我考虑转到北方的一所大学去,得到的消息是不成问题,因为我成绩很好。你能猜到我当时是怎么想的吗?"

"孤注一掷，"鲍勃说，"不顾后果。"

"是的，"易卜拉欣说，"过去恐惧一直主宰我的行动，破天荒地，我决定从本心出发，毅然迈出了一大步。"

"嗯。"鲍勃说。

"我们搬到曼彻斯特后的一天，有人来敲门，"易卜拉欣说，"五月的一天，晚上九点半左右，天刚黑。我做了红酒炖牛排。来的是个警察，他告诉我，马立厄斯在斯特兰德街骑车出了车祸，当场身亡，他问我知不知道马立厄斯父母的联系方式。"

"我太遗憾了。"鲍勃说。

"我这才发现，我没有他们的联系方式，他们和马立厄斯断绝来往了。但我最后还是和警察说我会联系他们的，看得出警察很高兴，因为他可以把这个重担甩给别人了。于是，我打着马立厄斯父母的幌子安排了一切，在圣潘克拉斯为马立厄斯举行了火葬，我提出带走骨灰。"

"骨灰放在哪儿了？"鲍勃问。

"那幅帆船画背后有个保险箱。"易卜拉欣说。

鲍勃抬起头，望着墙上的油画。"你没有选择把马立厄斯放在外面？"

"老习惯恐怕很难改掉，"易卜拉欣说，"我把我的秘密锁了起来。"

鲍勃点点头。

"时间好像到了,"易卜拉欣说,"非常感谢你,愿意听我唠叨。"

鲍勃看看手表。"对,咱们该行动了。"

两个人一起站起来。

"谢谢,鲍勃。"易卜拉欣说。

"什么话!"鲍勃说,"我想听你故事剩下的部分。"

"你已经听完了。"易卜拉欣说。

"嗯,对,"鲍勃说,"但总是有一个'然后呢'。"

73

加思开车的风格正如他的人生信条,他冷静而坚决地认定一切规则都不适用于他。

但这并不是说他很鲁莽,不,完全不。当然,他会闯红灯,但他在闯红灯前会检查两侧的交通状况。是的,他会开上路沿甚至人行道,以绕过排队的车辆,但假如人行道上有行人,加思会摇下车窗,为自己惊扰了他们而道歉。他险些撞上一个等公共汽车的女人,但他主动让她搭车,送她到附近的一个村庄。

外面一片漆黑,但加思只有在绝对必要时才开大灯。"米奇,这个国家的光污染太严重了,"他说,"在加拿大,你依然能看见银河。"

要米奇形容自己此刻的感受,他会说五味杂陈。一方面他刚刚眼看着一个老朋友被人从五层停车场的屋顶扔了下去,另一方面他正在去拿海洛因的路上,就快保住自己的小命了。生意人的生活就是这么飘摇不定。

"你觉得肯定在那儿吗?"他再次问加思。

"什么?海洛因?当然,"加思说,"不需要担心。"

"不需要担心?"米奇说,"知道吗?要是拿不回来,我这个星期就得死。"

"你瞎猜的?"加思说。

"瞎猜?不,是我确信。"米奇说。

"不觉得很奇怪吗?"加思说,出于某些米奇无从想象的原因,他把车开到了马路的另一侧。

"我觉得一切都很奇怪,"米奇说,"你为什么把车开到马路的另一边?"

"反正对面没车,我爱怎么开就怎么开。"加思说,"但你不觉得奇怪吗?为了区区十万英镑搞得这么鸡飞狗跳?"

"我在这一行见过各种各样的怪事。"米奇说。

"你是个聪明人吗,米奇?"加思问,"你自己怎么认为?"

这是个中肯的好问题,米奇曾经以为自己很聪明——在搞出这个烂摊子之前,在这批货出意外之前,在人们一个接一个死去之前——万一他不过是运气好怎么办?鲁莽加上好运气,能让你走得又远又稳。米奇意识到他已经失去了很大一部分自信。他岳父说过,一个人老的时候,最早完蛋的三样东西是膝盖、视力和自信心。米奇又看了一眼加思——这个壮硕如山的汉子,他的在乎和不在乎似乎是等量的,且都破坏力巨大。

"关于你妻子,我真的很抱歉。"米奇说。

"谢谢你,朋友,"加思说,"我不容易受伤害,但这件事把我伤得很重。"

"想谈一谈吗?"

"免了,"加思说,"尤其不想和你谈。"

"你真的认为是卢卡杀了她?"米奇说,"我觉得也许……"

"我说过了,不想和你谈。"加思说,结束了这个话题。

驶向库珀斯切斯的路上,米奇渐渐意识到,现在是加思说了算。海洛因也许是米奇的,但有人杀害了加思的妻子,加思刚刚把卢卡·布塔奇从停车场的屋顶扔了下去,而他很可能还有一把更大的枪。因此,米奇暂时乐于伏低做小。不过他猜他们两个人都明白,等海洛因到手,接下来会发生什么就没人知道了。

74

乔伊丝的公寓里现在有五个人，乔伊丝、伊丽莎白、罗恩和易卜拉欣全员到齐，外加他们的新朋友电脑鲍勃。易卜拉欣看得出，鲍勃觉得自己就像披头士的第五名成员。见到他这么开心，易卜拉欣也很高兴，他高兴还有另一个原因，自己终于把深埋于心的事情告诉了另一个人。

几分钟以前，这儿还有六个人，但乔伊丝派唐娜去外面躲在灌木丛后面了。

从他们把海洛因挖出来的那一刻起，乔伊丝就做好了完整的计划。易卜拉欣为认识她而感到自豪。

笔记本电脑架了起来，茶也倒好了，他们还从餐厅借来了几把椅子。这时门铃响了，他们知道这应该是今晚的最后一次。到了这个时候，阿兰已经欣赏过三次门铃响了，快活得不知道如何是好。

乔伊丝打开门，站在门外的是个年轻男人，他显然没有料到会得到这么盛大的欢迎。

"请进，"乔伊丝说，"你肯定就是杰里米了。"

"钱在哪儿?"杰里米问。

"杰里米"按理说是"塔季扬娜"的"信使",然而不幸的是,他不像他自以为的那么聪明。电脑鲍勃发现,"塔季扬娜"和"杰里米"的信息是从同一个IP地址发出的。

因此,杰里米不是"杀猪盘"操盘手的手下,也不是在帮操盘手的忙,杰里米就是操盘手本人。他从默文手上骗走了五千英镑,这次来是为了另外的五千英镑。

可惜他的运气用完了。

"我的天,别着急,我亲爱的。"乔伊丝说,没有给他任何选择,他只能跟着她走进家里。

杰里米看了一圈。"默文在哪儿?"

"他没能来,"易卜拉欣说,"请稍微坐一会儿——我们有个提议。"

"我必须赶回去。"杰里米说。

"胡说什么呢?"罗恩说,"今晚才刚开始。坐下,听着。"

"但你只能在餐椅上凑合一下了,"乔伊丝说,"今天先来的人先挑座位。"

杰里米坐下,眼睛盯着在场的所有人,双臂抱着他的手提包。

"先说结论,"易卜拉欣说,"很抱歉,你连一分钱都拿不到。"

杰里米缓缓摇了摇头。"五千，"他说，"放进这个包里，否则就会有人吃子弹。"

易卜拉欣习惯性地望向伊丽莎白。

"别看我，"伊丽莎白说，"今天乔伊丝唱主角。"

"意思是包里有枪，对吧？"罗恩说。

杰里米点点头。

"你从伦敦坐火车过来，为了帮朋友一个忙，来见一个老头子，却随身带了枪？"

"我就是这么谨慎。"杰里米说。

"我不信，但就当你有好了，"罗恩说，"好了，咱们玩个游戏，'谁的包里有枪，请把手举起来'。"

年轻人举起手，随即看见伊丽莎白也举起了手。罗恩看上去既开心又吃惊。

"本来还不敢确定你今天有没有带枪呢，莉齐。"

"我伤心不假，罗恩，"伊丽莎白说，"但我还没死。"

罗恩点点头，转过身去看着年轻人。"所以就算你有枪——不过我看你没有——我们同样有枪，所以你给我闭嘴，好好听着，我们会尽快让你滚蛋的。"

易卜拉欣看见乔伊丝高兴得直点头。

75

克里斯在吃炸地瓜条。他努力说服自己相信炸地瓜条和薯条一样好吃,但事实上当然不是了。不过我们总是要说服自己相信各种各样的事情,否则怎么能熬过每一天呢?帕特里斯看着他在盘子里把炸地瓜条推来推去。"我懂,亲爱的,"她说,"我吃的是清蒸鱼,我知道你的痛苦。"

黑桥餐厅里人很多,对于周三的晚上来说,算是非常不错了。克里斯逮捕过这家店的一名合伙人,这人在A272公路上酒驾。他记得很清楚,那是一辆漂亮的保时捷,因此卖海芦笋和西班牙香肠显然有利可图。

吉尔·里甘高级调查官刚进店门,克里斯就发现了她。吉尔扫视店堂,似乎在找人。

"假装咱们在聊天。"他对帕特里斯说。

"咱们就是在聊天啊。"帕特里斯说。

"吉尔·里甘刚进来了,"克里斯说,"假装我说了个好玩的笑话。"

帕特里斯拍了三下桌子,假装擦掉笑出来的眼泪。

"我只是要你笑一笑。"克里斯说。他惊恐地发现帕特里斯搞出来的响动吸引了里甘的注意,然后更加惊恐地发现她看见了他,压垮骆驼的最后一根稻草是克里斯意识到里甘就是来找他的,她走了过来。

"她过来了,"克里斯说,"别忘记,盗马贼。"

吉尔从旁边的餐桌拖过来一把椅子,插到克里斯和帕特里斯之间坐下,朝帕特里斯微笑。"你应该就是帕特里斯了,我是吉尔·里甘。"

两个女人握手。

"很抱歉打扰了你们,"吉尔说,"我需要帮助,但我所有的同事都讨厌我。"

"你知道咱们在同一栋楼里工作对吧?"克里斯说,"你没必要来餐厅里找我。"

吉尔挥挥手,表示这种细节就不需要在意了。"你跟踪米奇·麦克斯韦和卢卡·布塔奇,搞到了什么情报吗?"

"我没跟踪过他们,"克里斯说,叉起一块炸地瓜条,"我一直在调查盗马贼的案子。"

"克里斯,我没时间和你胡扯,"吉尔说,"卢卡·布塔奇死了。"

"太可惜了。"克里斯说。

"确实可惜,"吉尔说,"因为他是我们的人。"

"他不是毒贩吗?"帕特里斯说,"我知道犯罪调查局插手的事情那叫一个五花八门,但这也太过分了吧。"

"他确实是毒贩子,"吉尔说,"直到我们在酒店逮住他和一袋可卡因,从那以后他就是我们的人了。"

"谁杀了他?"克里斯说。

"怎么杀的?"帕特里斯问,"来点西蓝花吧。"

"克里斯,你知道一个叫加思的人吗?"

"不。"克里斯说。

"你追查马匹下落的时候没碰到过他?"

克里斯摇摇头。

"说真的,"帕特里斯说,"加思怎么杀的他?"

"把他从高层停车场的屋顶扔了下去。"吉尔说。

"哇,"帕特里斯说,敬畏地点点头,"哪个停车场?"

"好了,摊牌吧,"克里斯说,"假设我知道你在说什么,你来找我干什么?"

餐厅一角,钢琴前的女人弹起了轻柔的《小小舞者》。

"《小小舞者》。"帕特里斯说。

"我碰到麻烦了,"吉尔说,"犯罪调查局的所有人都很高兴。"

"你不是很受欢迎吗?"克里斯问。

"行了吧,你和我打过交道。"吉尔说。

克里斯笑着点点头。"我觉得你挺好。我当然不喜欢被人从办公室里赶出来,但你像是个好警察。"

"我的天,你干脆娶了她算了。"帕特里斯说。

"卢卡·布塔奇是我的线人,明白吗?"吉尔说,"不但他是我的人,整个行动都是我策划的,这批海洛因。"

"是鱼饵?"克里斯问。

吉尔点点头。"过去这几个月,我们一直在干扰米奇·麦克斯韦的运营。拦截了大量海洛因,抓了些小兵,既为了检验卢卡是否忠诚,也为了检验他的情报可不可靠。"

"然后这次是个大行动?"

吉尔又点点头。"能给我一块你的薯条吗?"

"很抱歉,是炸地瓜条。"克里斯说。

"哦,那就算了,"吉尔说,"我们得到上头的批准,放这批货进海关,然后一路跟踪。"

"希望能抓麦克斯韦一个人赃并获?"克里斯说。

"没错,"吉尔说,"跟踪每一步行动、拍照、录像,等等,等海洛因安全地落到卢卡手上,也就是安全地回到我们手上,我们就冲进去逮捕麦克斯韦。"

"但毒品没能交到卢卡手上,也就是没能回到我们手上?"

"我最可怕的噩梦,"吉尔说,"中间人,夏尔马。"

"库尔德什。"克里斯说。

"半夜开车出去,丢了自己的小命,而海洛因不知去向。"

"价值十万英镑的海洛因流入街头,而你没有证据能证明它存在过?"

"盒子里也可能是洗衣粉,"吉尔说,"除非我们能验货,证明那是我们的海洛因。"

"所以他们把你从伦敦派到这儿来,"克里斯说,"调查谋杀案,但其实是把海洛因找回来?"

"两件事可以一起做嘛,"吉尔说,"不过你说得对。然后卢卡认为他找到线索了,一条新情报,本来今天就要证明给我看。"

"结果被人从停车场屋顶扔了下去。"帕特里斯说。钢琴师突然分散了她的注意力。"《无心絮语》!"

"所以我面对的是一场灾难,还有内部调查,"吉尔说,"我身边没有一个我能信任的同事,他们都知道这个案子是我的命根子,动点歪脑筋就能搞到我的职位。"

"真是个烂摊子。"克里斯说。

"一个烂摊子,"吉尔赞同道,"而且完全是我的。所以我问你,一个警察对另一个警察,你能帮我一把吗?你知道卢卡得到的情报是什么吗?"

克里斯想了想。"假设唐娜和我一直在调查这个案子……"

"克里斯,我知道你们在调查,"吉尔说,"我放任你们去调查的。"

克里斯挑起眉毛。"我以为犯罪调查局不信任我们。"

"他们确实不信任,"吉尔说,"但我不信任犯罪调查局,所以我就冒了这个险。"

"假如我愿意帮你这个忙?"克里斯说。

"哎,我也说不准,"吉尔说,"那么,我随口一说,我就不把多姆·霍尔特被杀那天你擅闯库房的监控录像给别人看。"

克里斯看着盘子里的炸地瓜条,轻轻一点头,然后抬头看吉尔。

"你知道我闯进去了?"

"我不但知道你进了仓库,还知道唐娜去看足球赛了。"吉尔开始扳手指,"我知道一个叫易卜拉欣·阿里夫的男人每周去见一次康妮·约翰逊。我还知道他和一个叫乔伊丝的女人去见了萨曼莎·巴恩斯。说来凑巧,你发现多姆·霍尔特的尸体时,这个乔伊丝就在仓库外面。我知道发现他的尸体后,她拍了他的所有文件的照片。我还知道她的一名帮手叫罗恩·里奇,他的儿子叫杰森·里奇,两周前你去见过他。"

"好的。"克里斯说,但吉尔还没说完。

"我知道十天前,萨曼莎·巴恩斯、卢卡·布塔奇和米奇·麦克斯韦去过一个养老社区,现在三个人里死了两个。

我知道唐娜找到了库尔德什·夏尔马的手机，但我无法证明，因此我希望你们没有浪费这条线索。然而，最重要的一点，我知道你们越是讨厌我，为了恶心我，就越会去认真调查，而我知道假如我想保住职位，你和唐娜还有你们勾搭的那伙人就是我最大的希望。"

"呃，"克里斯说，"我好像说过你是个好警察。"

"所以你们找到了吗？"吉尔问。

"海洛因？"克里斯问，"是的，我们找到了。"

"能交给我吗？"吉尔说，"你觉得呢？"

"那要看情况了，你能帮我们找到杀害库尔德什的凶手吗？"克里斯问，"你觉得呢？"

"嗯，"吉尔·里甘说，"好吧，我可以告诉你哪些人肯定不是凶手。你觉得有帮助吗？"

"无疑是个好的开始。"克里斯说。

76

杰里米必须反问一句,以确定他没听错易卜拉欣的话。

"海洛因?"他问。

"你看,我们不知道该怎么处理,"乔伊丝说,"但你猜怎么着?我们真是走了好运,你似乎是个犯罪分子,而且主动来找我们了。"

"你们从哪儿搞来的?"杰里米问。

"从农圃旁边挖出来的,"易卜拉欣说,"信不信由你,天晓得它为什么会被埋在那儿。"

"于是我们一合计,"易卜拉欣说,"与其交给警察……"

"走许许多多手续。"乔伊丝说。

"还不如自己脱手,挣上一小笔钱。"易卜拉欣继续道。

"我们靠养老金过日子,手上紧巴巴的。"罗恩说。

"所以你怎么说?"伊丽莎白说,"我们把这袋海洛因给你,你去卖掉,咱们平分所得?"

杰里米沉思了一会儿,但他没有被说服。"我不喜欢这样,我也不认识你们。把五千英镑给我,我这就走。"

"他这一招叫欲擒故纵,"乔伊丝说,"《淘宝记》里经常能见到。好吧,杰里米,我们上网搜过海洛因的售价,这可真是好大一笔钱呢。"

伊丽莎白把海洛因拿给杰里米,杰里米舔湿手指蘸了蘸。

"我们不傻,"乔伊丝说,"尽管我们看起来也许不聪明,但我们做过算术,这些海洛因足足值两万五千英镑呢。"

易卜拉欣注意到杰里米抖了一下。他知道袋子里的海洛因远不止两万五千英镑。贪婪总是会让人犯错。

"一万五,顶多了。"杰里米说。

"我刚刚说过,我们不傻。"乔伊丝说。

"你说怎么样,孩子?"罗恩说,"帮一伙老化石过几天好日子?"

"这样吧,你给我们五千英镑,另外两万英镑就归你了,如何?"易卜拉欣建议道。

杰里米再次打量他们所有人,他觉得自己真是个犯罪天才。"五千英镑,换这包海洛因?"

"只要你同意。"易卜拉欣说。

杰里米当然同意了。易卜拉欣并不吃惊,他为了五千英镑而来,现在要带着九万五千英镑的未来收益回家了。

"不过,亲爱的,倒不是我们不信任你,"乔伊丝说,"但你能在我们放你走之前转给我们五千英镑吗?免得我们提心吊胆。"

杰里米把价值十万英镑的海洛因塞进手提包,显然开心极了,因为他刚刚完成了一个世纪级的大骗局。鲍勃把银行账号递给他,杰里米打开手机上的银行应用程序。

乔伊丝替他拉好手提包的拉链。"我给你拿两块巴滕伯格蛋糕吧,回去的火车上吃,车站餐厅并不总是营业。"

"不了,谢谢。"杰里米说,飞快地完成转账。

"那是你的损失。"乔伊丝望向鲍勃,鲍勃盯着笔记本电脑屏幕。

易卜拉欣必须夸奖乔伊丝一句。她当然先询问了唐娜,既然海洛因在她家里,那她能不能拿来稍微用一用。"我知道你们到最后肯定会拿走,"乔伊丝说,"但介意我们稍微借用一下吗?"

"到账了。"鲍勃证实道,合上笔记本电脑。

言下之意,杰里米刚刚把他从默文那儿骗来的五千英镑一分不少地转回到默文的账户里了。

"走你的吧。"罗恩说。杰里米不需要他说第二遍,立刻抱着那一大包海洛因冲出房门。

乔伊丝拿起手机打给唐娜。"他出发了。对,整批货都在他的手提包里。希望你在树丛后面没有受冻。"

77

"你家很漂亮。"加思对乔伊丝说,枪口直直地指着她。他来过这儿,自然轻车熟路。

他们不该来得这么晚的,然而车刚开进库珀斯切斯,一个声称来自库珀斯切斯停车委员会的女人就跳了出来,和加思发生了一场长时间的争执,加思知道他终于遇到了对手,不得不把车倒出去,重新停在主干道上。

"谢谢,"乔伊丝说,"我请了个清洁工,每周二上午来两个小时。我抗拒了很久……"

"在哪儿?"米奇·麦克斯韦说,枪口同样指着乔伊丝。

"你们的枪能不能换个人指一指?"乔伊丝说,"啊,别指伊丽莎白——她刚失去了丈夫,去指罗恩怎么样?"

"我刚失去了我的妻子,"加思扭头对伊丽莎白说,"请节哀。"

乔伊丝扭头对米奇说:"非常抱歉,麦克斯韦先生,你来迟了一步。你们要的东西半小时前还在这儿。"

"什么?"米奇说,显而易见地开始发抖,"谁拿走了？"

"你脸色不太好啊，"易卜拉欣说，"不介意我这么说吧？"

"我亲爱的老天爷啊，"米奇说，"快告诉我在哪儿。"

"警察，"罗恩说，"作为证据收走了。"

米奇放下枪。"你们把我的海洛因交给警察了？"

"很抱歉，是的。"易卜拉欣说。

"我是死人了，你们明白吗？"米奇说，"你们刚刚杀了我。"

加思开始大笑，他爽朗的笑声很有感染力。尽管他的枪还指着乔伊丝，但她很快就跟着笑了起来。加思强迫自己冷静下来，扭头看着暴怒的米奇。

"你还没想通吗，米奇？都这么久了，你还是不知道到底发生了什么？"

78

他们刚刚盘问完的年轻男人叫托马斯·默多克,无论问什么,他都回答"无可奉告"。只有一次除外,吉尔问他海洛因是谁卖给他的,他说"五个吃养老金的家伙",然而就连他的律师也是一脸怀疑。

托马斯·默多克爱怎么"无可奉告"就怎么"无可奉告"去吧,他前科累累,身上还有好大一包海洛因,他要去监狱里待很久了。

至于那"五个吃养老金的家伙",吉尔觉得托马斯·默多克恐怕不会在法庭上主动把他们供出来。

出于职业责任,吉尔问过唐娜实际上是怎么一回事,唐娜说托马斯·默多克是搞"杀猪盘"的,专门骗取孤独老人的钱财,这个答案足以让吉尔不再追问下去了。

她收回了海洛因,保住了职位。此刻她穿着大衣戴着手套,因为她在能冻死人的活动板房里与克里斯和唐娜喝庆功酒。

"不是米奇·麦克斯韦或多姆·霍尔特,"她说,"我的人一直在跟踪他们俩,包括库尔德什遇害的那天晚上。"

"卢卡·布塔奇?"唐娜问。

"不是卢卡·布塔奇。"吉尔答道,一仰脖喝光了一杯酒。

"你确定?"

"确定,"吉尔说,"当时他在我家。"

"我的天。"唐娜说。

"是啊,我的天。"吉尔说。

"不过我能理解呢。"唐娜说,吉尔挤出一丝微笑。

"所以你擅自闯入一个仓库,"吉尔说,戴手套的手抓着酒杯,又用酒杯指向克里斯,"你协助和教唆破坏犯罪现场,在犯罪调查中隐瞒证据,而我和关键线人好上了,所以要我说,咱们算是扯平了。"

"他被人从停车场屋顶扔下去,你有什么感受?"唐娜问。

"我就继续过我的小日子呗,"吉尔说,"谢谢你们二位帮我保住工作。"

"不客气,长官。"唐娜说,小小地敬了个礼。

"你会帮我们吗?"克里斯说。

"有来有往才公平嘛。"吉尔说。

"你肯定调查过和他们竞争的毒贩,对吧?"克里斯说,"想对这批毒品下手的那群人。"

"米奇和卢卡在这儿没有竞争者,"吉尔说,"至少在海洛因上没有。"

"也没有新人想挤进来?"克里斯说。

"我实在想不出还有谁会知道这批货的存在。"吉尔说。

"阿富汗人也下场了?"唐娜说。

"说真的,我也不知道为什么。"吉尔说,"也许是担心警察会找上他们?"

"这批货要为很多人的横死负责,"克里斯说,"库尔德什、多姆·霍尔特、被扔下屋顶的卢卡、被推下楼的萨曼莎·巴恩斯。他们全都死于非命,只是因为那么小小一包海洛因。太荒诞了。"

79

你可以说加思成了整个房间的焦点。他放下枪,找了一个座位坐下。

"米奇,你也坐下。"他说,"我来问你们所有人一个问题。"

米奇也坐下了。

"早些时候我问过米奇,"加思说,"就没人觉得奇怪吗?所有人都围着这批海洛因团团转?"

"不总是有人围着海洛因团团转吗?"乔伊丝说。

"但只值十万英镑,"加思说,"值得费这么大的劲,让这么多人丧命吗?"

"我必须……"米奇开口道。

"我知道你为什么必须找到它,"加思说,"你的整个帝国在崩溃,还有一个阿富汗人要来置你于死地,你当然想把它找回来了。但我呢?我为什么这么想找到它?还有我妻子,还有你想躲的那个阿富汗人,我们为什么都发疯似的跟着这十万英镑跑来跑去?我们是有钱人啊。"

"我认为只是……贪婪？我也不确定。"米奇说,"说真的,我没好好想过。"

"所以你们为什么在追着它跑？"罗恩问,"每个人都像是得了失心疯的傻子。"

"谁有什么想法吗？"加思扫视全场,问道。

伊丽莎白抬起视线。"我有。"

"请讲。"加思说。

"有一个很大的疑点,我怎么想都想不明白。"伊丽莎白说,"斯蒂芬为什么会同意帮库尔德什卖毒品？在这件事上,库尔德什没问过斯蒂芬的意见,当然,问了斯蒂芬也不会答应。另外,库尔德什是什么时候突然认为他知道该怎么组织毒品交易的？这一点我也一直不明白。"

"我能想象。"加思说。

"那一盒海洛因,进入这个国家,"伊丽莎白说,"一路上毁了许多东西,带走了许多人命。人们发疯似的想找到它,库尔德什发疯似的想把它藏起来,我能想到的原因只有一个——问题的关键根本不是海洛因。"

加思点点头,等她说下去。

"而是那个盒子。"

"我的妈呀,我觉得她说对了。"加思说。

"那个盒子？"罗恩问。

"加思,你在我们的午宴上肯定见过它,"伊丽莎白说,

"在米奇的手机上，对吧？"

"我们差点就没来吃这顿饭，"加思说，"但萨曼莎对你们这帮人来了感觉，而且对海洛因也有几分兴趣。但我们一看见那个盒子，就完全忘记了海洛因。那是我见过的最漂亮的一件古董，我很高兴萨曼莎在她去世前见到了它。六千年历史，你能相信吗？不是陶器，而是骨器，上面雕着'恶魔之眼'。"

"你这么一说，"乔伊丝说，"我确实注意到了上面的花纹。"

"乔伊丝，别放马后炮。"罗恩说。

"这些东西是几百年前被劫走的，"加思说，"从埃及……"

"唉。"易卜拉欣叹道。

"伊拉克、伊朗、叙利亚……他们到处劫掠神庙。有些人自称是考古学家，但其实全都是强盗，把文物走私出境。我时常会见到这样的东西，不该被当成商品买卖的东西，会让买卖者去蹲大牢的东西。但我从没见过能和这个盒子相提并论的东西，老天哪，从来没有过。那些狡猾的阿富汗人，米奇，他们把一个价值数千万英镑的盒子走私到英国，但根本没打算告诉你。这就是大家杀来杀去的原因，没人在乎你那十万英镑。"

米奇又把枪口对准了乔伊丝。"把盒子给我。快！"

加思把枪口对准了米奇。"不，乔伊丝，给我。"

"没必要再流血了，"米奇说，"咱们公平一点儿，盒子是我的。交给我，我拿去还给哈尼夫，别再舞刀弄枪了，也别再搞得腥风血雨了。"

"老兄，我妻子死了，"加思说，枪口依然指着米奇，"盒子必须给我。"

米奇转过来，把枪口对准加思。

"也许还要死一个人？"

"也许。"加思说。

米奇打开手枪的保险，加思也打开他的手枪保险。

"小伙子们，"乔伊丝说，"我不想破坏你们的欢乐时光，但盒子已经不在我手上了。"

"不，不可能，"米奇说，"我都快成功了，不能这么对我！"

"它在我的水槽底下待了几天，但开始散发很浓的霉味。阿兰非常不喜欢，于是我昨天把它扔进垃圾箱了，"乔伊丝说，"这会儿它大概在坦布里奇韦尔斯的垃圾处理场吧。"

80

乔伊丝的日记

我们这一天过得可太充实了。阿兰和我都累惨了,它的脸贴在地毯上,舌头耷拉在外面,我把今天的所有事情都写下来就立刻去睡觉。我打算按发生的先后顺序记个流水账,因为我真的太困了。

超市里供应杏仁奶已经有段时间了,但我一直没怎么注意,直到那次和乔安娜拌嘴。早些时候我在店里假装浏览商品,看见两个人拿起杏仁奶又放下,不过我能感觉到,它迟早会流行起来。我拍了张我竖起大拇指和杏仁奶的合影发给乔安娜,但她还没有回复我。她好像去丹麦出差了,因此我发的信息也许还没看到。

阿兰今天被松鼠追着打,说真的,我希望它有时候也能反抗一下。最后它躲在我的腿后面,而松鼠站在五米开外的地方,和我大眼瞪小眼。

电视台开了个新的下午猜谜节目,叫《但问题是什么?》。我完全搞不明白,但你猜主持人是谁?迈克·韦格霍恩!看来他是混出头了!一个阿伯丁的女人赢了一套烧烤设备，明天我要再看一遍。

自称杰里米的男人从伦敦来找我们了，拎着一个大手提包，满心指望会有人给他五千英镑现金。常常有人以为他们能从我们手上得到东西，他和他们一样失望地离开了。茶、点心、聊聊八卦……这些东西我们都可以给你，但钱、海洛因、钻石这些想都别想。总之，我们利用了前两天挖出来的海洛因，把默文的钱拿回来了，而杰里米要坐牢了。

易卜拉欣似乎不太一样了，别问我哪儿不一样，等到没这么多事情让我分心的时候，我会去搞明白的。

米奇·麦克斯韦和加思（抱歉，我这才发现我还不知道他姓什么）拿着枪冲进来要（我们是这么认为的）海洛因。我们说已经交给警察了，你看得出米奇一下子心如死灰（我不确定他到底有多喜欢他的这份工作），但加思放声大笑，我们很快就知道了原因。

海洛因根本不是重点，关键在于那个盒子。它是六千年前的文物，能保护你不受邪魔或类似东西的侵害。不过要我说，它可没有好好履行它的职责。伊丽莎白说她早就想到了，但实话实说，我觉得她只是在那一刻才想到的，因为在此之前她根本没和我们提过这件事。不过能看到她重新振作起来还是挺好的，因此我没发表评论，只是说"干得好"。

我说我把盒子扔进了垃圾箱，米奇·麦克斯韦顿时变得脸色惨白——白得都快透明了。他落荒而逃，我猜是去逃命了。加思倒是很好地接受了现实，说"造化弄人啊"，这话倒是说得很好玩，然后我们一起喝了杯茶。他说他认为我们把一切都处理得非常好，万一我们需要找点事做做，不妨去找他聊一聊。然后他和伊丽莎白单独谈了一会儿，我没去管他们。

临出门的时候，加思注意到了我从库尔德什的储物间里拿来的那幅"毕加索"。我见到他在看它，就说我知道这是赝品，但还是很喜欢，他却摇摇头，说这是真迹。英国流通的绝大多数赝品都出自他妻子之手。他的原话是："这是毕加索画的，不是我老婆画的。"所以我有了一幅毕加索啊。我把这个消息也用短信报告了乔安娜，但结果和先前一样，我猜大概是丹麦的网速特别慢吧。不过丹麦肯定是通网的，因为我在电脑上查过。

还有最后一件事，写完我就去睡觉。解散后，伊丽莎白夸奖我才思敏捷，这让我笑成了一朵花。斯蒂芬去世后我主动走上了前台，连我自己都惊讶于我会这么做。伊丽莎白给我带来一些非常好的影响，希望我也给她带去一些好的影响。总之，她深受触动。"不介意我这么说吧？你在压力巨大的情况下反应非常冷静。"我说我一点儿也不介意。因为当加思向我们揭开盒子的秘密时（我扔在水槽底下的盒子其实是严重违法的赃物，价值连城），我确实以闪电般的速度做出了决定。我轻描淡写地说盒子被我扔进垃圾箱了。

因为你要知道,我并没有把它扔进垃圾箱。盒子还在我的水槽底下,不过我立刻把一瓶管道疏通剂从里面拿了出来。

伊丽莎白说她现在能十拿九稳地猜到杀害库尔德什的凶手是谁了,盒子可以帮她证明猜想,而她对此也有一套计划。

81

"我觉得也许是美索不达米亚的东西。"伊丽莎白说，琼乔仔细查看他面前桌上的盒子。

琼乔·梅勒的办公室完全符合大家的预期。两面墙从天花板到地板全是书，一面墙上的格子窗俯瞰肯特大学的校园，所有地方都摆满了瓶罐、骷髅头和烟斗，还有印着"全世界第一老舅"的马克杯。

他尽量清空写字台的桌面，腾出地方来查看盒子。椅子和地上现在堆满了一摞摞文件，他的电脑在窗台上，旁边是一尊铜牛。

"假如是你猜的，那你猜得很准。"琼乔说。他用软毛刷刷去盒子上的小块泥土。"我必须说，你的眼光很好。"

"斯蒂芬一直在说巴格达的一家博物馆，"伊丽莎白说，"就算以前没有语言障碍的时候，他也很少会浪费口舌。他和库尔德什两个人肯定鉴定出了它的年代。"

"这是个非同寻常的发现，我必须向上面汇报，"琼乔说，"但可以稍微等一等吗？就一两个小时，我从没见过类似的东西。"

"斯蒂芬说,你甚至能在一些文物上看见指纹和剐痕。"伊丽莎白说。

"嗯,他说的就是这个盒子,"琼乔说,"上面全都能看清楚。是我们的海洛因毒贩偷偷运进来的?"

"我猜他们并不知情,"伊丽莎白说,"他们以为他们只是在贩毒,因此盒子应该来自阿富汗。"

"符合逻辑。"琼乔说,"一个地方发生动乱,人们会想方设法保护他们的财产,或者变卖。"

"它和宗教有关吗?"伊丽莎白问。

"那么久之前,一切都和宗教有关,"琼乔说,"那时的人们认为诸神和妖魔都在世间行走。要我猜的话,这是个罪孽盒。多半曾经放在一座重要的陵墓外面,用于驱赶所谓的鬼魂。应该是多年前被劫掠走的,伊拉克人肯定知道确切的情况。"

"所以接下来呢?"伊丽莎白问。

"我会通知外交部,说我们得到了这么一件文物。"琼乔说,"他们会来拿走,咨询专业人员的意见,然后联系伊拉克方面,今年之内它就会重返巴格达。不过,我们可以请求他们允许我们展览一段时间。"

"我等不了一年了。"伊丽莎白说。

"你说什么?"琼乔说。

"我不想等，"伊丽莎白说，"我必须和你实话实说，琼乔。我有个提议，但不允许你拒绝。"

"我的天。"琼乔说。

"我要把盒子送到巴格达，"伊丽莎白说，"另外，我要把斯蒂芬的骨灰装在里面。"

"他的骨灰？"

"现在我想明白了，这是他的临终请求。"伊丽莎白说，"因此，等我们这儿完事了，我就把盒子拿回去保管，直到两国达成双方都能接受的协议。"

"我觉得你不该把它拿回……"

"我不要你觉得，"伊丽莎白说，"希望你能理解，我这么做不是因为不尊敬你，而是因为我就要这么做。你认为你能安排好吗？"

"我尽力而为吧。"琼乔说，但听起来并不让人信服。

"非常好，"伊丽莎白说，"我的要求本来就只有这么多，你尽力而为。这个盒子之所以能落到我们的手里，唯一的原因是库尔德什和斯蒂芬决定要保护好它。请不要忘记，库尔德什为此牺牲了他的生命。"

"还是没有查到是谁干的吗？"琼乔说。

"我指望这个盒子还能讲最后一个故事，"伊丽莎白说，"说出它视线内的最后一个邪灵。"

"别打哑谜了。"琼乔说。

"这事有没有后门可以走？"伊丽莎白问，"让盒子尽快回到巴格达。"

"呃……但这不是正确的流程。"琼乔说。

"正确的事情很少符合正确的流程。"伊丽莎白说。

"不过我确定肯定有办法，"琼乔说，"给我几天时间，可以吗？还有盒子也留在我这儿几天？"

"当然可以，"伊丽莎白说，"我知道放在你这儿是安全……"

她这句话还没说完，刺耳的火警警报就响起来了。

"真该死，"琼乔说，"有时候过几秒钟这玩意儿就会自己停下。"

他们等了几秒钟，但警报声没有停下。琼乔看看盒子，看看窗外。

"咱们走，"他说，"盒子放在这儿不会有问题的。万一真的着火了，咱们再冲回来拿盒子。"

琼乔拍了拍盒子，伊丽莎白往窗外看了最后一眼，她看见乔伊丝不慌不忙地走出校园。伊丽莎白也拍了拍盒子，跟着琼乔离开他的办公室。

"你先下楼去中庭，"琼乔说，"我去看看到底是怎么一回事。"

"我听你的。"伊丽莎白说，沿着螺旋石梯下楼。楼梯尽头是铺满草坪的开阔中庭，这会儿挤满了学生，他们一个个都很兴奋,正在享受火警赐予的短暂自由。

他们多么年轻啊,尽管他们中的很多人会觉得自己很老了。他们多么美丽啊,尽管他们中的一些人会觉得自己不好看。伊丽莎白记得差不多六十年前她躺在像这样的草地上。不,并不是六十年之前,因为她还活在那一刻,还能闻到青草和烟草的气味,能感觉到穿粗花呢外套的手臂摩擦着她的手臂。她能尝到葡萄酒和亲吻的味道,两者都是她当时还没有喜欢上的东西。她能听见男生寻求关注的叫喊声,她甚至能通过呼吸感知到。她曾经多么年轻和美丽,现在就觉得自己有多么衰老和丑陋。此刻她又有了年轻和美丽的感觉——是斯蒂芬让她重拾这样的感觉,让她知道她是谁。无论是今天还是六十年前,斯蒂芬都一如既往的正确:我们的记忆要比我们正在生活的任何一个瞬间更加真实。是的,中庭左边的大钟有它的职责要履行,然而它讲述的故事并不完整。

她左边有两个年轻人在亲热,对那个姑娘来说接吻还是新鲜事,但这一刻在她的记忆里将会永远鲜活。已经发生的事情无法撤回,斯蒂芬的离世无法撤回,伊丽莎白的童年无法撤回,而葡萄酒、亲吻、爱和难以自制的大笑同样无法撤回。宴会上的眼神、纵横字谜的最后一条线索、音乐、日落、散步,这些也永远无法撤回。

这一切都是无法撤回的,直到她的世界不复存在。

乔伊丝、罗恩和易卜拉欣呢？他们应该不会很快就从她的世界中消失。伊丽莎白知道此刻自己孑然一身，但同样知道她其实并不孤独。她估计，自己这样的状态还要维持一段时间。

两个亲热的年轻人分开了，有经验的那一个用一只胳膊肘支撑着自己，没有经验的那一个仰望天空，思考自己当下的生活。

伊丽莎白也躺了下去，望着天空，还有白云。斯蒂芬不在天上，但肯定在某个地方，在天上找一找他也没什么不好。她想找到他的笑容，还有他的臂膀，还有他的情谊和他的勇敢。伊丽莎白哭了，然而透过泪水，她露出了那个骇人的日子以来的第一个微笑。

警报声停了，学生们开始不情不愿地返回教室和图书馆。伊丽莎白爬起来，拍掉裙子上的草叶和泥土。

就快走到通往琼乔办公室的楼梯时，她看见琼乔从旁边的一扇门里走了出来。

"假警报，"琼乔说，"希望你没过得太无聊。"

"一点儿也不，"伊丽莎白说，"我这辈子最快乐的几分钟。"

他们来到琼乔办公室的楼梯平台，他打开门，伊丽莎白跟着他进去。

两面墙全是书，一面墙俯瞰中庭。桌上摆满了瓶罐、骷髅头和烟斗,还有印着"全世界第一老舅"的马克杯。

但盒子不见了。

不出伊丽莎白所料。

因为盒子还有一个故事要讲述。

还有最后一个魔鬼要抓。

82

一月里灰蒙蒙的下雨天，英国公路服务站，正常人没人选在这里碰面，因此它成了一个完美的碰面地点。

另外，就这次来说，小小的牺牲是能得到补偿的。

那个盒子有六千多年的历史了，此刻就在车的后备厢里。找到合适的买家，卖个几百万英镑不在话下。只要你知道你在干什么，你就会发现到处都是合适的买家。再过一会儿，其中之一就会出现在这儿。飞快地喝杯咖啡，钱货易手，然后呢？当然是出国了。去哪儿呢？黎巴嫩似乎不错。

六千年了，而人们依然非常重视它们。

扫视一圈：一个带手提箱的男人，哭丧着脸玩电子游戏机；一个年轻的母亲，眼睛熬得通红，推着婴儿车走来走去，希望这一天快点过完；一个少女，无法相信她在手机里听到的消息；一个老人裹着大衣趴在塑料小桌上，捧着一杯还没喝过的咖啡。

你会不由得思考，我们在历史中全都是不起眼的小浪花,所生活的世界根本注意不到我们的死活。六千年前制作这个盒子的人,他们会在乎我们做不做普拉提,每天能不能吃够五份蔬果吗?我们满心怨恨,没完没了地抱怨生活,但为什么又紧抱着世间的一切不肯放手?完全不合逻辑,对吧?

有一座带顶棚的过街天桥跨过公路,它在二十世纪六十年代肯定充满了魅力,优美的线条具有未来主义气息——看上去就像是未来。很好,你猜怎么着?未来已经来了,却和过去一样灰蒙蒙地让人厌烦。无论过街天桥的建造者希望实现什么目标,无论他们有什么宏伟的梦想,他们都失败了。有些事注定会失败。

就在这时,加思那不可能认错的壮硕身影出现在了人行天桥的窗户里。他来了,另一个懂得这些道理的人。

心跳开始加速,就像数不清的蝴蝶在胸中扑腾。

人类难以承受一切都是徒劳的事实,于是寻找各种各样的寄托,让短暂的生命变得有意义。宗教、足球、星相、社交媒体……勇气固然可嘉,然而每个人在内心深处都知道,生命是随机发生的意外,也是一场注定要输的战斗。我们都不会被记住,随着时间过去,每一天都会被风沙淹没。连加思即将为盒子付出的五百万英镑也会化为尘土。趁你还活着,好好享受吧。

是的,这些想法并不新鲜,但它们能够安慰心灵。

因为，一旦你真的接受了万事皆空，杀人就会变得无比容易。

比方说，杀死库尔德什。

83

罗恩很少去北方,但只要他去了,就会好好享受一下。一九八四年,他和约克郡矿工度过的一个个夜晚;达勒姆郡的钢铁工人,他们每个人都能把伦敦佬喝到桌子底下去;三个警察在诺丁汉郡警察局打断了他的肋骨,三个人一人一根。诺丁汉郡算北方吗?反正对罗恩来说算。此刻他们正前往沃里克附近的一个公路服务站,连沃里克也算北方。为防万一,他在西汉姆联 T 恤外穿了一件超级厚的套头衫。保利娜最近一直在给他买衣服,因为就像她说的:"我要和你一起见人的,对吧,亲爱的?"

"你不能太依赖食物。"乔伊丝说着打开一个盒子,里面装满了巧克力榛子布朗尼。她、伊丽莎白和易卜拉欣挤在后排座位上,开车的是波格丹。速度一直稳定在九十五迈。

伊丽莎白在睡觉吗?她闭着眼睛,但罗恩表示怀疑。

唐娜和克里斯在另一辆车上,还有里甘高级调查官,他们现在似乎是朋友了。你永远也猜不透他们的行为,他们有自己的规矩。

伊丽莎白请警察在下午三点赶到那儿,然而交易是下午两点的事情,等警察发现她骗了他们,伊丽莎白将承担后果。

伊丽莎白似乎从没承担过任何后果,罗恩不由得心想,然后想到了自己。悲痛让他害怕,尤其是伊丽莎白的悲痛,尤其是见到她这么提不起精神,见到终于有一座冰山大到把她压垮了。罗恩对这件事的结论是,对待爱情,你必须慎之又慎。前一分钟,其他人还在给你买套头衫,和你一起在球场上吃违禁品,下一分钟你就开始在乎了,然后你的心就不再属于你自己了。他低头看自己身上的套头衫,忍不住笑了。再过一百万年他自己也不可能选这么一件衣服,但他能怎么办呢?

"罗恩,来块布朗尼?"乔伊丝在后排问他。

"我不吃。"罗恩说。他要留着肚子吃服务站的煎火腿全餐——希望能有充足的时间。

"保利娜做布朗尼真的放违禁品吗?"乔伊丝问。

"真的。"罗恩说。

"不知道我应不应该试试。"乔伊丝说。

"会让你特别能说。"易卜拉欣说。

"噢,那我还是不试了,"乔伊丝说,"我说得多了你更不会听了。"

罗恩看见长长的带顶棚天桥出现在前方，肮脏的窗户，早已褪色的醒目条纹。驱车九十英里以来，波格丹第一次离开了快车道，径直驶向服务站的入口匝道。

"我们到了！"乔伊丝说。

伊丽莎白睁开眼睛。"几点了？"她问。

"一点五十二分，"波格丹说，"就像我说过的。"

波格丹把车开向一个停车位，那儿离出口足够远，因此不会很显眼，同时又能看见整个过街天桥。罗恩能闻到煎火腿的香味，他知道他们来这里还有其他的目的，但正事之余他也能做点保利娜所谓的"副业"。保利娜的副业是在网上卖铁娘子乐队用过的鼓槌，鼓槌是她在费尔黑文的乐器店一盒五十根买的。

说到盒子，就在这时，加思那不可能认错的壮硕身影出现在了过街天桥肮脏的窗户里。

"咱们上。"罗恩说。

"那就祝大家好运了。"波格丹说。

84

加思迈开大步向前走，能感觉到天桥在他脚下颤抖。桥身已经生锈，缺少维护。他喜欢这样。他按下了手机上的录音按钮，他知道自己要干什么。

自从他把卢卡·布塔奇从停车场屋顶扔下去，警察就一直在搜捕他。加思能理解他们的做法，但他们不可能抓住他，这辈子是绝对不可能的，然而既然他们要履行职责，那就至少努力一下吧。他踏上过街天桥尽头的台阶，闻到了廉价油炸食品和尿的气味。从不抱怨的坏处是英国佬确实什么都能忍。想象一下这要是在加拿大，或者意大利……

加思的下一站很可能就是意大利，那是个疗伤的好地方，而自从长大以来，加思这还是第一次受伤。他昨晚本来都要出发了，但伊丽莎白在树林深处的小屋里找到了他。

伊丽莎白究竟是怎么找到他的？加思完全没有概念，但他很高兴她找到了他。她把她知道的情况告诉他，然后把她想达到的目的告诉他。伊丽莎白说出了杀害他妻子的凶手是谁,也告诉了他该如何复仇。

加思经过公共厕所,经过哭丧着脸拿着手提箱玩游戏机的男人,经过推着婴儿车的红眼女人。他抬起手按在她的肩膀上,说:"会轻松起来的,你已经做得非常好了。"然后继续向前走。一个老人捧着装咖啡的纸杯,加思从口袋里掏出一张十英镑的钞票递给他。"老先生,去买点吃的吧。"他说。

加思觉得仁慈很有意思。他其实没什么善心,但萨曼莎肯定会安慰年轻的母亲几句,也肯定会给老人一点儿钱买东西吃,因此从今往后,加思也会这么做。

然后加思看见了杀害他妻子的凶手,他在她对面坐下。

"你好,妮娜。"他说。

"加思,"妮娜说,"谢谢你来见我。"

"你有我想要的东西,"加思说,"咱们快点完事吧。我必须离开英国,我猜你也一样?"

"我不需要逃跑,"妮娜说,"除了你,没人知道盒子在我手上。没人看见我偷走盒子,你也不像会告密的那种人,因此我没有危险。"

伊丽莎白把盒子被偷的经过告诉了加思。得知盒子才是真正的目标之后,她的怀疑对象就只剩下两个人——妮娜和她的教授上司。伊丽莎白的一个朋友拉响了火灾警报,另一个搞电脑的朋友架设了一个小摄像头,结果妮娜一头扎了进来，然后一个克格勃就一直在监视妮娜。他们知道盒子在她手上，但他们无法证明她为了盒子杀害了库尔德什，因此加思才会出现在这儿。

昨晚他打电话给妮娜，说他无论如何都找不到那个盒子，但万一她不小心发现了，他有个客户愿意出天价购买。事实上，他说的是真话，但加思知道盒子是不会落到他手上的。伊丽莎白想要它，听她说完原因，他愉快地答应了。加思得到的奖赏是送杀害他妻子的凶手进监狱。理想情况下，他当然想亲手除掉她，但伊丽莎白这个人过于精明，肯定不会让他得逞。他知道这次他遇到了对手，因此只能放弃。

"在你手上吗？"加思问。

妮娜打开脚边的蓝色购物袋，盒子就在购物袋里。

"我能摸一摸吗？"加思问。

"没问题，"妮娜说，"但你敢动歪脑筋，我就带上它离开。"

加思忍不住笑了。他伸出手，轻轻抚摩盒子，指尖像是接触到了电流。他知道萨曼莎肯定会爱死它的。萨曼莎、妮娜、库尔德什，这些人都是疯子。太幼稚了，会被一个盒子搞得神魂颠倒。加思也很激动，但原因是盒子的价值，而不是它本身。它来自几千年前，那又怎么样？你省省吧。它上面刻着"恶魔之眼"，那又怎么样？没什么了不起的，加思知道得很清楚，恶魔就在我们之间。

但库尔德什为它牺牲了生命，妮娜为它杀了人。加思不得不承认，萨曼莎多半也会为它杀人，但妮娜先干掉了她。一旦妮娜想到加思知道盒子有可能在哪儿，她就立刻签发了萨曼莎的死刑执行书。而她下手的时候，他刚好出去吃汉堡包了。

然而，现在仔细回想，妮娜是怎么想到的呢？加思担心是不是他露出了什么"马脚"。假如他有弱点，那可就太不像他的为人了。但是，假如萨曼莎不是妮娜杀的，那又会是谁呢？

他估计，假如妮娜能做到，她肯定会连他一起干掉，但加思可没那么容易死。有很多人尝试过了。

"你像我说的那样注册好公司了？"加思问，掏出手机。

妮娜点点头。

"那么，五百万英镑一进账，你就会立刻收到通知，"加思说，"然后嘛，就全看你自己的了。警方无法追查那个账户，但该怎么把钱转进普通账户就是你的事情了，你可以上网查。"

"我这两天就没怎么做过别的事情。"妮娜说。

"你为什么要杀他？"加思问，"换作是我，只有这一件事是我不会做的。"

"我没杀任何人。"妮娜说。

"妮娜,"加思说,"我这人的思考方式和其他人不一样,你注意到了吧?"

"我注意到了。"妮娜说。

"那就别骗我,"加思说,"没这个必要。我尊重你的行为,你看到了机会,你给自己挣了五百万英镑,而其他人都在原地打转。"

"谢谢。"妮娜说。

"但我就是想不通你为什么要杀他,为什么不吓唬他一下,然后把盒子抢走?"

"他八十岁,加思。"妮娜说。

"好的。"加思说。

"这个盒子有六千年的历史,"妮娜说,"你能想象这么长的时间吗?加思,咱们这些凡人根本无关紧要。我们假装我们很重要,我们假装我们有目标,但地球在我们之前已经存在了几十亿年,在我们之后还会再存在几十亿年。我们每呼吸一次,都离死亡近了一步。人类的生命并不神圣。"

"这套说辞是在为你的罪行大开便利之门,"加思说,"你大可以直说你很贪婪,对其他一切都不在乎,但你还是可以直接从库尔德什手里抢走的。"

"他要我把盒子送到博物馆去,他信任我,"妮娜说,

"信任我会把盒子交给正确的人。他认识我父母,看着我长大。要是我把盒子卖掉,你觉得他会保持沉默吗?"

"甩给他一百万英镑呢?"加思说,"应该能买他闭嘴了吧?"

"他不会答应的,"妮娜说,"但咱们换个角度看问题。他很老了,他的一生过得精彩而充实——虽说我不明白人们这么说是什么意思。他打电话给我,他信任我,他告诉我他拿到了什么东西。我叫他别害怕,我们能找到办法渡过难关,我会帮助他的。我很冷静,他也冷静了下来。我们约好见面……"

"在树林里?"加思说。

"尽量远离爱多管闲事的人们,"妮娜说,"我看得出来,我们要挂电话的时候,连他都有点兴奋了。"

"本来就挺让人兴奋的。"加思说。

"他开车到肯特郡,沿着乡村小道开进树林,等一个他认识的人。我走过去,一枪打死了他。他没看见枪,也没感觉到子弹,连一瞬间的恐惧都没有。他的生命结束得快极了,你说一个人还能有什么要求呢?活得久,死得快,这是美梦成真啊。我算是帮了他一个忙呢。"

"他得到了毫无痛苦的死亡,你得到了五百万?"

"每个人都是赢家,"妮娜说,"这是我父母一辈子没能做到的事情。我不想再当一个穷人了。"

"你的枪法很好，"加思说，"隔着车窗，一枪就打死了一个人，这事情不容易。相信我，我是专家。"

"我在网上学的，"妮娜说，"我学得很快。我不希望他感觉到痛苦，于是看了很多兽医杀马的视频。"

"我的天，"加思说，"结果他们说我是反社会变态。"

"我不是反社会变态，"妮娜说，"我没有钱，只有债，我讨厌我的工作。我父母去世了。突然间，再也不需要工作的机会从天而降。"

"这个盒子不是从天上掉下来的，"加思说，"而是从地狱来的。"

"只是一个盒子而已。"妮娜说。

加思摇摇头。

"所以我做了合乎逻辑的事情，"妮娜说，"无非如此。"

加思思考了一下，他觉得哲学很有意思。然而无论从哪个角度看，他都无法赞同妮娜的看法。为了钱杀人？不行。听伊丽莎白解释完萨曼莎为什么不是卢卡·布塔奇杀的，他才明白过来。卢卡之所以知道萨曼莎死了，是因为他是警方的线人——简直雪上加霜。

但卢卡杀过除萨曼莎之外的很多人。假如你杀了很多人，就该知道有朝一日会有人把你从停车场屋顶上扔下去。有朝一日，也会有人把加思从停车场屋顶上扔下去，或者用卡车撞死他，到时候加思不会有任何怨言。然而库尔德什，他不该死的。

"你可以不杀他的，对吧？你可以认真工作，明白吗？"加思说，"过好你的生活，付清债务，为你自己的问题承担责任。"

妮娜点点头。"应该是的，但走捷径毕竟轻松得多。"

"你的人生观太差劲了。"加思说。

"我从小到大的人生观好得不能再好，结果穷得叮当响，"妮娜说，"现在我的人生观变得很差劲，突然就有钱了。"

"杀我妻子也符合你的逻辑吗？"

"你妻子？"妮娜说，"萨曼莎？不，我没有杀她。"

"别骗我。"加思说。

"我杀了库尔德什，"妮娜说，"他一点儿痛苦都没感觉到。我没杀你妻子。要是你以为我杀了你妻子，为什么要给我五百万英镑？"

"是你杀了她，"加思说，"没有什么五百万。交易的内容是我骗你认罪，他们就让我走人。"

"谁让你走人？"妮娜说。

"你猜？"乔伊丝说，和伊丽莎白还有波格丹一起在桌边坐下。

"不，这是……你们在干……"妮娜连话都说不清楚了。

"请和我们走一趟吧，"伊丽莎白说，"别挣扎，别胡闹。加思，给你二十分钟，消失吧。"

"遵命，"加思说，把手机递给伊丽莎白，"全录在上面了。"

"你们不能这么做。"妮娜说。

"但我们就是这么做了，亲爱的。"伊丽莎白说。

她扭头对加思说："打算去哪儿？"

"西班牙，"加思说，"我爱塔帕斯。你别太难过了，慢慢消化你的情绪。"

"我会的，"伊丽莎白说，"还有你，别再杀人了。"

"我只杀坏蛋，夫人，我保证。"加思说。他转身离去，他们目送他和他庞大的影子走远。

"你们就这么放跑了他？"妮娜说，波格丹押着她走向停车场，伊丽莎白和乔伊丝跟在后面。

"是的，我们的交易就是这么谈的。"伊丽莎白说。

"咱们能谈个交易吗？"妮娜问。

"不行，亲爱的。"乔伊丝说。

妮娜扭头看着她。"要是我开始尖叫呢？"

"那我也开始叫呗，"伊丽莎白说，"请相信我，我说不定一开始就再也停不下来了。"

85

天寒地冻,暴雨如注,坦布里奇韦尔斯垃圾场,米奇·麦克斯韦正在爬上一个巨大的垃圾堆。金属和黏液堆积成一座山,他时而往上爬,时而横着走几步,脚下打滑,垃圾的臭味紧紧地包围着他。他没法去擦额头上多得惊人的汗水,因为他的手套上沾满了难以形容的脏东西。他钻到了垃圾场的深处,一直在寻找那个能救他一命的盒子。此刻他就像受惊的动物,翻垃圾是为了活下去。

他想到他停泊在普尔港的游艇。他曾邀请一位有名的足球运动员上船吃烧烤。他想到他家的马厩,想到女儿的马,想到他们计划等期中放假就去滑雪。他想到触摸屏大电视和羊绒衫,想到镀金酒瓶里的高级伏特加和拳击赛的前排座位。他想到英航的头等舱座位,想到斯科特餐厅的美食,想到他在斯隆街的奥利弗·布朗男装店为新衣服量尺寸,想到有直升机停机坪的古堡和睡帽。他想到轻松、舒适、安静而昂贵的奢侈生活。

他想到他的孩子们和孩子们上的学校,想到他们有自家游泳池的朋友们。一块金属刺穿衣服，划破了他的手臂，他骂了一声，脚下一滑，摔倒了。他爬下这堆垃圾，鲜血浸透了衣服。生活的残余物堆成了这座臭气熏天的小山，那个盒子就在这座山里的某个地方，那是他的救赎。

两点钟他要去盖特威克机场旁的酒店见哈尼夫。哈尼夫叫他带上盒子，还说要是米奇不来，他会找上门宰了他。

但米奇今天不想死。他经历了那么多，不能死在今天。他白手起家，创造了现在的一切——从他长大的那个家，到他的孩子们享受生活的这个家。他当然希望帮他登上人生巅峰的不是海洛因，但他的出身没有给他太多的选择。他从小接触的是这些东西，他擅长的也是这些事情。

然而，假如他能找到盒子，等他找到了盒子，这一切也就到头了。卢卡死了，阿富汗人也不会再信任他了，现在该考虑多种经营了。他和英国起泡酒的老板谈过。苏塞克斯郡的迪奇林有一块地，朝南的山坡，白垩质的土壤，该有的全都有。米奇打算买下这块地，交给他们经营——这是真正的好生意。

要是他找不到盒子呢？那就只能改变计划了。他还是要去盖特威克机场，但目的地不是酒店的钢琴，而是直接去办理登机手续，登上下午三点去布拉格的飞机，趁阿富汗人还没反应过来就溜之大吉。他在布拉格有关系。

他的妻子和孩子们今天上午已经飞走了。凯丽跟他很久了，知道假如米奇没有充分的理由，是不会叫她立刻收拾行李带孩子出国的。飞机即将起飞时，她发了个短信给他。阿富汗人没法去匈牙利抓他，这一点他可以确定。因为如果他们要动手，就必然惊动哥伦比亚人，但阿富汗人没那个胆子。

米奇继续爬垃圾山，胳膊在流血，衣服因为出汗湿透了，两条腿碰得青一块紫一块，到处都在疼。他从乔伊丝家直奔垃圾场，但管理人员不许他自己去扒垃圾堆。他打了几个电话，肯特郡议会的一个老关系发话，他这才有了九十分钟的搜索时间。一群穿着反光背心的人躲在活动板房里，隔着被热茶蒙上一层蒸汽的窗户看他，思考这个穿夹棉上衣的利物浦佬到底在干什么。一个比较有进取心的工人甚至问他要不要帮忙，但米奇想自己找。他们没人记得见过一个陶制小盒子从肯特郡的垃圾车上倒下来过。

米奇一脚踩在一个洋娃娃上，它用电量不足的那种低沉而迟缓的声音说"我爱你"。风卷起一个快餐纸盒拍在他脸上，他挡开纸盒，继续往上爬，他就快爬到顶了。寒风在他周围呼啸，带着被扔下和抛弃的一切东西的气味。盒子依然不见踪影，米奇知道他是不可能找到它的，他知道他必须跑路了。他妻子将离开她的工作，他的孩子将离开他们的朋友，他们一起去一个陌生的地方开始新生活。他深吸一口恶臭的空气，内心为之雀跃。他看见一个盒子，心脏狂跳起来。他往下挖,拨开尿布和吐司,清理出一条通道。有一个狂喜的瞬间,某种荣耀的未来跃入他的脑海,然而等他解开几个纠缠在一起的衣架,发现这个盒子只是个装橙子的旧箱子。否则还能是什么呢?米奇不禁放声大笑。

他还在往上爬,不再认真看脚下,而是执着地想要爬到垃圾山顶。为什么?谁知道呢?我们每个人都想爬到最高处,对吧?

米奇爬上一个冰柜,黏菌把它染成了绿色。这里就是了,最高处,没有更高的地方供他继续爬了。他小心翼翼地在冰柜顶上起身站直,一个正在流血、浑身湿透的倒霉蛋站在了世界的最高处。他眺望远方,什么都没有,只有铅灰色的乌云、铅灰色的冷雨和铅灰色的浓雾。

布拉格肯定阳光灿烂,他会找到工作的,开启新的事业,做些更健康的事情,比如水果生意之类的。要是哥伦比亚人来打招呼,也没问题,他会说他金盆洗手了。你们搞你们的海洛因,我搞我的香蕉。不知道布拉格种不种香蕉。

米奇擦掉劳力士上的一块褐色脏东西。下午一点,该去机场了。他用双手扶住膝盖,想要歇口气,恢复一下爬垃圾堆消耗的体力,做好下山的准备。要是交通顺畅,他能……

剧痛刺穿了米奇·麦克斯韦的左臂，他紧紧抓住这条胳膊。他感觉到雨点从脸上滚落，但很快意识到雨已经停了。米奇腿一软，跪了下去，冰柜上长满黏菌，他的膝盖往下一滑。米奇·麦克斯韦在垃圾堆的最顶上又趴了一会儿，心脏像是着火了，痛苦地喘息着，四周除了污垢就是灰色，然后他永远地闭上了眼睛。

86

易卜拉欣把胳膊肘撑在警车的车顶上,听着远处雷鸣般的车声。

乔伊丝和伊丽莎白离开十五分钟后,克里斯和唐娜带着吉尔·里甘高级调查官赶到了。罗恩抓紧时间吃完了一整份英式早餐,易卜拉欣很少看见他这么开心。这会儿罗恩在警车的另一侧,心满意足地拍打套头衫底下的肚皮。说起来,这件新衣服的颜色配他非常合适。

"这个颜色叫什么?樱桃红?"易卜拉欣问。

"红。"罗恩说。

三个警察挤在警车里听手机录音,然后一个接一个下车。吉尔举起手机。"录音里的另一个声音是谁?"吉尔问,"加思?"

"很难认错,对吧?"易卜拉欣说。

"他去哪儿了?"克里斯问。

"跑了,"罗恩说,"我们拦不住,他块头那么大。"

"你们叫我们三点来的,"吉尔说,"录音开始时还不到两点。"

"我不懂这些，"易卜拉欣说，"你们必须去问伊丽莎白。"

"伊丽莎白人呢？"克里斯问。

"据我所知，在库珀斯切斯家里呢，"易卜拉欣说，"最近我们想多给她一点儿个人空间。"

罗伯茨布里奇出租车公司的马克正在送伊丽莎白和乔伊丝回家。他们向马克解释过，这个活儿时间紧迫，因此他没法留下和罗恩一起吃全套英式早餐了。马克看上去很沮丧，但他毕竟是一位专业人士。

"你和罗恩两个人策划了这一切？"克里斯说。

"我们男人有力量。"易卜拉欣说，罗恩刚好打了个嗝，然后连忙道歉。

"我澄清一下，"吉尔说，"你们叫我们三点过来，到时候会把妮娜·米什拉、加思和盒子交给我们。我看见米什拉了，加思和盒子在哪儿？你们叫我们怎么相信你们？"

"请允许我为我们辩护一下，"易卜拉欣说，"我们已经把海洛因交给你了，现在我们要把杀害库尔德什·夏尔马和萨曼莎·巴恩斯的凶手交给你们。"

"女凶手。"罗恩说。

"现如今不用强调性别了，罗恩。"易卜拉欣说。

"杀害卢卡·布塔奇的疑凶却神秘失踪了，多姆·霍尔特说不定也是他杀的，"吉尔说，"还有，盒子呢？"

罗恩耸耸肩。

"我向你保证，长官，就这么接受现实比较简单，"唐娜说，"说真的，能节省很多时间。"

"我相信盒子迟早会出现的，"易卜拉欣说，"至于加思，法律迟早会逮住他。但我觉得你的上司应该已经很满意了，毕竟有两起谋杀案抓到了凶手，海洛因也找了回来。你们验过货了吧？"

"百分之百纯净度。"克里斯说。

"这样的话，你们也可以逮捕米奇·麦克斯韦了。"易卜拉欣说。

"我觉得这个结果就很好了。"罗恩说。他朝他的轿车打个手势，波格丹带着妮娜下车走向他们。

吉尔迎上去，向妮娜宣读她的权利，给她戴上手铐，领着她走向警车。

克里斯望向波格丹。"这伙人骗了我们，我能理解。但你肯定知道你们必须在两点以前赶到，对吧？"

"一点五十二分。"波格丹说。

"但你还是骗了我们？"克里斯继续道，"你骗了唐娜？"

波格丹望向唐娜。

"他没有骗我，"唐娜说，"我也知道。妮娜只可能向加思认罪，而她不认罪，我们就没有任何证据。只要能抓她归案，我怎么样都行。另外，库尔德什是第一个知道波格丹在和我谈恋爱的人。"

"我也告诉了健身房的一个朋友。"波格丹说。

"别扫兴嘛，宝贝。"唐娜说。

克里斯望着他面前的这支杂牌军——罗恩和易卜拉欣，唐娜和波格丹。他摇摇头。

"所以盒子呢？"他问。

"伊丽莎白需要它，"易卜拉欣说，"希望这个理由足够让你原谅我们。"

87

哈尼夫看看手表，喝完杯子里的咖啡。米奇·麦克斯韦不会来了，他不会突然抱着盒子走进盖特威克的这家酒店了。那就只能这样了。

这个计划是哈尼夫一个人想出来的。一个住在斯塔福德郡的瑞典人向萨义德提出要买那个盒子，他有一千万英镑在口袋里烧得慌。与其费尽周折找一条复杂的新线路把它运到英国去，为什么不通过他们平时的供应链直接发过去呢？要是他们告诉了米奇和卢卡那是什么，他们肯定会要求分一杯羹。事实上，他应该拉他们入伙的。回想起来，假如他们知道实情，就肯定会更上心了。哈尼夫最近听说他们的运货线路出了问题，因此说真的，他就根本不该信任他们。

哈尼夫命令他的一个小表弟一路跟着那个盒子，最后从卢卡·布塔奇手里收回来。为了方便他行动，哈尼夫甚至买了一辆摩托车送给他。然而盒子失踪之后，他的小表弟就只能到处碰运气了。

简而言之,哈尼夫搞砸了。他以为自己很聪明,却没有做好功课。牵涉到的人都丢了钱,还丢了命,这完全是因为他。

但人不能一辈子跑来跑去为每一个小错道歉,对吧?那只能让人发疯;而且,随着失败而来的混乱不是你的责任。

假如哈尼夫飞回阿富汗,他也是死路一条,因此经过考虑,他决定留在伦敦,远离萨义德的控制范围。把海洛因交易学明白已经很不容易了,非常挣钱的那种级别简直难于登天。现在他也许该把他学到的东西捡起来,换个新赛道试试看?全新的开始,清白做人,不留遗憾。

大学里的一个朋友愿意给他一份对冲基金的工作,他在派对上认识的一个人建议他从政,主动帮他介绍了一些关系。

一个人有的选,这是多么美好啊。

88

卡罗琳为康妮杀人，一直如此。假如你需要她，就打电话给索思威克的一家自助洗衣房，说需要上门收衣服清洗。她动作很快，为人可靠，在一个一般由男性把持的行业里，是一股清流。

康妮通过电子邮件向她报告了一个好消息：其他人替她们干掉了卢卡·布塔奇。康妮的电子邮件是经过加密的，所使用的软件极为复杂，在全世界绝大多数国家都被宣布为非法。当然了，按照两个人一直以来的约定，卡罗琳可以先拿到这个活儿费用的百分之五十作为订金。

康妮和卡罗琳最近忙得不可开交。

机会掉到你怀里的时候，你必须能一眼认出它来。康妮之所以有今天，这就是原因。不，说的不是蹲监狱，这部分是她时运不济，说的是她成为英格兰南部海岸首屈一指的可卡因毒贩。

而此刻，她正在读萨义德从阿富汗发来的又一封电子邮件。现在，她也是首屈一指的海洛因毒贩了。

但康妮有负罪感,她努力思考这是为什么。负罪感,她明白这对她来说是一种全新的情绪。她一点儿也不喜欢这种情绪,然而这一次,她不打算逃避。按照易卜拉欣说的做,把它请进门,和它坐一坐,哪怕会给你造成痛苦。结果呢?负罪感确实让她感到痛苦。

一切始于易卜拉欣把库尔德什的事情告诉她的那一刻。

康妮很高兴他们抓住了杀害库尔德什的那个女人,她真心为他们感到高兴。库尔德什不是混这一行的,明白吗?假如你是混这一行的,那就该做好迟早被人开枪打死的思想准备,这个叫作理所当然。然而库尔德什只是被卷入了一件他不该参与的事情。康妮自豪于她无所不知,然而即便是她,也不知道是谁干掉了库尔德什。毒品界的所有人似乎都一无所知,而现在她知道为什么了——库尔德什的死与毒品毫无关系。

然而从易卜拉欣把库尔德什的事情告诉她的那一刻起,她就开始了策划。米奇和多姆本来就麻烦缠身,这件事一出,他们的形势就更加危险了。康妮觉察到了他们的虚弱,觉察到了夺取他们生意的机会,于是展开了攻击。听易卜拉欣讲完,她就决定要干掉多姆·霍尔特。两个小时后,她打了个电话给索思威克的那家自助洗衣房。

她记得她和易卜拉欣讨论过,直接杀人和付钱请杀手是不是一码事。他们同意保留各自的不同看法,然而易卜拉欣也许是正确的。

卡罗琳亲手为她干掉了多姆·霍尔特，把干掉麦克斯韦团伙三号人物伦尼·布莱特的活儿转包给了别人，她名单上的下一个目标是卢卡·布塔奇。

萨曼莎·巴恩斯来找她，她和康妮的想法一样。她建议两个人合伙。康妮听她说完，意识到萨曼莎和加思能给这门生意带来一些好处，答应萨曼莎她会考虑一下。两个人握手道别，几分钟后，康妮又是一个电话打给索思威克的那家自助洗衣房。据说警方认为萨曼莎也死在妮娜·米什拉的手上，可怜的妮娜。不过，就康妮的经验而言，一旦你开始杀人，你就往往会形成固定的行为模式，这个叫作思维定势。

卡罗琳去杀萨曼莎的时候，她本来打算连加思一起干掉的，但他没有在家，肯定是被惊动了。也算正常，加拿大佬显然是个求生本能强烈的人。现在他离开英国了，因此成了个后患，需要找个时间去处理掉。

但她为什么会有负罪感呢？

卡罗琳杀的每一个人都是混这一行的，因此这不是负罪感的来源。假如形势掉转，他们也会毫不犹豫地干掉她。

康妮和萨义德已经签订了契约，现在她是英国首屈一指的海洛因进口商了，但这同样不是负罪感的来源。总要有人进口海洛因的，为什么不能是她呢？

说实话,她知道究竟是为什么,她当然知道了——自己欺骗了易卜拉欣。不,更加糟糕,她利用了他。上次易卜拉欣离开的时候,她很想向他道歉,但就是不知道该怎么开口。康妮不确定她这辈子有没有真心实意地说过对不起。她请花店为他准备了鲜花,然而送花和道歉并不是一码事。

康妮闭上眼睛,强迫自己去想逃亡的加思。迟早有一天,他会查到是康妮下令杀害了他的妻子,到时候他会来找她的。这就对了——康妮喜欢思考这种事情,加思对康妮,这场战斗值得一看。

但易卜拉欣的面容一次又一次挤开加思,他慈爱的眼神和温柔的灵魂,还有他对她的信任。她想转移注意力去想枪支、毒品和混乱,但易卜拉欣的善良变得愈加强大。

总有一天,康妮会找到办法道歉的。

89

乔伊丝的日记

那个盒子,那个简朴的小盒子,它曾经关押过"邪灵",曾经装过一大包海洛因,后来容纳过我的管道疏通剂、多用途表面上光剂和垃圾袋,现在盛放着斯蒂芬的骨灰。琼乔带着盒子飞往伊拉克,他把照片发在 Instagram 上了。我不知道大学教授也能用 Instagram。

盒子回到了巴格达它应该在的地方,官方给了我们无限期的邀请,只要我们去那儿,就随时欢迎去看看。外交部插手过,但伊丽莎白打了个电话。

伊丽莎白下个月就要飞过去了。她向斯蒂芬保证过,总有一天他们会一起去的。她很快要和维克托一起前往迪拜,追查贝萨妮·韦茨案件[①]的某些线索,从迪拜飞到巴格达显然并不辛苦。

等她回来,我们该如何对待她,我们现在没人知道。波格丹打算趁她不在的时候重新装修一下她家,但不能来个大变样。总不能把所有东西都粉刷一遍,对吧?

---

① 贝萨妮·韦茨案件:详情请参见《周四推理俱乐部:消失的子弹》。

遗孀和鳏夫在库珀斯切斯比比皆是。拥鬼魂入梦,醒来时形影相吊。你必须勇敢地活下去,而伊丽莎白会做到的。当然了,不是每个人都协助过伴侣结束生命,但天知地知你知我知,这样的事情比你想象的要多。爱自有它的法则。

警察说米奇·麦克斯韦在垃圾场找盒子的时候死了。所谓动刀的必死在刀下。罗恩的髋部还在隐隐作痛。

你会觉得,一个人离死亡越近,就会越在乎生死,但我发现事实刚好相反——我不怕死。我害怕痛苦,但我并不怕死。要我说,这就是斯蒂芬面临的选择。

我还有什么要说的呢?乔安娜送了我一个空气炸锅,我只稍微试用了一下——意大利肉酱面和香肠卷——目前一切都挺好。近来我的水壶装过钻石,微波炉装过海洛因,因此你很难猜到一样东西有朝一日会不会派上用场。

默文很高兴能拿回他的五千英镑,但也心碎了。我觉得这件事至少给他上了一课,然而最新消息是默文打算把他的全部积蓄交给一个理财经理,那家伙突然发邮件给他,说应该买入一个"专业人员不希望你知道"的秘密基金。唐娜不得不跑过来,再次找他谈了谈。

罗恩和保利娜去哥本哈根度周末刚回来。我问罗恩那儿怎么样,他说国外的每个地方都一样。等罗恩去世,我猜我们不会送他的骨灰去巴格达。

另外，我保证这是真的：他穿了一件丁香紫的马球衫。这个颜色确实跟他的眼睛很搭。

易卜拉欣最近很安静。我觉得他很不擅长应对悲伤，他对待这一切的态度是独自消化，把悲伤全扛在自己的肩膀上。就我自己来说，其他人难过的时候我也会难过，这很正常，但生活也会给我足够多的悲伤要我去承担，因此人必须小心应付悲伤。有些时候，你只能脱掉厚重的大衣，明白我的意思吧？

我注意到他周六和电脑鲍勃一起吃午饭了，这让我感到高兴。易卜拉欣有时候过于依赖罗恩了，另外我认为他和鲍勃有很多共同之处。

水仙花今年开得格外早。我看水仙花开花看了快八十年了，但它们在我眼中依然是个奇迹，因为我还活在世间，还能看见其他许多人再也看不见的花朵。每一年，它们都会探出头来，看一看谁还活着，还能享受它们的表演。不过今年花开得格外早，我知道多半是因为全球变暖，每个人到最后都是要死的，但你还是可以欣赏花的美丽，明白吗？即使快到世界末日了，花依然能给你希望。

阿兰被猫抓伤了脖子，不得不去看兽医。罗恩说得很难听，声称他无法相信阿兰居然会输给一只猫，然而阿兰是情人，不是斗士。兽医说阿兰很健康，我显然把它照顾得很好。我说阿兰也把我照顾得很好。

我觉得现在我们能过上一段平静和安定的生活了，对吧？几个月没有谋杀和尸体，没有钻石和间谍，没有枪和毒品，没有人威胁要干掉我们。给伊丽莎白一点儿时间，让她重新站稳脚跟。

告诉你我乐于见到什么吧，几场婚礼，我不在乎是谁和谁的。唐娜和波格丹，克里斯和帕特里斯，罗恩和保利娜，也许乔安娜和足球俱乐部主席。一个人老了就会变成这样，总觉得葬礼太多，婚礼不足。另外，我喜欢婚礼。快点结婚吧，把爱带给大家。

有一件事我忘记说了。你还记得吗？几个星期之前，这场大混乱还没发生的时候，我提到过一个叫埃德温·梅赫姆的人。这个新住客已经搬进来了。

他的姓氏让我很兴奋，我想象了很多他的神奇之处，一个特技摩托车手，或者摔跤手。

但事实是，这是个拼写错误，他其实叫埃德温·梅休，说真的，梅休无疑比梅赫姆更符合逻辑。我去找他的时候，他穿着普普通通的套头衫和旧灯芯绒裤子。他来自卡沙尔顿，曾经是一名工料测量师。他妻子去世快四年了（我觉得疗伤这么久应该足够了），他女儿和乔安娜年龄差不多，也住在伦敦，是她说服了他搬到这儿来。我问他女儿还喝不喝正常牛奶，他说当然不了。他说上周她给他做了一杯姜黄拿铁，喝得他闹了肚子。

总之，埃德温的女儿艾玛（多可爱的名字，我也想当一个艾玛）认为，库珀斯切斯或许能让他焕发新生。我知道他会的，但你看得出他心怀疑虑。他说："恕我直言，我担心这儿的生活节奏对我来说会有点慢。"瞧他说的，就好像卡沙尔顿是拉斯维加斯似的。

不过，他很感谢我送他的柠檬蛋白脆饼，他说无论我需要修什么，那都是他擅长的。水龙头、置物架，随便你说。我说我有一幅毕加索的画需要挂起来，他哈哈大笑。

他给我们泡了茶，回来时把茶壶顶在脑袋上，假装找不到了，阿兰兴奋得忘乎所以。我答应带他到处转转，为他介绍几个朋友。他能顺利融入的，你一眼就看得出来。以后我会告诉他我以为他叫埃德温·梅赫姆，今天不行，留到以后吧。

库珀斯切斯就是这样，在你的想象中，你会觉得它安静祥和，就像夏天的乡村池塘。但事实上，它没有停下来的时候，而是永远在向前走。这个向前走代表着老去和死亡，还有爱和哀痛，还有你在生命尽头挽留的时光和抓住的机会。这里有独属于老年的紧迫感。没有什么能比死亡的确定性更让人感受到生命了。这提醒了我。

格里，我知道你不可能读到我的日记，但谁能说得准呢？也许你这会儿就站在我背后看着呢。假如你真的在，那我要告诉你，你在路边大甩卖买的那个银色肉汁盘，现在又变得很流行了。所以你是对的，我错了。另外，万一你真的在看，请记住我爱你。

好吧，我不是存心说这些奇奇怪怪的话的，我只是累了，觉得需要放个假，找个地方好好休息几天。乔安娜在科茨沃尔德买了个乡间别墅，也许会符合我的要求。我真的为她的成就感到骄傲。她总算回了我那条杏仁奶的短信，说我现在是个真正的潮人了。我告诉罗恩，他说他迟早会变成一个人造潮人。

我要做个巴甫洛娃蛋糕，不过用的是芒果。你肯定会大吃一惊，对吧？我在《周六厨房》里看到了做法。我会做足够易卜拉欣、罗恩和伊丽莎白吃的量。也许——只是也许——剩下的还够分给埃德温·梅休一份的。

哦，对了，我去找埃德温的时候，他问我在库珀斯切斯有没有加入什么俱乐部。

我在库珀斯切斯有没有加入什么俱乐部？

我觉得这个问题就留到下一次再聊吧，你说呢？

好了，我该去休息了。我知道这么说傻乎乎的，又累又要写日记，但写日记的时候，我会觉得没那么孤单。因此，无论你是谁，都谢谢你一直陪着我。

致谢

我有很多人要感谢,因为他们都为《"魔鬼"的最后一眼》出了力气,但我首先想感谢你们,我的读者。在此我就引用一下乔伊丝在书里的最后一句话吧。"谢谢你一直陪着我。"我们之间的这种关系让我非常快乐。愿这一切能在未来延续许多个年头。

这是"周四推理俱乐部"系列的第四本书,我保证不会是最后一本。不过接下来我要请你稍微等一等了,因为我打算写点新东西。新书的主角是个公公－儿媳侦探二人组,我保证你会喜欢他们的,不过请放心,乔伊丝、伊丽莎白、易卜拉欣和罗恩会在未来很长一段时间里陪着咱们的。

好了,现在是真正的致谢词,正如任何一个努力完成过一本书的人都知道的,这些话全是肺腑之言。

感谢我出色的经纪人朱丽叶·穆申斯,同时欢迎刚刚来到这个世界的塞思·帕特里克－穆申斯。塞思,幸运的孩子,你有一个了不起的母亲。

朱丽叶的团队自然是一级棒的,他们以娴熟的技巧、优雅的手腕和良好的幽默感照顾着我。谢谢你们,莱莎·德布洛克、雷切尔·尼利、基亚·埃文斯、卡崔娜·菲达和穆申斯娱乐公司的整个团队,与你们合作是我的荣幸。同时我也非常感谢我的美国经纪人珍妮·本特。

感谢我伟大的英国编辑哈丽雅特·伯顿,不说别的,她说服我相信《死亡的小盒子》不是一个好书名。同时也要感谢维京公司不可思议的"周四推理俱乐部"团队:艾米·戴维斯、乔治亚·泰勒、奥利维亚·米德、罗西·萨法蒂和莉迪亚·弗里德。感谢心细如发的萨姆·法纳肯和她了不起的英国营销团队,还有琳达·维伯格和她了不起的国际营销团队。我还要向企鹅出版集团出色的有声书团队致以最诚挚的谢意,他们一如既往地呵护了这本书的有声版。唐娜·珀比和过去一样完成了完美的校对工作,她是这个行业的佼佼者,而娜塔莉·沃尔和安妮·安德伍德确保了小说的顺畅出品。理查德·布拉弗里设计出了又一个精美的封面(上面有白雪,千万要注意到耳朵的细节!)。感谢凯伦·哈里森·德宁的深思熟虑和独到见解。感谢汤姆·韦尔登持续的支持和智慧。

我在美国的出版团队同样出色,而且由于时差,我可以在一天里比较晚的时间给他们发邮件。感谢我的传奇级编辑帕梅拉·多尔曼和她未来的传奇级助手杰拉米·奥顿

(不知道是不是为了表示对你的尊敬,我下意识地在书里搞了一个拼写与众不同的杰里米)。我还要感谢不可或缺的布莱恩·塔特、凯特·斯塔克、玛丽·米歇尔斯、克里斯蒂娜·法扎拉罗、玛丽·斯通、亚历克斯·克鲁兹-吉梅内斯和帕梅拉·多尔曼图书和维京企鹅的其他团队成员。说起来,"维京企鹅"看上去是个很棒的童书企划。咱们来谈谈版税吧,哈哈。

这本书有三个特别致谢。首先,我想感谢拉吉·比斯拉姆在古董和赝品方面提出的睿智建议。拉吉无疑有很多精彩的故事可讲(不过我必须指出,没有一个与谋杀有关)。感谢现实生活中的卢卡·布塔奇,因为他把名字借给了我,同时要向你的母亲凯说声对不起,因为我把你写成了反派,不过她向我保证没关系的。最后,虽然电脑鲍勃这个角色是虚构的,但我想向一位约翰致以崇高的敬意,他和我母亲住在同一个退休老人村里,而他确实架起电脑,让众人提前三个小时享受了除夕夜的快乐。还有一点,你们肯定不会吃惊,约翰他太谦虚了,甚至不愿让我提他的全名。

我向我的家人致以永久的谢意。感谢我的孩子鲁比和桑尼,他们总是让我感到谦卑和喜悦。感谢我的母亲布伦达,还有她对世界永不磨灭的好奇心。感谢我的兄长马特和他出色的妻子安妮莎,也感谢我的姨妈简,她今年过得很艰难,但她以极大的勇气面对了挑战。

同时还要感谢我崭新的姻亲一家。理查德、萨洛梅、乔、马特和尼古拉，尤其是我的侄女和侄子米卡、利奥和尼尼，能够加入你们的世界，实属三生有幸。

当然了，能够结识我的新姻亲，原因是我美丽的妻子英格丽德。英格丽德，谢谢你给了我一生中最美好的一年。感谢你的爱、智慧和才华，感谢你总是知道该怎么让我的书变得更好。感谢你为我的生活带来的一切，尤其是无与伦比的猫咪莉斯尔。我爱你们俩。

最遗憾的是我没能认识英格丽德的父亲威尔弗雷德，因此我在书里让他客串了一个角色，以此向他介绍我自己并对他说声谢谢。希望他能认可我。

最后，我想用这本书特别感谢因阿尔茨海默病而失去亲人或正在与经历阿尔茨海默病的亲人共同生活的每一个人。这本书也写给我敬爱的祖父弗雷德·莱特和祖母杰西·莱特，他们在生命尽头都发现阿尔茨海默病以不同方式吞噬了自己敏锐、勇敢而风趣的头脑。写到斯蒂芬的时候，我一直在想他们，同时还想到了其他的许多人，特别是黑兹尔·巴克，了不起的露西·巴克的母亲，我写这本书的时候，我们在苏塞克斯吃过一顿午饭，她自始至终一直在对我微笑。弗雷德、杰西、黑兹尔、露西和迪迪，还有千千万万的其他人，无论你们在经历什么，无论你们是如何应对的，我都向你们奉上爱和力量。

"周四推理俱乐部"系列

【关于本系列】

英国乡间高档养老社区里,前特工伊丽莎白拒绝"穿着纸尿裤,坐在轮椅上慢慢变老",她联络同住在这里的推理迷护士乔伊丝、工人罗恩、心理医生易卜拉欣,组成了"周四推理俱乐部",每周四聚会,研究警方多年未破的悬案、疑案。

没想到,他们的身边开始出现一连串错综复杂的凶案……四位平均年龄77.5岁的"安乐椅神探"各显神通,兴致盎然地投入到每一次紧张刺激的破案历险中。

作为舒适推理小说(Cozy Mystery),"周四推理俱乐部"系列带领读者在破解罪案的同时,抚慰心灵,寻找人生的乐趣与智慧。

《周四推理俱乐部》

【关于本书】

"周四推理俱乐部"成立不久,身边真的发生了连环命案。

社区的建筑商被人袭击而亡;头号嫌疑人突然倒地而死;墓园里挖出了50年前的无名白骨……案情越来越复杂。

四位平均年龄77.5岁的"安乐椅神探",各显神通:伊丽莎白用特工技能挖出关键线索;罗恩在不断否定中,先警察一步筛选出嫌疑人;易卜拉欣和乔伊丝用专业的敏锐性,寻找案件的突破口。

真凶到底是谁?

《周四推理俱乐部：活了两次的男人》

【关于本书】

伊丽莎白收到了马库斯·卡迈克尔写的信，她记得四十年前自己亲手埋葬了这个男人。而马库斯刚出现，就第二次死在了伊丽莎白的面前。

马库斯不久前偷了价值两千万英镑的钻石，藏在只有伊丽莎白才能找到的地方。英国军情五处、国际犯罪组织闻风而至，企图猎取"周四推理俱乐部"手中的线索，但谁才是真正的猎手？

伊丽莎白破解了马库斯布下的所有谜团；乔伊丝组织的聚会，成了释放真假消息的舞台；易卜拉欣遭到袭击，幕后之人似乎与钻石有关；罗恩乔装卧底，引各方"猎物"进入陷阱。

钻石最终落入谁手？马库斯·卡迈克尔会再次"复活"吗？"周四推理俱乐部"的故事远未结束，探案仍在继续。

《周四推理俱乐部：消失的子弹》

【关于本书】

周四推理俱乐部打开了一个落满灰尘的档案袋，尘封十年的一起旧案重新浮出水面——十年前，当地电视台主持新星贝萨妮在调查偷税案时，突然连人带车跌下悬崖。偷税案以一个小喽啰入狱不了了之，贝萨妮尸骨无存，岸边只余一辆烧焦的汽车。

出事前，贝萨妮收到过一颗子弹，十年后，周四推理俱乐部也收到了一颗子弹。与此同时，外号"子弹"的前克格勃特工，还有他的老对手金融掮客"维京人"，带着各自的恩怨入局……

被"子弹"环伺的周四推理俱乐部，能破解尘封十年的旧案吗？和案件一同"埋葬"的贝萨妮还有哪些深埋在时间里的秘密？

故事远未结束，探案仍在继续。